로크미디어가
유혹하는
재미있는 세상

ROK
MEDIA
로크미디어

달빛
조각사

달빛 조각사 50

2017년 5월 31일 초판 1쇄 인쇄
2017년 6월 5일 초판 1쇄 발행

지은이 남희성
발행인 이종주

기획 팀 이기헌 송윤성 왕소현
책임 편집 이세종

발행처 (주)로크미디어
출판등록 2003년 3월 24일
주소 서울시 마포구 성암로 330 DMC첨단산업센터 3층 314호
Tel (02)3273-5135 Fax (02)3273-5134
홈페이지 rokmedia.com E-mail rokmedia@empas.com

값 8,000원

ISBN 979-11-6048-194-5 (50권)
ISBN 978-89-5857-902-1 04810 (세트)

달빛 조각사 50

남희성 게임 판타지 소설

로크미디어

차례

Moonlight Sculptor The Legendary

베르사 대륙의 운명을 건 결전!

가르나프 평원의 대전쟁

로열 로드. 대륙을 통일하는 황제가 나타날까

15일 후, 억 단위를 넘어설 전쟁이 찾아온다

위드와 헤르메스 길드가 맞붙는 전쟁은 방송사들의 메인 뉴스를 장식했다.

북부와 중앙 대륙의 유저들이 가르나프 평원에 대거 모이고 있는 장면들이 텔레비전과 수정 구슬에 나왔다.

"아르펜 왕국을 위해서 왔습니다. 싸움이 벌어지면 이 한 몸을 바칠 겁니다."

"저는 아직 참새지만 말입니다, 쩍! 그래도 이 날개만 있으면 어디든 날아갈 수 있지 말입니다."

"풀죽 한 그릇 드시고 가세요!"

가르나프 평원에 모닥불을 피우고 모여 앉은 수많은 유저들이 방송국 인터뷰를 했다.

"진짜 위드 님이 바드레이와 싸우는 거야?"

"유저들이 총동원된 전면전이 벌어지는데… 직접 만날 기회가 있을까?"

"난 싸웠으면 좋겠다. 근데 조각사에게 일대일 승부는 더 불리한 거잖아."

"조각사 마스터하고 지금은 네크로맨서도 하고 있으니 상관없지."

"네크로맨서도 딱히 단독으로 싸우기에 좋은 직업은 아니잖아."

"그렇긴 하네."

바드레이는 로열 로드 초창기부터 무신이라는 별명을 갖고 최고의 강자로서 군림했다.

반면 위드는 조각사로서 기적과 같은 퀘스트들을 성공시키며 유명세를 떨쳤으며, 작은 도시에 불과하던 모라타를 북부 전역을 장악한 왕국으로 키운 주역이었다.

로열 로드의 상징과도 같은 이 둘의 멋진 대결을 기대하는 유저들은 굉장히 많았다.

"위드 님이 이기실 거야."

"응. 위드 님은 어떤 경우에도 믿을 수 있어."

"불가능? 그건 위드 님의 사전에는 없다니까. 그분이 지금까지 걸어온 길 중에서 쉬운 건 하나도 존재하지 않았어."

"전설이지, 전설."

위드를 응원하는 유저들의 숫자는 압도적!

약자에게 동정심이 가기도 했지만, 지금까지 쌓아 온 업적 덕분에라도 사람들은 응원했다.

정작 그 기대를 한 몸에 받고 있는 위드는 조각 생명체들과 무시무시한 꼼수를 계획 중이었다.

"내가 정정당당하게 싸울 수는 없어. 사람들이 왜 치사한 수법을 쓰는지 알아? 효과가 높기 때문이야!"

"음머어어어."

"골골골!"

누렁이와 금인이를 비롯해서 조각 생명체들은 열렬히 호응을 해 주었다. 성질 더러운 주인을 만난 탓에 조각 생명체들에게 아부란 필수과목이었다.

"주인 잘못 만나긴 했다. 골골."

"기사로서의 의리만 아니어도… 자유를 찾아서 떠났을 텐데."

"지금까지 고생했는데 난 왕관 하나만 만들어 주면 안 되나. 이제 아이스 브레스도 잘 내뿜는데."

가르나프 평원 전투를 위해서, 위드에게 구박받던 조각 생명체들도 총집합!

철혈의 워리어 바하모르그를 비롯하여, 어디에 내놓아도 부끄럽지 않을 녀석들이었다.

"쿠으워어어어어!"

"화아아아아악!"

킹 히드라가 뱀 같은 3개의 머리를 흔들면서 포효했다.

그러자 불사조가 타오르는 깃털을 눈이 내리듯이 사방으로 날렸다.

빙룡과 데스 웜, 이무기, 불의 거인 등도 거대한 덩치 탓에 서 있는 것만으로도 위압감이 이만저만이 아니었다.

이처럼 대단한 위용을 자랑하는 조각 생명체 군단이었지만, 위드는 영 미덥지 않았다.

"이 녀석들이 강하기는 하지만 헤르메스 길드의 1개 군단도 맡지 못하겠지."

조각 생명체들이 무능한 게 아니라 헤르메스 길드가 그만큼 강하다고 봐야 하리라.

위드와 조각 생명체들이 노력으로 성장해 온 시간만큼이나, 대륙의 노른자위를 독점하고 커 온 강한 세력이기에.

로자임 왕국에서 시작할 때만 해도 헤르메스 길드와 맞선다는 건 상상도 못 했다.

"바르칸도 결국은 죽었는데, 이 녀석들로 끝낼 수 있는 전쟁이 아니긴 하지."

하지만 세상에서 꼼수란 불리함을 극적으로 뒤바꾸어 놓는 것!

세계적으로 유명했던 전쟁에서도 몇 개의 꼼수로 결과가 뒤바뀐 경우가 흔했다.

그 불세출의 전략가들을 보며 위드가 얼마나 감탄했던가.

'보통 잔머리가 아니구나.'

솔직히 자신은 머리 좋은 전략가의 유형은 아니기에 적절한 꼼수를 써야 했다:

'뛰어난 사람이 있다면 그들을 충분히 잘 활용해 주면 되지. 헤스티거처럼 말이야.'

조각 부활술을 바탕으로 큰 그림을 그렸다.

그것은 곧 역사적인 존재의 부활을 의미하는 것.

위드의 목소리가 묵직하게 깔렸다.

"너희는 모든 조각 생명체들이 평화와 번영을 누리던 시대, 조각술의 영광을 이끈 황제께서 통치하던 바로 그 시기에 대해 들어 보았느냐."

졸고 있던 황금새가 고개를 들었다. 윤기가 흐르는, 번쩍번쩍 빛나는 깃털이 광채를 발했다.

"게이하르 폰 아르펜!"

"그렇다. 황금새는 기억하고 있겠지. 위대한 조각 생명체들이 이 땅을 통일했던 영광의 시대. 모든 조각 생명체들이 존경을 받으면서 살아가던 때가 있었다."

베르사 대륙을 최초로 통일했던 황제 게이하르 폰 아르펜!

그는 놀랍게도 조각사로서 조각 생명체들의 힘을 모아 대륙을 통일했었다.

'상상만 해도 어려운 일인데. 얼마나 효과적으로 조각 생명체들을 부려 먹었을까. 착취의 깊이는 감히 짐작하기도 어려운 정도였겠지.'

역사서에도 다시 나타나기 힘든 착취자!

어쩌면 성공한 노예상처럼 느껴지기도 했다.

위드는 조각 생명체들을 향해 선언했다.

"조각 생명체들이 노예답게… 아니, 행복하게 살 수 있는 세상을 다시 만들 것이다. 전 대륙에 흩어져 있는 조각 생명체 종족들을 찾아라. 이번 전쟁으로 그들을 위한 세상을 만들 것이다!"

와이번과 비행이 가능한 조각 생명체들이 하늘 높이 날아갔다. 데스 웜, 불의 거인, 켈베로스, 세빌, 엘틴, 게르니카 등도 당당하게 등을 보이며 떠나갔다.

각자가 지역을 제패할 만한 보스급 몬스터다운 위용.

"잘 있어라, 주인. 음머어어."

"행운을 빈다. 조각 생명체가 있으면 꼭 찾아온다, 골골!"

누렁이, 금인이, 백호, 대형 악어 나일과 시골쥐도 멀리 가려고 하는 순간, 위드가 붙잡았다.

"너희는 가지 말고 남아 봐."

"찌지직!"

시골쥐가 불안하게 눈동자를 굴렸다.

남게 된 조각 생명체들도 빨리 움직이지 못했던 것을 한탄하고 있는 그때!

위드가 스킬을 사용했다.

"여행의 조각술!"

—시공간을 초월한 여행의 조각술이 발동되었습니다.

수천 개의 빛줄기로 이루어진 포탈이 생성되었다.

고급 시간 조각술로, 과거의 역사로 이동할 수 있는 스킬.

"너희는 나랑 함께 가자."

"꼭 가야 하나, 주인?"

누렁이가 순박한 눈동자를 굴리며 위드에게 물었다.

"가기 싫어? 너희의 자유의사를 존중하니 그럼 선택권을 줄게."

"고맙다, 주인."

"맞고 갈래, 그냥 갈래?"

"……."

애초에 주인을 잘못 만난 죄!

위드는 금인이와 누렁이를 차례대로 포탈에 집어넣었다.

곧바로 유린의 그림 이동술을 통해 페일, 이리엔, 로뮤나, 수르카, 제피 등도 도착했다.

모험을 위한 최정예 멤버들.

메이런은 참석하지 못했는데, 위드와 헤르메스 길드 전쟁 중계에 바빴던 탓이다.

"가죠."

위드는 동료들을 먼저 포탈로 진입시켰다.

친할수록 방심하지 말아야 한다. 중간에 튈 수 있기 때문에, 당연한 일이었다.

페일은 포탈을 통과하기 직전 단단히 각오했다.

'난 자아가 없는 전투 노예다!'

15일이라는 긴 시간 동안 사냥만 할 각오를 다졌다.

'단순하게 생각하자. 15일 후면 해방될 수 있어. 조금의 희망은 있다는 거야.'

제피는 이상하게 생각하고 있었다.

'이게 사냥을 위한 멤버인가? 그런데 위드 님의 여동생까지 오다니……'

만약 유린이 오지 않는다면 그대로 튀려고 했다.

그는 위드를 피하기 위해, 낚시꾼으로서 잠수 스킬도 따로 익혀 놓았던 것이다. 바다 깊은 곳에 있으면 절대 같이 사냥 가자는 말은 못 할 테니까.

'유린이 왔으면… 사냥이 아니라 퀘스트인가. 그럼 딱히 고생은 하지 않을 것 같은데?'

수르카는 그렇게 당하고도 순진무구했다.

'좋은 구경을 시켜 준다고 하셨어. 멋진 것들을 많이 보고, 경험할 수 있다고.'

어떻게 보면 위드를 편견 없이 가장 긍정적으로 보는 사람이 수르카였다.

'입술이 말라 있었어. 거짓말이 아냐!'

위드가 이번에는 솔직하게 말했다는 확신마저 가지고 있었다.

이리엔은 아무 의심도 없이 위드를 믿었다.

그가 이번 모험에는 같이 가자고 하니 기꺼이 따라나섰다. 거친 전투에 휘말릴수록 그녀가 필요하기 때문이었다.

페일을 비롯한 동료들이 포탈을 통과해서 본 것은 입이 쩍 벌어지는 어마어마한 광경이었다.

"우와……."

"아……."

"대박!"

"……."

청명한 푸른 하늘에 수백 가지 색을 가진 아름다운 새들이 끝도 없이 날아다녔다. 들판에는 꽃들이 만발하고, 일찍이 본 적 없는 무늬의 나비와 벌이 날아다니고 있었다. 저 멀리 있는 평원에는 물소, 말, 코끼리와 비슷한 생명체들이 한가롭게 걸어 다닌다.

"음머어어어."

먼저 온 누렁이와 조각 생명체들도 멍하니 그 광경을 구경하고 있었다.

너무나도 평화롭고, 예쁜 모습.

초식동물들이 여유롭게 풀을 뜯어 먹으면서 어린 새끼들을 돌본다.

보고 있는 것만으로도 미소가 지어지고 저절로 스트레스가 날아가는 멋진 풍경이었다.

페일이 주저하며 물었다.

"위드 님, 이번엔 저것들을 죽여야 합니까?"

사냥에는 익숙한 동료들이었지만, 이곳에 있는 생명체들을 쓸어버리는 것만큼은 주저할 수밖에 없었다.

위드는 날카로운 시선으로 생명체들을 살폈다.

"가죽은 좋군요. 뼈도 튼튼해 보이고… 조각 재료는 물론이고 대장일 용도로도 쓸 수 있을 것 같습니다."

"허억."

"농담입니다. 그냥 풍경이 좋으니 잠시 구경을 하도록 하죠. 제가 요리를 만들겠습니다."

"예? 이번에는 입에 침도 안 바르고 그런 말씀을……."

"정말인데요."

위드는 요리 도구를 꺼내고 불을 피웠다.

프라이팬을 이용하여 간단히 샌드위치와 김밥을 제조했다.

수르카는 과일 몇 가지를 따 와서 주스를 만들어 냈다.

"어머, 맛있겠다."

이리엔이 박수를 치며 좋아하는데, 호기심 많은 동물들이 모여들었다. 시골쥐와 악어 나일이를 보고도 피하지 않는 토끼, 사슴, 캥거루 같은 귀여운 동물들.

누렁이는 어느새 암컷 물소 1마리에 눈독을 들이고 옆에 앉아 있을 정도였다.

페일과 제피는 두려웠다.

"도대체 얼마나 부려 먹으려고… 벌써부터 잘 먹이는 걸까요."

"한두 번 죽을 각오 정도는 해야 할 것 같습니다."

맨입으로 무언가를 해 주는 위드를 그들은 본 적이 없었다. 그래서 더욱 단단히 각오를 다지고 있는 와중에도, 지금의 풍경만큼은 충분히 즐기고 있었다.

"이런 분위기 좋네요."

"천국에 온 것처럼 좋군요. 쌓였던 피로까지 다 풀리는 기분입니다."

자연이 품고 있는 편안한 휴식 공간.

애초에 베르사 대륙은 자기가 원하는 대로 살아가기 마련이다. 위드는 모험과 사냥을 하며 수많은 던전과 사냥터를 돌아다녔지만, 그것만이 정답은 아니었다.

맑고 잔잔한 바다가 보이는 곳에 오두막을 짓고 평화롭게 지내더라도 뭐라고 하는 사람은 아무도 없었다.

"자, 천천히 드시죠."

"예."

"알겠습니다."

페일과 제피는 죽음을 각오하였기에 도리어 마음이 편했다. 위드의 식사 속도는 평소에 따라가기 힘들 정도로 빨랐지만, 지금은 라면에 밥을 말아 먹은 사람처럼 느긋했다.

'죽으러 가는구나. 어쩌면 나를 산 채로 바칠지도.'

'그래, 어떤 보스급 몬스터를 잡으러 가는 거냐. 이것도 영광이라면 영광이지.'

식사를 마치고는 위드를 따라서 들판을 걸었다. 가까이 있는, 시원한 바람이 부는 언덕에 도착했다. 그 너머에는 에메랄드빛 바다와 산호초 지대가 넓게 펼쳐져 있었다.

"우와앗."

"끝내준다."

세계의 비경에 도착하셨습니다.

울호프 산호 지대 발견!
루딘 해협에서 시작하여 알카드 해역까지, 무려 876킬로미터에 달하는 대륙 최대의 산호 지대.
수심은 3미터에서 최대 80미터까지 깊어지며, 600종의 산호와 1,890종의 바다 생명체가 살고 있다. 베르사 대륙 9대 비경 중 한 곳으로, 일찍이 수많은 모험가들이 와 보기를 원하던 장소였다.

─모험에 따라 명성이 6,940 올랐습니다.

─레벨이 오르셨습니다.

─역사적인 지형을 찾아냈습니다. 특별한 경험으로 지식과 지혜가 10씩 추가로 늘어납니다.

─멋진 풍경으로 예술 스텟이 8 늘어납니다.

─귀중한 발견을 보고하면 추가적인 보상을 얻을 수 있을 것입니다.

"헤에."

"레벨까지 올랐습니다. 이럴 수가……."

위드가 안내하는 대로 조금 걸어온 것뿐인데 명성과 경험치가 어마어마하게 늘어났다.

바다에 비친 산호 지대는 입을 다물 수가 없을 정도로 아름다웠다. 하염없이 바라보게 만드는 환상적인 바다의 빛깔. 메시지 창을 여유롭게 볼 수도 없을 정도였다.

그때 바다에서 무언가가 솟구쳤다.

뿌우우우!

바다에서 푸른 돌고래가 뛰어올랐다가 다시 사라졌다.

-무지개 돌고래를 발견하셨습니다.
  햇빛과 기온에 따라 색이 달라지는 신비로운 돌고래를 찾아냈습니다.
  뛰어난 지능을 가지고, 의사소통을 할 수 있다는 무지개 돌고래는 해양
  생물의 보물이라고 불렸습니다.
  장난기 많은 돌고래를 따라가면 흑진주의 무덤을 발견할 수 있다는 알
  수 없는 소문도 있습니다.

-명성이 1,308 올랐습니다.

-행운이 2 증가합니다.

"꺅! 어쩜 좋아. 여긴 진짜… 인생에서 가장 예쁜 장소예요."
이리엔은 예상치 못한 감동으로 눈물까지 글썽일 정도였다.
"허… 이런 곳이 있다니. 놀랍지 말입니다."
페일도 괜히 따라서 울었다.
어딘가 삶의 환희가 느껴지는 장소였다.
"음머어어어. 미역 먹고 싶다."
"강이 좋다. 바다는 헤엄치기 힘들다."
누렁이와 악어 나일이가 투덜거렸지만 그래도 깨지기 어
려운 분위기였다.
"커피나 한잔하시죠."
"네."

위드와 동료들은 악어 나일이의 등에 줄줄이 앉아 커피 한 잔의 여유를 즐겼다.

눈앞에는 바다가 있고, 모라타에서 나온 따뜻한 커피를 마신다. 누렁이는 풀을 질겅질겅 씹으며 나일이의 꼬리에 앞발을 척 하고 올려놓았다.

"그럼 이제 뭘 해야 됩니까?"

페일이 커피를 다 마시고 비장하게 물었다. 목숨을 버릴 각오까지 하고 던진 질문이었다. 지금까지 겪어 온 것이 있기 때문이다.

위드는 늘어져라 기지개를 켰다.

"하고 싶은 대로요."

"예?"

"여기서 실컷 쉬세요. 낚시를 해도 되고, 수영을 하는 것도 좋겠죠. 저녁에는 바비큐 파티라도 열 테니 가능하면 참석하시고요."

"그게 무슨 말입니까?"

페일의 눈이 휘둥그레졌다.

제피와 이리엔에게도 혹시나 하는 의심이 스쳐 지나갔다.

'거짓말일 거야.'

'사람이 갑자기 바뀌면… 설마?'

위드는 느긋하게 말했다.

"살다 보면 이 정도 여유는 있어야 하지 않겠습니까? 휴가죠, 휴가."

"……."

말하는 사람이 위드라서 불안하긴 하지만, 동료들은 곧 받아들이고 즐기기로 했다.

'그래, 죽을 때 죽더라도 놀 땐 놀아야지.'

'여긴 천국이다. 죽어서 온 셈 치자. 나쁘지 않아.'

산호 지대에서의 꿀 같은 휴가.

위드와 동료들이 휴가를 즐기는 영상은 그날 저녁 바로 각 방송사들을 통해 생중계되었다.

"정말 예쁜 바다네요. 지상낙원이라고 부를 수 있겠어요."

"햇빛과 바다만으로도 스트레스가 해소되는 것 같습니다. 저런 장소에 1시간만 머무르더라도 인생 경험이 되리라고 봅니다."

"앗, 위드 님이 과일을 땄어요. 저런 장소에서 먹는 과일은 얼마나 맛있을까요?"

방송국 관계자들은 중계되는 영상을 보며 부러움을 감추지 못했다.

바다 생명체들은 인간에 대한 아무 거부감도 없어서 자유롭게 어울릴 수 있었다.

돌고래를 타고 바다에서 수상 레포츠를 즐기는 페일과 제피.

대형 악어 나일이가 바다 수영에 도전하는 장면도 나름 꿀잼이었다.

−풍경 보소. 미쳤다, 미쳤어.
−크으⋯ 저렇게 놀고 싶습니다.
−평생 기억에 남을 꿀 휴가.
−저기서 하루만 쉬고 싶다.
−위드가 바다에 잠수해서 잡은 가재 좀 봐요. 거의 사람만 함.
−구워 먹으면 미식의 끝이겠네요.

시청자들의 부러움 가득한 댓글들이 거의 실시간으로 달렸다. 하지만 의문을 가진 이들도 많았다.

−베르사 대륙의 운명을 건 결전을 앞두고 저렇게 한가롭게 쉬어도 됨?
−저곳이 어디죠? 저 항해사인데 저런 지역은 한 번도 본 적도 없고, 들은 적도 없어요.
−산호 지대라면 배를 타고 지나가다가라도 눈에 띌 텐데. 저런 명품 풍경이 알려지지 않았다는 건 말이 안 됩니다.

위드와 그 동료들의 휴식을 보고 자신들도 가 보고 싶어 했지만, 그 누구도 가 봤다는 사람이 없었다.

그러던 와중에 누군가가 댓글을 달았다.

—셸지움 아닙니까? 해안지형이 비슷한데.

—에이, 거긴 아니에요. 저 타탄 섬에서만 5개월 머물렀습니다.

—맞는 것 같은데요? 저 멀리 섬의 흔적도 보이는데.

—현직 지리학과 교수입니다. 토양의 구조와 육지의 식물들 그리고 일조량을 감안하면, 가능성이 높은 추측 같습니다.

—저 해상운송 전문 상인입니다. 황금 거북이들이 자주 보이잖아요. 자세히는 모르지만 셸지움 북쪽 바다에 등껍질에 황금 무늬 있는 거북이들 많이 삽니다.

—그래도 바다가 완전히 다른데…….

시청자들의 추적 조사도 진지하게 이루어졌다.

논쟁이 벌어지면 어디선가 튀어나오는 각계각층의 전문가들.

로열 로드와 위드의 인기를 반영하듯 세계적인 석학이나 전문가가 나와서 방송의 모든 영상을 0.1초 단위로 분석했다.

방송국들 역시 이를 즐기듯이 중계를 했다.

그중 KMC미디어에 노연혜라는 여직원이 있었다. 그녀는 출연료 입금 업무 때문에 이리엔의 카카오톡 주소를 알고 있었다.

— 이리엔 님, 현재 계신 곳이 어디예요?

별생각 없이 메시지를 보내 놓고 나서 아차 싶었는데, 그냥 바로 답장이 왔다.

— 울호프 산호 지대, 그러니까 셸지움 북쪽이에요!
— 에엥? 말해 주셔도 돼요?
— 네. 위드 님이 비밀도 아니라는데요.
— 근데 왜 알려 주시지 않고… 중계권을 살 때만 해도 엄청 대단한 모험이라고만 해서 어딘지도 모르고 방송을 내보내고 있었는데요.

위드는 방송국들을 상대로 할 때 여러 말 하지 않았다.
"모험할 겁니다. 질문은 안 받습니다. 중계권 살 겁니까, 말 겁니까?"
신비주의와 갑질이야말로 몸값을 높일 수 있는 필수 요소라고 판단한 것이다.

— 물어보지 않기에 그냥 대답도 해 주지 않았대요. 저보고 대신 알려 주라고 하셨어요.
— 방송해도 돼요?

- 네, 상관없어요.
- 와… 근데 왜 이렇게 풍경이 다르죠?

노연혜는 흥분으로 떨리는 손가락으로 문자를 입력하며 걸었다. 그녀가 알려 준 사실은 몇 분 안에 방송으로 수억 명의 사람들에게 전달될 것이다.

- 지금 오래된 과거로 시간 여행을 왔어요. 울호프 산호 지대는 어떤 몬스터들이 몰려와서 파괴되는데… 위드 님은 그걸 막을 거예요.
- 그렇구나. 역시 그냥 노는 건 아니었군요.
- 뭐, 그렇죠.
- 전투의 규모도 꽤 크겠어요.
- 몬스터들이 천만 단위라던데요?
- 네에? 그걸 거기 계신 분들이 어떻게 막아요? 능력을 무시하는 건 당연히 아니지만…….

노연혜는 생방송 중인 스튜디오의 문을 벌컥 열고 안으로 뛰어들었다.
"여기 이거 생방송…….”
"알고 있어요. 어서 이거 봐요!"
오주완과 출연자들은 노연혜의 휴대폰에 입력되어 있는 문자들을 보고 경악했다.

"이리엔 님이다!"

"지금 있는 장소에 대한 정보가 밝혀지고 있습니다."

세계 각지의 전문가들이 몇 시간째 논쟁과 정보 분석을 하는 와중에 문자 몇 개로 모든 해답이 나왔다.

게다가 이리엔이 보내는 문자가 계속 도착하고 있었다.

-지금 아르펜 제국, 그러니까 게이하르 폰 아르펜 황제요. 그분이 베르사 대륙을 최초로 통일한 시대로 왔거든요.

"아르펜 왕국이 아닌 제국?"

"역사서에 있는… 그 제국이잖아."

"전설적인 존재, 게이하르 폰 아르펜!"

-역사상에 존재하는 그 아르펜 제국 맞죠?

-옙. 황금새에게 옛이야기를 좀 들었는데, 아르펜 제국이 대륙을 통일하고 나서 해양 몬스터들이 밀려들어 왔대요.

-그렇구나. 피해가 엄청났겠어요.

-네. 육지로 상륙하는 건 조각 생명체들이 막았지만, 바다는 완전히 파괴되었다고 해요.

"조각 생명체라고?"

"그 시대에 왜 조각 생명체들이 있어?"

스튜디오의 출연자들도 새록새록 밝혀지는 사실에 적잖게 몰입했다. 방송 화면은 이미 노연혜의 휴대폰으로 넘어가서 수많은 시청자들이 읽을 수 있게 바뀌었다.

- 조각 생명체들이 어떻게 몬스터를 막았죠? 아니, 걔들이 왜 있어요?

- 조각 생명체들요? 위드 님이 그러는데, 게이하르 폰 아르펜 황제가 조각사였다는데요.

- 조각사요?

"황제의 직업이 조각사였다고?"

"그보다, 신화가 아니라 실존 인물이었어? 역사서에 이름도 거의 남아 있지 않던데."

"지금까지 게이하르 폰 아르펜 황제에 대해서는 의견이 분분했는데… 몬스터 소환사, 혹은 조각사라는 이야기도 있긴 했죠."

"위드 님이 말했다면 아마 그것이 맞겠죠."

전문가나 석학의 의견도 필요 없다.

로열 로드에 관해서는 위드의 말이 곧 법이고 진리였다.

지금까지 위드만큼 다채로운 모험을 즐긴 유저는 존재하지 않았기 때문이다.

"그래서 위드 님이 조각사를 했던 거구나."

"역시, 그때부터 뭔가 남다른 면을 봤던 거야."

"이상하긴 했지. 조각사의 잠재력이 지금은 위드 님에 의해 대부분 알려졌지만, 처음에만 하더라도 도저히 이해할 수 없다는 사람들이 많았으니까."

"마법의 대륙 출신들은 더욱 그렇게 생각했고."

─바다에서 침략해 오는 몬스터들과 전쟁이 벌어지면 위드 님과 저희만 싸우는 게 아니에요. 아르펜 황제와 수많은 조각 생명체들이 합류하게 될걸요.

─와아아, 대박이네요.

─네. 그리고 위드 님이 가장 중요한 게 있다고 그랬어요.

─뭔가요?

─전투의 승리만큼 중요한 게 바로 아르펜 황제에 대한 아부라고 하셨어요.

─아부요? 아부를 왜 하는데요?

─이유는 저도 잘 모르겠어요. 다만 그게 이번 모험의 핵심이라고…….

방송국에서 생중계를 하면서, 시청자들은 폭동을 일으키기 직전이었다.

하벤 제국과 아르펜 왕국.

베르사 대륙의 운명이 걸린 전쟁에 대한 관심은 당연히 높았다. 대부분의 유저들이 그날 접속하거나 방송을 볼 예정이었지만, 지금 이건 느낌이 달랐다.

　－위드 님이 뭔가 엄청난 걸 터뜨릴 것 같습니다.
　－그냥 적당히 싸우는 거? 그거 위드 님 방식이 아니지 말입니다. 회심의 한 방을 준비하고 있는 거 같지 말입니다.
　－강철 기사단이니 뭐니, 싸움만 생각하는 헤르메스 길드는 이런 거 꿈에도 모를 듯.
　－솔직히 우리도 위드가 뭘 할지 모르는 건 마찬가지.
　－어쨌든 이길 것 같지 않습니까?
　－물론이죠!
　－이런 거 보면 풀죽신교 덕분에 버티는 위드가 아닌 거 같음.
　－풀죽신교도 위드 님이 만든 거죠. 제대로 압시다. 로열 로드 유저 절반 정도는 위드 님 덕분에 엄청 즐겁게 살고 있는 거예요.
　－맞아요. 위드 님 없었으면 우린 다 그냥 노예 신세였음.
　－풀죽 풀죽 하는 게 다 이유가 있다는 거 아닙니까.

　방송국의 고위 임원들은 당연히 발등에 불이 떨어졌다.
　14일 정도 남은 가르나프 평원 전쟁!
　중계권을 확보하고는 홍보도 하면서 느긋하게 방송 준비를 하고 있었는데, 당장 위드가 모험을 한다. 게다가 뭔가를 준비하고 있는 것 같은데, 이것이 시청자들을 안달 나게 하는 게 아닌가.

방송국마다 사장과 이사급들이 모인 회의가 급하게 열렸다.

　"위드를 잡아야 합니다."

　"동의합니다. 문제는 조건을 얼마나 맞춰 줘야 하는가인데……."

　"백지수표라도 안겨 줘야죠. 입이 딱 벌어져서 다물리지 않을 고급 차에, 집이라도 지어 줍시다. 우리 방송국이 재벌 그룹 계열사라는 점을 이용할 기회입니다."

　"거 땅 좋아한다던데, 땅도 사 주죠."

　"임야보다는 대지, 특히 상가를 그렇게 좋아한다더군요."

　"확인도 안 된 마당에 무리한 투자 아닐까요? 저는 좀 불안합니다만……."

　"만약에 베르사 대륙을 통째로 위드가 먹어 버린다면요? 그때 가선 돈을 싸 짊어지고 가도 만나기 힘들어질 거예요."

　방송국마다 회의를 벌이긴 했지만 결론은 비슷했다.

　위드를 잡자!

　조만간 가르나프 평원에서 전쟁이 벌어지게 될 것이다.

　전쟁에서 승리하고 베르사 대륙의 지배권을 확보한 쪽은 로열 로드에서 절대적인 영향력을 발휘하게 된다.

　각 방송국들은 그때를 대비하고 있었는데, 위드의 상황이 실시간으로 중계되면서 멈출 수가 없게 되었다.

Moonlight Sculptor The Legendary

짧은 휴가

단 하루의 꿀맛 같은 휴가!

유린과 페일, 제피를 비롯한 이들은 밤새도록 놀기로 했다.

위드는 5층 빌딩 정도 되는 스케일의 모닥불을 피웠다.

"역시 재미는 불장난이지."

아무도 뭐라 할 사람이 없었기에 나무로 탑을 쌓아서 크게
불을 피웠다.

밤하늘에는 별이 반짝인다.

위드와 동료들은 5층 빌딩 크기로 무시무시하게 타오르는
모닥불을 감상하며 시간을 보냈다.

"낚싯대에 미끼는 통통한 녀석으로 하는 게 좋습니다. 여
긴 큰 생선들이 많더군요."

제피는 유린에게 밤낚시를 가르쳐 주었다.

"느긋하게, 낚시는 기다림과 설렘 그리고 고요함을 만끽하는 겁니다."

낚싯대를 드리워 놓고, 물고기가 물기를 기다린 다음, 낚아 올린다. 산호 지대에는 수많은 해양 생물이 살고 있어서 다양한 어종을 낚을 수 있었다.

위드의 모닥불로 가서 구워 먹으면 맛도 있었고, 낚시 스킬의 숙련도나 추가 스텟을 쌓기에도 그만이었다.

"이런 날에는 낚시 여행이라도 떠나고 싶다."

제피가 바닷바람을 맞으며 가만히 눈을 감았다.

바쁘고 정신없이 살아야만 하는 일상.

이렇게 평온한 행복을 느끼는 순간이 더없이 소중했다.

'장래에 내 아내가 되어 줄 사람과 같이 여행을……'

제피가 눈을 뜨고는 미남 특유의 시원한 웃음을 지으며 옆을 살폈다.

유린은 물감 통에 무언가를 섞더니 바다에 붓고 있었다.

콸콸콸!

"뭐 하고 있어요?"

"낚시요."

"예?"

"화가 스킬 중에 독극물 제조가 있거든요."

물감 통에 들어 있던 독약을 바다에 통째로 부어 버린 것이다.

잠시 후에 수면 위로 둥둥 떠오르는 수백 마리의 생선들!

"스킬 숙련도가 낮아서 완전히 죽진 않았을 거예요! 정신 차리기 전에 빨리 건져야 돼요."

"낚시의 기다림과 낭만이……."

"빨리 움직여요!"

제피는 바지를 무릎까지 걷어 올리고 생선을 주워야 했다.

낚시로 1마리씩 잡을 때와는 비교가 불가능한 압도적인 효율!

"랄라라."

유린은 콧노래를 부르며 물고기들을 수거했다.

"골골골골."

"으허헝!"

동물을 좋아하는 이리엔은 물고기를 모닥불에 구워 금인 이와 나일이, 백호에게 먹였다.

"생선 맛있다, 골골."

"역시 자연산이다."

금인이는 취향에 따라 살짝 금가루를 뿌려서 먹기도 했다.

"외롭구나."

페일은 바다를 혼자 거닐었다.

그에게만큼은 쓸쓸하기 짝이 없는 밤.

문득 위드와 동료들이 있는 모닥불 근처를 보니 몇 명의 사람들이 더 있었다.

"어……?"

화령, 벨로트, 세에취, 메이런 그리고 양념게장과 파이톤.

오래된 동료들을 비롯해서 최근 사냥을 함께했던 이들까지 와 있었다.

위드의 휴가가 방송으로 나오면서 오지 못한 이들은 많이 아쉬워했다. 그들을 위해 다시 여행의 조각술을 써서 데려온 것이다.

페일의 눈에는 여러 명 중에 메이런만 보였다.

"아아……."

눈물을 흘리면서 달려오는 페일!

메이런은 생선이 구워지기를 기다리다가 느닷없이 꺼이꺼이 울음을 터뜨리는 페일의 품에 안기고 말았다.

로뮤나가 고개를 저었다.

"누가 보면 헤어진 가족이라도 만나는 줄 알겠네."

수르카도 가볍게 동의했다.

"그러게요. 아침에도 같이 밥 먹었는데."

"술은 이쪽으로 오세요! 상자를 꺼낼 시간이 없으니 마차는 그대로 세워 두세요."

마판은 급히 동원된 북부의 상인들과 함께 가르나프 평원에서 축제를 준비했다. 최대 1억 명 이상이 놀고먹을 수 있는 축제를 개최하는 것이다.

냄새를 맡은 기업 관계자들이 알아서 마판을 찾아왔다.

"가전의 LG입니다. 냉장고, 세탁기, 텔레비전을 홍보하고 싶습니다만, 어떻게 안 될까요?"

마판은 뱃살을 출렁이며 가볍게 한숨을 쉬었다.

"신성한 축제의 자리입니다. 당연히 많은 도움이 필요하긴 합니다만."

"자릿세는 준비해 두었습니다."

"흠흠! 자릿세라니요. 그렇게 말씀하시면 우리가 기업체들로부터 돈이라도 받아 내는 것 같지 않습니까?"

"아, 죄송합니다. 제가 말실수를⋯⋯."

"후원금은 좀 받겠습니다."

"⋯⋯?"

삼성, LG, 현대를 비롯하여 중국과 미국의 IT 회사들, 기업들의 홍보 부스를 마련해 주는 대가로 막대한 후원금을 거두어들일 수 있었다.

이 돈은 베르사 대륙 전역에 뿌려졌다.

"맥주와 술안주, 먹을 수 있는 모든 종류의 특산품을 구해 오세요."

"특산품 중에는 요리를 해야 되는 것도 많은데요?"

"전문 요리사도 무제한으로 모셔 옵니다."

"그래도 됩니까?"

마판 상회의 상인들도 펄쩍 뛸 정도로 지출이 막대했다.

1억 명의 사람이 최소 며칠씩은 먹어야 하기 때문에 이건 그야말로 천문학적인 금액이 동원되는 것이다.

아르펜 왕국의 재정에 기업들의 후원금, 마판 상회의 자산까지 투입되었다.

"이건 위드 님의 특명입니다."

"옙, 알겠습니다!"

북부와 중앙 대륙의 상인들, 로열 로드와 관련된 모든 게시판에 주문 의뢰를 넣었다. 실로 어마어마한 양의 식료품이 한자리에 모이게 되는 것이다.

굳이 비밀로 할 일도 아니라서 상인들은 만나기만 하면 이 이야기를 했다.

"사상 초유의 축제라니… 이런 자리를 만들 수 있는 위드 님과 마판 상회가 대단하다. 대륙 전역에서 모이는 식료품 마차만 1,000만 대라는 소문이 있어."

"위드 님의 영향력이나 결단력이 아니고서야 불가능한 거지."

"맞아, 맞아."

중앙 대륙을 포함, 각 도시의 광장들마다 가르나프 평원의 축제에 대한 이야기가 잔뜩 흘러나왔다.

그때 초보자 복장을 하고 있는 상인이 이야기에 끼어들었다.

"여러분, 알고 계십니까? 이거 유저들을 위한 축제인 것을요."

"예?"

"위드 님이 아르펜 왕국에서 지금까지 함께 어려움을 극복해 온 유저들을 위해서 아낌없이 베푸는 겁니다."

"중앙 대륙 유저들도 와도 된다던데요?"

"위드 님은 당연히 제한을 두지 않았죠. 로열 로드에 있는 모든 사람들을 위해서 축제를 벌이는 겁니다."

"역시 위드 님이네."

이러한 정보는 도시마다, 게시판마다 퍼졌다.

위드가 사람들을 위해서 아낌없이 쏜다!

-위드 만세.

-전쟁과 사냥, 파괴… 로열 로드에서 익숙한 단어죠. 축제, 행복, 자유. 아르펜 왕국에서는 이게 당연한 겁니다.

-캬, 이번 전투에서 지면 위드 님도 개털이 될 수도 있는데. 이 배포 보세요.

-위드 님이 만들고 싶어 하는 세상이 저런 것 같군요.

-풀죽신교를 까기만 했었는데… 왜 이렇게나 많은 사람들이 위드 님 편을 드는지 알 것 같네요.

각 여론은 완벽히 위드의 편이었다.

–셸지움에서 하벤 제국군과 싸우다 죽은 유저들, 가르나프 평원에서 환영해 주는 거 봤어요? 완전 눈물 나는 감동의 자리.
–고생을 알아주는 것만큼 더한 게 있을까요? 위드 님 같은 분이 우리 회사 사장님이었으면 좋을 텐데.
–모라타, 푸홀 워터파크… 뭐, 위드 님의 업적은 모험이나 사냥이 전부가 아니죠. 북부 유저들이 로열 로드에서 느끼는 행복의 상당 부분은 위드 님이 만든 겁니다.
–애정이 없다면 불가능한 일. 전쟁 전에 개최하는 사상 최대 규모의 축제도 우리 모두를 위한 일.
–축제라니… 가서 맘껏 즐깁시다.

북부의 유저들만 아니라 중앙 대륙의 유저들, 로자임 왕국을 비롯한 동부 쪽의 유저들까지 서둘러 가르나프 평원을 향해 움직였다.
축제를 개최한 위드에 대한 호감도와 인기는 최고!
"이 정도일 줄이야. 위드 님의 잔머리와 꼼수는 그야말로 역사를 바꿔 놓을 정도구나."
가르나프 평원에 있는 마판조차도 호응이 이렇게까지 엄청날 줄은 몰랐다.
"독버섯죽이 도착했습니다!"

"어서 오세요, 여러분!"

평원에 대규모 방문자들이 도착할 때마다 환호성과 박수 소리가 울려 퍼졌다. 유저들의 호주머니를 털기 위한 축제가 시시각각으로 사람들의 열광을 자아냈다.

가르나프 평원의 이틀째 날이라서 부족한 것이 아주 많다.

사람들이 자발적으로 음식도 요리하고, 무대도 만들고, 천막까지 치고 있었다.

'위드 님이 만약 승리를 거둔다면… 이곳에서는 매년 축제를 연다고 하셨지. 베르사 대륙이 들썩일 정도로 말이야. 정말 장관이 되겠구나.'

매년 축제가 발전하는 광경도 봐 줄 만할 것이다.

당연히 그때마다 이득을 볼 금액은 가히 천문학적인 것!

엄청나게 구매한 식료품이 모두 팔리면 그 이윤은 아르펜 왕국을 크게 발전시키기에 충분하리라.

마판은 중앙 대륙의 상단들도 상대해야 했다.

헤르메스 길드의 입김이 강하게 닿아 있는 중앙 대륙의 거대 상단들.

마판 상회가 영향력도 높고 거래하지 않는 품목이 없다지만, 자본금에서는 비교할 수도 없이 큰 상단들이었다.

"브리튼 지역의 양조주 상단에서 나왔습니다. 우린 고급 주류를 판매할 겁니다."

"가격대는 얼마죠?"

"최소 병당 300골드가 넘습니다."

마판과 상단주의 눈이 마주쳤다.

'이런 도둑놈이… 이번 기회로 완전히 한밑천 챙기려는구
나.'

'헛. 역시 알아챈 눈빛이다.'

마판은 목소리를 낮게 깔았다.

"사람들이 즐기는 축제의 자리입니다. 가격 낮추세요."

"예? 가격은 시장 자율에 따라 결정되는 거 아닙니까. 수
요가 있으면 공급도 비싸질 수 있는 거죠."

"뻔히 다 아는 처지에 바가지만 씌우려고 하지 마세요. 이
런 식으로 계속 장사하실 겁니까?"

"……."

"정직하게 사세요. 쫌."

"아, 알겠습니다."

마판은 중앙 대륙의 거대 상단주들에게도 당당했다.

그들이 가진 돈이 아무리 많더라도 상단은 기본적으로 사
람들의 거래와 소비에 의해서 돌아간다.

마판 상회의 영향력은 모라타의 확대와 함께 커져서 북부
전체로 퍼졌다. 이번 축제를 주관하면서 대륙 전역의 상계를
좌우할 정도로 커지고 있었다.

중앙 대륙의 상단주들은 분노의 방향을 헤르메스 길드로
돌려야 했다.

"빌어먹을. 헤르메스 길드는 도대체 뭐 하는 거야?"

"땅따먹기 말고는 제대로 하는 게 없어. 우리가 그동안 갖다 바친 돈이 얼만데."

마판은 축제에서 상단들의 영업 구역도 배정해 주어야 했다. 상인들이 욕심을 내서 난잡하게 영업을 하다 보면 사람들이 실컷 즐기지 못할 테니까.

가르나프 평원의 둘째 날에는 낮부터 음유시인들이 노래를 부르고 댄서들이 춤을 추었다.

"랄랄라 랄라라. 랄라라라라라."

여자 악사들이 악기를 연주할 때마다 어젯밤부터 피워 놓은 모닥불이 춤을 추었다.

한쪽에서는 예쁜 엘프 소녀들이 느긋하게 걸어가자, 주변에서 찬탄이 흘러나왔다.

"우오오오."

"이쁘다. 어디서 온 사람들이야?"

용감하게 말을 걸어 보는 남자도 있었다.

"혹시, 어디서 오셨어요?"

"엘프산악회요."

"아, 그 유명한 길드……."

엘프 중의 최강으로 손꼽히는 길드.

엘프 사냥꾼들은 성장을 하고, 숲의 정기를 받아들이게 된다. 드래곤 산맥에서 사냥을 할 수 있도록 허락된 용맹한 전사들.

그녀들 수십 명이 한꺼번에 등산을 한다며 드래곤 산맥을 뛰어오르는 광경은 동영상으로도 대단한 이슈가 되었다.

"와… 저쪽은 흑사자 길드 아닌가? 망하고 나서 대외적으로 나서는 건 처음이지?"

"로암 길드의 로암이나 가라콘의 전사 할덴 님도 와 있어."

"벌써 유명인들이 다 모이고 있다!"

아직 둘째 날인데도 불구하고 중앙 대륙 상위권 랭커들부터 차례차례 모여들고 있었다.

명문 길드들의 전쟁, 하벤 제국의 정복!

조용히 살아가던 유명 유저들에게도 가르나프 평원의 결전은 궁금했던 것이다.

바쁘게 움직이는 마판에게 귓속말이 전해졌다.

-마판 님.

-예, 위드 님.

마판은 조용히 속삭이듯이 대답했다. 그들 사이에서는 언제든 은밀한 대화가 오갈 수 있었기 때문이다.

-상황은 잘 진행되고 있죠?

-준비는 철저히 시키고 있습니다. 기념품 판매도 원활하고요.

-수익은요?

-17배 정도 남기고 있는데, 다른 물품들이 싸다 보니 불만은

없습니다.

-1년 장사를 한다는 마음가짐으로 임해야 합니다. 이기든 지든, 이런 이벤트는 다시없을 테니까요.

-최선을 다하겠습니다. 이번에 번 돈으로 사 놓을 땅도 봐 두었습니다.

-후후후후후.

-캬캬캬캬캿.

마판과 위드는 악어와 악어 새 같은 동업자의 관계!

-바쁜 건 알지만 축제 말고 한 가지 더 준비해야 할 것이 있 습니다.

-뭐든 말씀만 하십시오.

-유저들을 움직여서 초대형 조각상을 많이 만들어야 합니 다. 예전에 로자임 왕국에서 피라미드를 건설했던 것처럼 말입 니다.

-조각상요?

-예. 크기는 클수록 좋고 개수는 많을수록 좋습니다. 빙룡보 다 5배, 아니 10배쯤 커도 괜찮을 겁니다.

마판의 머리가 빠르게 돌아갔다.

위드가 이렇게 말하는 데에는 분명히 이유가 있을 것이다.

-이유를 자세히 알 수 있을까요? 준비하려면 정확히 알아야 도움이 될 것 같은데요.

-조각상들이 하벤 제국과의 전쟁에 동원될 겁니다.

조각품에 생명 부여!

그 위미를 깨달은 마판은 깜짝 놀라고 말았다.

─그렇게 하면 위드 님의 레벨이 하락하는데요. 전쟁에 이기
더라도 손해가 너무 크지 않겠습니까? 100개만 생명을 부여하
더라도… 만약에 전쟁에서 져 버리기라도 한다면 복구가 안 됩
니다.

위드의 동료들은 조각술의 비기들이 가진 페널티에 대해
대략적으로나마 알고 있었다.

조각품에 생명 부여 같은 경우에는 강력한 부하가 탄생하
지만 레벨이 떨어지니 함부로 쓸 수 있는 스킬이 아니었다.

전쟁에 패배하고 조각 생명체들이 전부 죽어 버리고 난다
면, 돌이킬 수 없는 손해를 보는 것이다.

'위드 님이 왜 이런 무모한 일을 하시지?'

조각 생명체들이 전쟁에 도움이 되긴 하겠지만 고작 몇십
마리로 이길 수 있는 상황이 아니다.

마판이 더 적극적으로 말리려고 하는데 위드의 귓속말이
들어왔다.

─제가 생명을 부여하진 않을 겁니다. 따로 작업하고 있는 사
람이 있습니다.

순간 딱 떠오르는 인물이 있었다.

─설마 게이하르 폰 아르펜?

─후후후. 써먹을 수 있는 사람은 확실히 써먹어야죠.

-캬하, 과연… 정말 꼼수에 대해서 배울 점이 많습니다.

게이하르 폰 아르펜 황제!

그는 역사상 최초로 베르사 대륙을 통일한 인물이다.

그 업적을 기리면서 감탄만 하는 건 위드가 할 일이 아니다.

'철저히 부려 먹는구나…….'

대륙 통일을 위한 전쟁에 재활용!

마판의 머릿속에 모든 그림이 그려졌다.

'유저들과 가르나프 평원에 대형 조각상들을 만들어 놓는다. 게이하르 황제가 그것에 생명을 부여하게 될 것이고. 황제를 데려오는 것이 문제인데… 그건 조각 부활술로 되살리겠구나.'

조각 부활술의 단점.

되살린 사람이 도와주지 않고 떠나 버리더라도 어쩔 수가 없다는 것이다.

조각품에 생명까지 부여해 줄 정도라면 정말로 큰 친분이나 명분이 있어야 한다. 위드는 그 작업을 위해 시간 조각술을 이용해 과거로 가서 호의를 쌓아 놓으려는 것이다.

톱니바퀴처럼 맞물리면서 조각술의 비기들을 연계시킨 계획들.

'먹힐 가능성이 대단히 높다.'

부활한 게이하르 폰 아르펜 황제가 위드를 위해서 대형 조각품들에 생명을 부여하는 광경이 벌써 눈앞에 그려지는 듯했다.

수백 미터에 달하는 거인이나 거대 생명체들이 하벤 제국의 병력을 향해 브레스를 내뿜어 댈 것이다.

─조각품들을 어마어마하게 만들겠습니다. 여긴 북부 유저들도 몰려오고 있으니까요. 전쟁 전까지, 수천 개라도 만들 수 있을 겁니다!

─바로 그 정신입니다. 비행이 가능한 녀석들을 비롯해서 온갖 흉악한 놈들을 제작하셔야 됩니다.

─물컹꿈틀이 같은 녀석들 말씀이시죠?

─예. 저도 아이디어가 떠오를 때마다 대략적인 설계도라도 보내겠습니다.

─게이하르 황제가 우리를 더 돕도록 그를 찬양하는 작품이나 문구도 준비하겠습니다. 모라타 대도서관의 역사서를 뒤져서 좋아하는 술이나 음식도 만들어 놓도록 하죠.

─대화가 척척 이어지는군요.

─캬캬캬캬캬.

─그리고 인건비는…….

─풀죽으로 때우죠. 뭐. 그래도 하려는 사람들이 많을 겁니다.

─아주 좋습니다. 그래도 서운하니까 계란 1개씩은 풀어 주세요.

위드는 다음 날 해가 떠오를 무렵 당당하게 선언했다.

"놀 만큼 놀았으니 이제 일을 하도록 하죠."

"하루로요?"

"예. 노는 것도 10분 20분이지, 더 놀면 지겹잖아요."

"······."

지금까지 사냥과 퀘스트를 따라다니면서 얼마나 고생했는데 단 하루 놀게 해 주고서는 놀 만큼 논 거라니.

위드가 저 멀리 바다를 가리키며 말했다.

"일주일 후에 몬스터 대군이 몰려올 겁니다."

"몇 마리 정도나 옵니까?"

메이런이 올 때 같이 합류한 양념게장이 물었다.

그는 어쨌든 좋은 곳에 와서 스탯도 쌓고 구경도 한 만큼 잘 싸워 줄 의지가 있었다. 전투를 즐기는 편인 양념게장이라, 위드나 다른 믿음직스러운 동료들과 함께 몬스터를 때려잡는 재미도 상당했으니까.

"저 바다가 몬스터로 뒤덮인다고 보면 됩니다."

"예?"

"수평선 너머까지, 그냥 전부 몬스터요. 물속에도 가득가득요."

"······."

"몬스터의 이름은 포라트. 바다뱀이라고 생각하면 되는데, 특징은 육식을 좋아하고 뭐든 먹어 치운다는 겁니다."

"레벨은요?"

"다양합니다. 모라타 대도서관에서 기록을 따로 챙겨 오긴 했는데… 나중에는 멸종된 몬스터라서요."

해적이 만든 멸종 몬스터 도감 #391

포라트

깨끗한 바다에 주로 사는 몬스터! 뱀의 형상을 하고 있으며 사냥감을 가리지 않는다. 몸의 크기에 따라 전투력을 구분할 수 있다.

50센티 이하. 평범하다. 회 떠 먹기 좋다. 정력에도 좋다는 이야기가 있다. 해적들 사이에 쟁탈전이 벌어진다.

1미터 이하. 역시 맛있다. 제일 맛있을 때다. 고기 한 점에 술 한 병이 그냥 들어간다.

10미터 이하. 조심해야 된다. 욕심 부리다가 통째로 먹힌 해적들이 꽤 된다. 그래도 작살로 사냥할 만하다.

30미터 이하. 무섭다. 들이받으면 해적선에도 피해가 간다.

50미터 이하. 피하는 게 낫다. 잘못하면 해적선이 침몰할 것이다.

100미터 이상. 돛을 펴고 도망쳐야만 하지만, 날개가 있으니 쫓아올 것이다. 그냥 죽었다고 보고 유언이라도 남기자.

포라트의 수명이 60년을 넘으면 날개가 생겨서 하늘을 날 수 있다. 그런 녀석들은 에센 포라트라는 이름으로 따로 불리는데, 바다의 전설이다. 왜냐면 놈들을 보고도 살아남은 해적이 드물기 때문이다.

해적 문서들을 돌려 가며 읽은 동료들에게 위드가 말했다.

"여기 오는 건 작은 녀석들이 많겠지만, 당연히 100미터 이상도 꽤 될 겁니다."

수르카가 손을 들고 물었다.

"해적 문서의 기록이 잘못된 건 아닐까요? 해적들의 오래된 소문 같은 건 그런 경우가 많잖아요."

"황금새와 바하모르그가 그때 싸워 보기도 했다니 확실할 겁니다."

잠깐 죽긴 했지만 과거에 살았던 바하모르그, 어마어마한 수명을 가진 황금새에게 직접 이야기를 들었다.

퀘스트 정보가 정 필요하다면 조각 부활술을 통해서도 정보를 얻을 수 있었다. 물론 자주 쓸 수 있는 스킬은 당연히 아니었지만.

페일이 진지하게 물었다.

"근데 어떻게 막습니까, 우리끼리? 위드 님 말씀대로라면 100미터가 넘는 거대 몬스터들이 다수에, 작은 녀석들은 바다가 가득 메워질 정도로 밀려올 텐데요?"

"열심히 노력해야죠."

"……."

위드는 모래사장에 인근의 지형과 해안선을 그렸다.

"육지로의 상륙은 걱정하지 않아도 됩니다. 아르펜 제국의 조각 생명체 군단이 도착해서 막을 테니까요."

"그럼요?"

"시간을 끌면서, 바다가 파괴되는 걸 막아야 합니다. 산호지대와 해양 생명체의 멸종도요. 포라트들이 전부 먹어 치워 버릴 테니까요."

목표는 모두에게 또렷하게 전달되었다.

바다를 가득 채운 몬스터들을 물리치는 게 아니라, 그냥 버티기만 하면 되는 계획!

제피가 진지하게 물었다.

"얼마나 오래 버티면 됩니까?"

"황금새의 말을 듣고 계산해 본 결과, 2~3시간 정도라고 봅니다."

"그 정도라면… 정말 도전해 볼 만하겠군요."

동료들은 저마다 생각에 잠겼다.

'승산이 조금은 있겠는데?'

'버티는 정도라면… 시간을 끄는 식으로 해서라면 말이야.'

보통은 불가능하다고 할 테지만, 이 자리에 모인 이들은 해볼 만하다고 생각했다. 스스로의 능력도 있지만, 지금까지 위드가 완전히 허무맹랑한 모험을 한 적은 없기 때문이다.

단순한 전투가 아니라 조각술의 비기를 활용할 수 있었다.

제피의 낚시 스킬도 효과적으로 쓸 수 있는 기회였다.

벨로트가 미간을 살짝 찌푸리더니 중얼거렸다.

"근데 이거요, 몬스터들을 막기 위한 가장 쉬운 방법이 있는 것 같은데요."

"예?"

"뭔데요, 그건?"

대번에 동료들의 관심을 받은 벨로트가 자신 있게 말했다.

"우린 앞으로 벌어질 일을 알고 있잖아요. 그냥 게이하르 황제에게 가서 알려 주고 막으라고 하면 안 돼요?"

"어, 듣고 보니 그러네요!"

충분히 일리가 있는 의견이었다.

몬스터의 침공 계획을 알고 있으니, 그것을 전달하는 방법으로 막는 것이 가능하다. 역사를 바꾸기만 하면 이 아름다운 바다를 지키는 데 간단히 성공할 수 있는 것이다.

'이 아름다운 바다가 그대로 간직되면 미래의 지형도 바뀔 거야. 로열 로드의 수많은 유저들이 행복해하겠지.'

'완전… 간단한 방법으로 바다를 지킬 수 있잖아?'

자연 훼손을 막는 가장 쉽고 빠른 길을 벨로트가 찾아냈다. 그러나 위드는 강하게 고개를 저었다.

"터무니없이 잘못된 계획입니다."

"왜요?"

"이 계획의 핵심은 아부니까요!"

아부를 위해서라도 아름다운 바다를 걸고 몬스터들을 막아야만 했다. 위드는 백사장에서 동료들과 머리를 짜내서 방어 계획을 만들었다.

1차 계획!

먼바다에 함정을 건설한다.

이 부분에서는 제피가 의견을 냈다.

"바늘이 달린 그물을 암초마다 연결해서 많이 쳐 놓죠. 오랫동안 버티지는 못하겠지만, 파도치는 바다에서는 놈들끼리 뒤엉키게 될 겁니다."

"좋은 의견이군요. 뭐든 잡아먹는다니까 자기들끼리도 먹겠어요."

최대한 많은 강철 그물을 제작하기 위해 밤샘 작업을 진행하기로 했다. 벨로트와 몇 명이 한숨을 쉬기는 했지만, 어쩔수 없이 받아들였다.

2차 계획은 페일이 의견을 꺼낸 유령선이었다.

"위드 님, 네크로맨서인데 유령선을 소환할 수 있으시겠습니까? 언데드들이 도움이 많이 될 것 같은데요."

해양 몬스터들의 시선을 끄는 데는 유령선 군단만 한 게 없으리라.

"흠, 리치로 변신하면 가능은 할 겁니다. 그동안 많이 성장했으니 예전보다 유령선을 많이 소환할 수 있겠죠."

유령선 전단이 있다면 몬스터들을 상대하기가 훨씬 수월하리라. 애초에 이 정도 규모의 작전이 아니고서야 잠깐이라지만 포라트 무리를 막는 것 자체가 무리였다.

3차 계획은 미끼!

누가 의견을 제시할 것도 없이 누렁이를 보며 떠올린 것이다.

"몬스터들의 관심을 끌어야 하는데… 누렁이만 한 녀석이 없겠죠?"

양념게장이 먼저 말하자, 로뮤나가 입맛을 다시며 받았다.

"식성이 좋은 놈들이라면 누렁이를 그냥 지나칠 수 없겠죠."

"일리는 있지만, 육지 몬스터가 아닌데도 효과가 있을까요?"

그래도 이리엔은 누렁이가 불쌍해서 지켜 주고 싶었다. 그러나 수르카가 웃으며 말했다.

"언니, 누렁이가 비밀이라고 아무한테도 말하지 말라면서 알려 줬는데요, 도발 스킬이 있대요. 몬스터들의 이목을 돌리기에는 좋을 거예요."

제피가 누렁이를 보며 고개를 끄덕였다.

"그러면 최고의 미끼로군요. 최상품의 미끼로 쓸 수 있을 겁니다."

4차 계획은 보존이었다.

방어 계획이 망하는 것도 감안해서, 산호와 해양 생명체를 최대한 수집하기로 했다. 전쟁이 마무리되고 황폐화된 후에 풀어 주면 다시 어느 정도 번식을 할 수 있을 테니까.

5차 계획은 재앙!

대재앙의 자연 조각술은 당연히 써야만 했다.

산호 지대도 피해를 입겠지만, 효과 측면에서는 빠뜨릴 수가 없었으니까.

6차 계획은 죽음!

위드를 제외한 동료들은 목숨까지 걸기로 했다. 이 멋진 해변과 바다가 사라져 버린다는 생각에 너무나도 안타까웠다.

"죽더라도 하루 접속 안 하면 되니까요. 가르나프 평원 전투는 문제없을 겁니다."

"스킬 레벨 같은 게 아깝긴 하지만… 그래도 또 올리면 되니까요."

방송 때문에라도, 멋진 죽음도 각오했다.

위드의 동료인 것만으로도 인지도가 높아져서 그들도 광고를 몇 개 찍었다.

수르카는 에어컨 광고!

체육관에서 땀을 흘리며 샌드백을 치는 여자 복서 역할이었고, 나름 반응이 나쁘지 않았다.

로뮤나는 휴대폰 광고를 찍었는데, LG에서 처음 제의가 들어왔을 때는 대단히 기뻐했다. 휴대폰 광고는 정말 예쁘고 매력적인 배우나 아이돌만 찍는 것이었으니까.

"네? 휴대폰을 부수라고요?"

"벽에 던지고, 망치로 내려치세요. 그리고 파이어 마법으로 한 방에 날려 버리는 겁니다. 그다음에 전화를 거는 구성이죠."

"그래서 뭐가 남는데요?"

"멋진 영상이죠."

"제 이미지는요?"

"로뮤나 님의 이미지를 고려해서 기획한 광고인데요."

"……."

이 기회가 너무 아까웠던 로뮤나는 차마 거절하지 못하고 결국 광고를 찍었고, 감독의 극찬을 받았다.

"모든 컷이 완벽합니다. 휴대폰을 던지는 자세나 망치질, 파이어 마법으로 태워 버릴 때의 눈빛까지도… 혹시 연기해 보실 생각은 없습니까?"

동료들도 유명인이었기에, 대중을 위해 바다를 보전하기 위해, 기꺼이 희생할 각오를 굳혔다.

한창 축제가 열리고 있는 가르나프 평원에서 마판이 사람들을 모았다.

"우린 이제부터 조각품을 만들어야 됩니다."

퀘스트와 사냥까지 포기하고 달려온 풀죽신교의 유명인들.

베르사 대륙을 제패하기 위한 위드의 부탁이라고 하자 저마다 눈을 빛냈다.

"시간은 넉넉하네요. 하루에 만 개씩만 만들어도 13만 개 아닙니까?"

"숫자만 많아서는 의미가 없다잖아요. 프레야 여신상 정도의 크기로 8만 개만 만들죠?"

"공대 출신입니다. 조각상 하나에 2,000명이 작업을 한다고 치면… 후, 산수가 필요 없을 정도로 쉽겠는데요?"

"여기 지명이 바뀌어서 앞으로는 조각상의 평원이 되겠군요."

때때로 풀죽신교는 오크들에 비교되기도 했다.

위드가 무언가를 외치면, '와아아아아아아!' 하고 달려들어서 전투와 작업을 해낸다.

집단행동을 어리석다고 비난하는 목소리도 있었지만, 막상 참여한 유저들에게는 불만이 존재하지 않았다. 로열 로드를 하면서 경험할 수 있는 짜릿한 즐거움 중의 하나인 것!

사람들과 어울리면서 베르사 대륙을 올바르게 만든다는 긍지도 있었다.

위드의 요청이 마판을 통해 접수되자 풀죽신교에서는 비상소집령까지 내렸다.

"여유 전력을 완전히 여기에 집중시켜야겠습니다."

"한가롭게 축제를 즐기다가 전쟁에 참여하려고 했는데… 흠흠, 그럴 수는 없게 되었군요."

"정신 바짝 차립시다. 또 언제 이런 기회가 올지 모르는 거아닙니까? 베르사 대륙이 이번에 통일되어 버리면 말이죠."

"우리 풀죽신교는 로열 로드만이 아니라 전 세계에서 명예로운 단체가 되고 있습니다. 그에 어울리는 행동으로 보답하지요."

축제를 즐기며 맥주를 마시고 놀고 있던 유저들에게 급하게 공지가 전달되었다.

-풀죽 갑호 비상소집령입니다! 가르나프 평원에 초대형 조각상 제작 결정! 풀죽 회원들은 노동에 참여하여 주십시오.

비상소집령이기는 하지만 강제력은 전혀 없었다. 그런데도 가르나프 평원에 제멋대로 늘어져 있던 사람들이 벌떡 일어났다.

"갑호 비상소집령이다."

"풀죽신교의 존망이 걸려 있을 때에나 사용한다던 거잖아."

먹던 음식을 내려놓고, 남녀가 섞여서 놀고 있던 이들도 이야기를 멈췄다.

"비상소집! 어서 가자!"

"출격! 독버섯죽 출격하라!"

쉬고 있던 사람들이 여기저기서 일어나 각자의 소속 부대의 깃발을 세우고 몰려들었다.

막 가르나프 평원에 도착해서 놀려고 하던 이들도 정신이 번쩍 들었다.

"노동 참여! 일하자. 삽자루가 어디에 있지?"

"빨리, 빨리 가자."

그사이 가르나프 평원에 모인 50여만 명이 흙먼지를 일으키며 일자리를 찾아가는 건 일대 장관이었다.

"뭐야, 이거……."

"와, 순식간에 전부 움직이네."

중앙 대륙의 유저들은 갑자기 벌어지는 사태에 어안이 벙벙해서 앉아 있을 뿐이었다.

―풀죽신교의 레몬이에요. 지금 도움을 필요로 해요. 어서 와 주세요.

북부에서 진군해 오던 풀죽신교의 본대.

달빛
조각사

풍경을 구경하며 여행하듯이 즐겁게 걸어오던 무리의 움직임도 달라졌다.

"진격을 시작하자!"

고레벨 유저들이 일제히 달음박질쳐 앞으로 튀어 나갔다. 마법사들은 플라이 마법을 써서 하늘을 비행하며 남쪽으로 이동했다.

풀죽신교 본대의 평균 레벨은 낮은 편이었지만 그들도 본격적으로 움직였다.

"말이나 소를 탄 사람은 먼저 가요!"

"빈 마차가 있으면 10명씩, 아니 20명씩 태우고 갑시다."

"조인족에 요청했습니다. 지금 우리를 태우려고 참새 부대 2만여 명이 오고 있습니다."

소나 말이 끄는 마차마다, 사람들이 지붕에 타고 옆에 매달려 황량한 길을 질주했다.

풀죽신교의 본대가 가르나프 평원을 목적지로, 남쪽으로 무섭게 내달리기 시작했다.

가르나프 평원의 변화

예술가의 도시 로디움!

직업 선택에 따른 후회로 비탄과 절망이 가득한 곳이었다.

그들에게도 가르나프 평원에서 조각상을 세운다는 소식이 전해졌다.

"우리가 쓸모가 있겠습니다. 삶의 의미가 존재하겠군요."

"아니, 그보다도… 풀죽신교 홈페이지에 있는 레드 드래곤 제작 계획서 보셨습니까? 높이 800미터의 조각상이라니!"

"상상도 안 가는 규모입니다."

"건물, 아니 산을 깎아야 되는 수준 아닙니까?"

"강철과 바위를 연결한다는데, 상상만 해도 놀랍죠."

크기 1~2미터짜리 조각품을 깎아 오던 조각사들을 기겁

하게 만드는 스케일!

위드조차도 이런 규모로 조각상을 만든 적은 없었다.

"평원이니 흙과 돌부터 옮겨 와야 되겠죠. 제작이 가능할까요?"

"재료는 걱정하지 않으셔도 됩니다. 100만 명이 투입되어서 재료 수급에 동원될 거랍니다."

"공중 조각상 계획도 있습니다. 조각품을 공중에 매달아서 움직이게 한다는데요."

"아니, 어떻게요?"

"그건 지금부터 연구해 본다고……."

로디움에서 놀고 있던 조각사들을 흥분시키는 소식이었다.

"아, 내가 왜 화가를 한다고 했을까."

"친구들 말 들을걸. 남들은 사냥 가서 돈 버는데 난 물감 값만 날리고 있어."

"조각사는 위드가 있어서 행복하겠다."

화가들은 허둥지둥 떠나는 조각사들을 보며 땅바닥에 낙서나 하고 있었다.

그들에게도 풀죽신교의 소식이 전달되었다.

"가르나프 평원에 화가들도 모이랍니다."

"그림이 필요해요? 조각품만 만든다는데……."

"1~2명이 작업하는 게 아니잖습니까. 화가들이 그린 그림을 조각상으로 제작해야 한다고요."

"오호라, 그런 방법이!"

로디움에서 구걸하고 있던 예술가들이 전부 가르나프 평원으로 옮겨 가기 시작했다.

아르펜 왕국과 하벤 제국의 결전!

베르사 대륙의 운명이 결정될 장소는 인류 역사상 존재하지 않았던 거대한 노가다 판으로 변하고 있었다.

-레벨이 올랐습니다.

바드레이의 레벨은 드디어 592에 도달했다.

무신이라는 별명이 걸맞을 정도로 압도적인 성장이었다.

"조만간 600을 달성할 수 있겠군."

로열 로드가 문을 열고 나서 지금까지 쭉 레벨로 선두를 지켜 왔다.

유리한 퀘스트와 사냥터를 독점했으며, 던전의 경우에도 미발견인 곳들을 이용하여 친위대와 함께 2배씩의 경험치를 먹어 치웠다.

그 결과 랭커들 중에서도 압도적인 강함을 자랑했지만, 바드레이는 전쟁의 날짜가 다가오자 초조함을 이기기 힘들었다.

"이상하게 불안하군."

위드와의 전투는 묘하게 긴장되는 구석이 있었다.

멜버른 광산에서 예상외로 쉽게 이기지 못했던 전투였음은 본인이 가장 크게 느꼈었다.

'다양한 스킬의 운용과 타이밍을 뺏는 기술. 의외로 전투적인 재능에서는 나를 앞선 면이 많았다.'

바드레이는 안정적인 사냥을 해 온 경험이 대부분이었다.

최초로 보스급 몬스터를 사냥하더라도 혼자가 아니라 친위대나 지원 병력을 데리고 싸운다. 그들과 같이 보스급 몬스터나 주변 몬스터들을 정리하기 때문에 혼자보다는 협력 전투에 능숙하다고 할 수 있었다.

위드는 그야말로 잡초처럼 험하게 구르다 보니 살아남기 위해서 싸운다.

'그래서 방심할 수가 없었다.'

바드레이는 높은 레벨과 전투 기술로 다른 사람들을 압도했다. 로암이나 칼리스, 다른 유명한 랭커들도 무신이라는 명성 덕분에 싸우기도 전에 이기고 들어간다.

그 방식이 위드에게만은 전혀 통하지 않기에, 멜버른 광산의 승리 이후로도 여전히 부담스러운 경쟁자로 여기고 있었다.

'위드도 지금까지 나를 의식하고 있었겠지.'

바드레이는 전투를 하다가도 위드를 떠올리면서 더욱 힘을 냈다.

부족한 부분을 보완하기 위해 위드의 전투 영상을 보고 일점 공격술도 익혔다. 전투 기술의 운용이나 검술 자체에도 힘을 쏟았다.

'위드도 날 만나길 기다렸을지 모른다. 베르사 대륙의 진정한 최강자를 가리기 위해서 말이야.'

그동안 위드는 먹고살고 돈 벌고 스킬 노가다를 하면서 퀘스트까지 깨기 바빴으니, 바드레이 혼자 하는 착각이었다.

'이번 전투에 모든 것을 걸어야 해. 일대일 승부에서 패배한다면… 무신이라는 별명까지 위드에게 가져다주겠지.'

바드레이 자신에게는 헤르메스 길드가 무너지는 것보다도 더 큰 충격이 되리라.

−잠깐 할 말이 있습니다.

바드레이는 사냥터에서 붕대 괴물 골람들을 사냥하는 도중에 라페이의 메시지를 받았다.

−무슨 일인가.

−풀죽신교의 움직임이 심상치 않습니다.

바드레이도 방송을 보고 짐작하고 있었다.

−축제를 벌이며 조각품을 만든다고…….

−제가 분석하기로, 그것은 게이하르 폰 아르펜이라는 황제와 관련된 것으로 보입니다.

아르펜 황제!

바드레이는 퀘스트나 역사에 대해서는 잘 모르는 편이었

다. 정보는 라페이와 정보대에서 모아 그에게 사냥터를 제공하기에, 싸우는 것만 신경 썼다.

그럼에도 위드가 세운 아르펜 왕국의 배경에 대해서는 꽤나 알고 있었다.

−베르사 대륙을 통일한 아르펜 제국의 황제 말인가.

−그렇습니다. 조각술의 스킬 중에 조각품에 생명을 넣어서 움직이게 하는 것이 있습니다.

위드의 조각술의 비기도 헤르메스 길드에서는 꾸준히 분석해 왔다.

대재앙부터 정령 창조, 조각품에 생명 부여, 조각 부활술, 조각 검술. 이것들을 모두 알고 있는 것은 물론이었고, 찰나의 조각술까지도 연구하고 있었다.

구체적으로 스킬의 발동 요건 같은 건 알지 못하지만 굉장히 위험하고 까다롭다는 점은 모두 인정했다.

바드레이조차도 시간을 멈춘다는 것에 대해서는 어떤 해답도 찾지 못한 채 막막하기 짝이 없었으니까.

흑기사로서 대단히 강력해진 건 사실이었지만 위드도 그에 못지않게 성장한 것이다.

−설마 방송에 나온 그 거대한 조각품들에 전부 생명을 부여해서 움직이게 한다고?

−그렇게밖에는 생각되지 않습니다. 그 조각품들이 전부 제국군을 상대할 것입니다.

바드레이는 자연스럽게 그 광경을 상상해 보았다.

벌써 수십만 명의 사람들이 초대형 조각품들을 만들겠다고 가르나프 평원에서 대공사를 벌이고 있었다.

13일 후에는 어마어마한 조각품들이 대량으로 널려 있게 될 것이다.

그 막강한 조각품 군단이 하벤 제국군을 짓밟고 휩쓸어 버리고 말리라.

전쟁을 거듭하며 제국군이 최정예가 되었다고는 하지만 상대가 조각품 군단이라면 그야말로 위험천만한 전투가 될 것이다.

다소 망설이긴 했지만, 바드레이는 결국 말하지 않을 수 없었다.

-우리에게 너무 불리한 것 아닌가?

-위드가… 자신의 상황에서 최고의 수를 꺼내 든 것으로 파악됩니다.

무신이라는 별명에도 불구하고 바드레이는 그런 조각품들을 상대하고 싶진 않았다.

-대응책은? 조각품을 못 만들게 해야 하지 않나? 전쟁을 앞두고 미리 유저들을 동원해서 전투 병기를 만드는 건 공정하지 못한 행동 같은데.

-비난도 고려해 봤지만. 그런다고 멈출 것 같지는 않습니다.

-…….

헤르메스 길드의 인기가 바닥이다 보니 정정당당한 승부를 하자고, 조각품 건설을 그만두라고 해도 사람들은 크게 신경 쓰지 않을 것이다.

　－곤란하게 되었군.

　－전투를 취소하기에도 너무 많이 와 버렸고… 그냥 싸우는 수밖에 없습니다. 조각품들은 공군으로 상대해야겠지요.

　－제국을 지키기 위한 비책 중의 하나를 그런 식으로 소모하는 것인가.

　－조인족을 상대하면서 조각품들까지 감당해야 하니 공군을 투입하지 않을 수 없습니다.

　－정말 정신없는 전투가 되겠군.

　－무엇을 상상하든 그 이상, 사상 최대 규모의 전투가 벌어지겠지요.

　하늘에서는 조인족들과, 헤르메스 길드가 감춰 온 비밀 중의 하나인 공군이 뒤엉키게 될 것이다.

　지상에서는 수천만 단위의 병력과, 중앙 대륙을 통일한 하벤 제국의 최정예들이 붙게 된다.

　라페이를 중심으로 하벤 제국군과 헤르메스 길드의 총전력이 집결을 준비하고 있었다.

　바드레이는 전쟁의 순간을 떠올리자 혈관의 피가 끓어오르는 것처럼 흥분되었다.

　'중앙 대륙 정복 전쟁에서도 느끼지 못했던 기분이군. 그

땐 성취감만 있었는데… 이번엔 정말 전쟁을 즐길 수 있을 것 같은 느낌이 들어.'

헤르메스 길드에서도 수많은 랭커들이 이번 전쟁에 칼을 갈고 있었다.

위드와 북부 유저들에게 연패를 했던 것은 둘째 치고, 멋진 전투에 참여하는 것에도 커다란 의의가 있었다.

헤르메스 길드가 탐욕을 부린 건 사실이지만, 그들도 강해지기를 꿈꾸었던 시절이 있다.

'대륙 최고의 전투라면… 지금까지 사냥한 게 아쉽진 않겠지.'

바드레이의 긴장이 조금씩 풀렸다.

명성이나 이름값을 해야 한다는 부담은 있지만, 이런 멋진 승부가 인생에 자주 벌어지진 않으리라.

'근데 지면 어떻게 하지?'

위드와 그의 동료들은 해양 몬스터들을 막기 위한 전투를 앞두고 바쁘게 움직였다.

그물을 만들고, 함정을 설치하고, 해저지형까지 파악했다. 수많은 노가다 작업의 연속이었는데, 아무리 해도 진척이 되지 않았다.

"우리끼리는 무리이니 도와줄 사람들이 필요하겠어요."

화령은 인부들이 있어야 한다며 누렁이를 타고 인근 마을로 갔다.

"몬스터들이 침략해 올 거예요. 같이 힘을 모아서 막아 봐요."

"알겠습니다."

-간절한 호소가 주민들을 설득했습니다.
　주민들은 하루에 4시간씩 작업을 도와줄 것입니다.

매력이 높은 댄서의 스킬!

해안가에 사는 주민들은 어부 출신들이 많아서 그물을 짜는 작업에 많은 도움이 되었다.

위드는 아무리 생각해도 드넓은 바다에서 벌어지는 전투라서 어려움이 많을 것 같다고 판단했다.

2~3시간만 막으면 된다지만, 그것도 간단한 작업이 아닌 것이다.

"녹조라도 퍼뜨려야 되나?"

심각한 해양오염으로 몬스터들에게 맞서려는 계획!

위드는 진지하게 바다를 보며 견적을 짜 봤지만 곧 포기했다.

"이런 방식으로는 물고기나 산호를 지키지 못하겠지."

베르사 대륙 최악의 환경오염은 다행히 시도되지 않았다.

"어떻게든 해 보고, 재앙도 일으키면… 2시간까지는 막을 수 있겠지. 일부 산호 지역은 포기하더라도 말이야."

불사의 군단도 대충 몸으로 때우면서 막았는데 지금이라고 못 할 건 없다.

위드와 동료들이 밤샘 작업까지 하고 있는 와중에 흰 수염을 길게 늘어뜨린 할아버지가 찾아왔다.

"자네들, 지금 여기에서 뭐 하나?"

제피가 낚싯바늘을 꿰다가 손을 휘휘 저었다.

"할아버님, 여기 몬스터가 쳐들어올 겁니다. 이 지역은 위험하니 피난이라도 가세요."

"네, 어서 떠나세요."

수르카가 걱정스럽게 말하며 자리에서 일어섰다. 지금의 주민들이 옛 역사상에만 존재한다는 걸 알고 있었지만, 착한 그녀로서는 그래도 죽는 광경을 보고 싶진 않았다.

"제가 안전한 곳까지 모셔다 드릴게요. 집이 어디세요?"

"어디라도 내 집이지."

심상치 않은 수염 할아버지의 말에 일행의 시선이 일제히 모였다.

허름하기 짝이 없는 평상복은 족히 10년은 입은 것 같았으며, 꼬질꼬질한 얼굴에는 위엄이라고는 전혀 느껴지지 않았다.

'집이 없는 가난한 주민인가.'

'이런 분위기에서는 퀘스트가 생기기도 하던데…….'

여행의 조각술은 수많은 퀘스트들과 연결되기도 한다.

조각술 같은 예술은 많이 경험하고 돌아봐야 한다는 취지이리라.

위드는 그냥 가만히 앉아서 돈벼락이나 맞고 싶은 생각뿐이었지만.

이리엔이 배낭을 뒤적거리더니 수염 할아버지에게 작은 주머니를 내밀었다.

"이걸로 뭐라도 드세요. 많이 못 드려서 죄송해요."

돈이 아깝기는 했지만, 동료들도 충분히 그럴 수 있는 상황이라 생각했다.

사정이 딱한 주민에게 쥐여 주는 몇 골드. 사라질 돈이긴 했어도 또 인정이 그런 게 아니니까.

딱딱하게 경직되어 얼어붙은 미소!

"예쁜 아가씨가, 고맙군."

수염 할아버지는 이리엔에게서 작은 주머니를 받아 들더니 손바닥에 쏟았다.

차르르릉!

수북하게 쌓이는 커다란 금화는 최소 200골드는 되어 보였다.

"아가씨, 시간 있소? 이것도 인연인데 어디 조용한 곳에 가서…….”

　오래된 과거로 왔는데 수작을 부리는 지역 할아버지를 만나다니!

　뭐라 대답하지 못하고 있던 이리엔은 그다음에 이어지는 말에 깜짝 놀랐다.

　“아가씨의 조각품이라도 하나 만들어 주고 싶은데 말이오.”

　“엥?”

　“얼레?”

　“저런 대사는…….”

　조각사가 있는 것이야 불가능한 일은 아니다.

　베르사 대륙의 주민들 중에도 드물긴 하지만 조각술을 익힌 이들이 있었고, 조각 재료 상점도 엄연히 존재하니까.

　그렇지만 할아버지의 느긋한 분위기가 오히려 심상치 않음을 느끼게 했다.

　이리엔도 비슷한 생각을 했던 것인지 조심스럽게 물었다.

　“할아버님, 성함이 어떻게 되시는지요?”

　“흔한 이름인데… 게르라고 하지.”

　“네.”

　위드나 동료들이나, 게이하르와 비슷한 이름이기에 여전히 수상하게 생각했다.

　‘비밀도 아니야. 금방 확인되는 방법이 있지.’

　이리엔도 비슷한 생각을 하고 있었다.

"네, 그럼 제 조각품을 만들어 주세요."

조각술 마스터 게이하르 황제!

그가 확실하다면 어마어마한 작품이 나올 것이다.

사각사각사각.

할아버지의 손에서 하얀 대리석이 깎여 나갔다.

조각칼을 움직이는 속도는 느렸지만, 구경하는 이들에게는 불과 1분도 되지 않아서 확신을 주었다.

영롱한 빛을 머금은 조각품의 모습이 너무나도 아름다웠던 것이다.

'이리엔을 이렇게 예쁘게 조각할 수 있다니. 이건 거의 새로운 창조다!'

'게이하르 황제다.'

'베르사 대륙을 최초로 통일한 황제가 나타났어.'

'이렇게 되면 위드 님의 계획이 어긋나는데. 고생은 그만해도 되나?'

역사적인 영웅을 만난 동료들의 생각은 다양한 방향으로 뻗어 나갔지만 누구도 크게 놀라진 않았다.

로열 로드를 시작하고 초반에 만났던 위드가 생고생 끝에 지금처럼 유명해진 게 더 믿기 힘든 현실이었으니까.

가까이 있었다는 것만으로도 명성을 날리게 된 그들이지만, 불가능이라 불리던 도전이나 모험을 늘 어찌어찌 기적처럼 성공시켰던 위드가 더 신기했다.

　게이하르 황제가 사는 시대로 왔고 이 부근 어딘가에 있다는 것도 알고 있던 참이니, 이렇게 만난 게 완전히 우연도 아닌 것이다.

　'조금 꼬였군.'

　위드는 미간을 찌푸리면서도 게이하르 황제가 조각하는 모습을 보았다.

　게이하르 황제는 조각상의 형상과 비율을 조금씩 다듬는 게 아니라, 완전히 몰입해서 얼굴에서부터 내려오며 표현하고 마무리했다.

　손을 다시 댈 필요가 없을 정도로 생동감이 넘치는 표현력이 장점이었다.

　'최소한 걸작급 이상은 나온다. 명작일 가능성도 매우 높고.'

　조각품의 뛰어난 가치야 조각술 마스터이니 당연한 것이리라.

　'그보다 해양 몬스터를 막는 공을 세워서 아부를 하는 계획은 이걸로 취소다. 이렇게 된 이상 황제와 함께하는 편이 낫겠지.'

　위드는 게이하르 황제의 곁에 바싹 붙었다.

미용실 스태프처럼 바닥에 떨어진 대리석 조각을 치우기도 하고, 먼지를 털어 낼 여러 종류의 붓도 가져다줬다.

"필요한 것인데. 잘 쓰겠네."

"예, 어르신!"

위드는 간신배에 가까운 목소리로 말했다.

조각품에는 여러 종류의 매력이 모였고, 살아서 움직일 것만 같은 생동감이 있었다.

이리엔이 앳되고 청순한 편이긴 했지만 조각상은 그야말로 사랑에 빠질 만한 그런 작품이었다.

'조금씩 달라.'

조각 전문가의 관점에서 볼 때, 미세하게 다리가 길다거나 턱이 더 갸름해졌다거나 하는 변화는 있다. 크게 티가 안 나면서도 아름답게 표현하는 기술만큼은 대단히 뛰어난 것이다.

"이 아가씨는 참 사랑스럽군."

게이하르 황제는 뾰족한 도구를 사용하여 머리카락까지 시간을 들여 정교하게 표현해 갔다.

땀에 젖어서 작업하는 광경은 가히 장인다운 모습!

'역시 황제도 노가다꾼이구나.'

'조각사의 비결은 노가다였어.'

'아, 땀 냄새 너무 나는데.'

동료들에게는 이 역시 익숙한 광경이라 게이하르 황제도

마찬가지라고 여길 뿐이었다. 광기 어린 열정과 집념이 보이기는 했지만 그래도 좀 씻고는 살아야 할 일.

게이하르 황제는 이리엔에게 물었다.

"작품에 이름을 붙여야 되겠는데… 내가 정해도 되겠는가?"

"네, 할아버지."

"이 작품은… 마땅히 다른 수식어 따위는 붙이지 않고 미인상으로 할 것이네."

띠링!

명작! 미인상이 완성되었습니다!

베르사 대륙 조각술을 위대하게 만든 조각새! 조각술 마스터 게이하르 폰 아르펜이 대리석으로 헌신적인 사제의 모습을 따스하게 표현했다.

생명력과 마나, 체력의 회복 속도가 40% 증가합니다.
모든 스탯 52 증가.
신앙심과 매력이 영구적으로 10 오릅니다.
신성 직업들의 관련 스킬 숙련도가 조금씩 상승합니다.
조각품이 완성된 지역 명성이 85 상승합니다.
일정 시간이 흐른 후 이곳은 신앙의 성소가 될 것입니다.

-프레야 여신의 축복이 부여됩니다.
모든 상태가 평균에서 벗어나 최상의 몸 상태가 만들어졌습니다.
종족의 특성을 배가시킵니다.
불굴의 의지!
성기사들이 동료와 함께 있을 때 신성 스킬의 위력이 강화됩니다.
어둠 계열 몬스터들의 특수 공격을 성스러운 힘으로 막아 냅니다.

“고맙군. 그대처럼 참한 아가씨가 조각을 허락해 줘서 말이야.”

“예쁘게 조각해 주셔서 고맙습니다.”

“자잘한 잔재주를 익힌 조각사로서 더없는 영광이었지. 평생 오늘의 일을 기억하며 살 수 있을 것 같다오.”

게이하르 황제의 기분은 한없이 좋아 보였다. 그가 벨로트와 화령을 보더니 제안했다.

“그대들의 조각도 할 수 있도록 허락해 주시겠소? 더없는 영광일 것 같구려.”

“물론이에요.”

“얼마든지요!”

그녀들은 흔쾌히 허락했다.

위드의 모험이 주는 인기는 현존하는 연예인들을 가볍게 능가할 정도다. 전 세계에 퍼지게 될, 조각품을 만드는 영상!

당장은 지옥 같은 그물 꿰기에서 벗어났다는 생각에 적극 찬성이었다.

게이하르 황제가 벨로트와 화령의 조각품을 만드는 사이에, 조용히 지켜보고 있던 위드의 꼼수가 완성되었다.

위드는 제피와 페일에게 부탁했다.

"물고기를 좀 많이 잡아 주십시오. 저녁거리를 만들어야 되겠군요."

"그물 제작 작업을 하고 있는데⋯⋯."

"이제 끝입니다."

"옙!"

"사슴이나 멧돼지, 새 고기도 필요합니다. 오늘은 만찬을 열어야겠습니다."

동료들이 고기를 구해 오는 사이에 누렁이와 금인이는 나물을 캐 왔다.

잠시 후에는 보기에도 맛있어 보이는 하얀 대게, 새우, 다양한 생선, 푸짐한 해산물을 비롯하여 페일과 메이런이 사슴과 토끼, 새까지 여럿 잡아 왔다.

"이거면 뭘 해도 되겠군."

위드의 요리 스킬은 고급 2단계!

어떤 재료라도 깊은 맛을 우러나게 할 수 있는데 마침 1등급, 2등급 요리 재료들이 준비되었다.

위드는 요리에 관심이 생긴 수르카의 도움을 받아 산해진미를 차렸다. 끓이고, 튀기고, 굽고, 삶고, 쪘다.

뷔페식으로 백 종류의 요리들이 해변가에 줄줄이 늘어졌다.

"차린 건 없지만 편히 드십시오."

조각품을 만드느라 고생한 게이하르 황제의 눈에 놀라움

이 가득 담겼다.

"냄새만 맡아 봐도 대단한 요리로군."

위드는 부침개가 든 프라이팬을 현란하게 뒤집었다. 그럴 때마다 기름에서 불길이 1미터씩 피어올랐다.

"심심풀이로 익힌 재주에 불과합니다. 아름다움을 표현하는 조각술이 가진 불멸의 가치에 비한다면 말이죠."

"조각술의 가치에 대해 알아주니 고맙군."

"저도 조각사입니다. 평생을 묵묵히 조각술 외길만을 걸어왔습니다."

"호오, 조각술은 보통 어려운 것이 아닌데, 젊은이가 대견하군."

조각술 떡밥을 던지자 굶주린 악어처럼 덥석 무는 게이하르 황제!

"저는 조각술이 어렵다고 생각해 본 적이 없습니다."

"뭐라고? 그럼 조각술이 쉽다는 건가?"

"언제나 즐거운 것이죠. 아름다운 상상을 구현해 내고 예술가로서 살아가는데, 매일 행복하지요. 열정과 끈기를 가지고 세상 만물을 사랑해야 하는 직업이 아니겠습니까."

조각사란 직업을 선택하고 최소한 1년은 끊임없이 투덜거렸던 과거를 완벽히 세탁했다.

"좋은 말이군. 자네와는 많은 이야기를 나눠 보고 싶군."

"저도 배우고 싶은 것이 많습니다. 조각칼을 쥐는 법부터,

몽땅 가르침을 받고 싶습니다."

위드는 게이하르 황제에게 새우 요리부터 그릇 가득 담아
주었다.

"미천한 솜씨지만 맛있게 드셔 주십시오."

게이하르 황제는 아무런 의심도 없이 그릇을 받았다.

동료들은 그 광경을 보면서 믿음을 가졌다.

"게이하르 황제도 노예가 되겠네요."

"나타난 순간 정해져 있었죠. 헤스티거의 경우만 봐도 알
잖아요."

베르사 대륙의 영웅들마저 살살 구슬려서 쌓아 올리는 친
밀도! 명성이 높아지고 지위가 오른 이후에는 사실 별로 쓸
모가 없었다.

그러나 오랜만에 위드가 실력을 발휘하고 있었기에, 내일
부터 게이하르 황제가 노예처럼 부려질 것을 누구도 믿어 의
심치 않았다.

"위드 님의 해산물 요리는 정말 맛있어요."

"캬아, 오랜만에 이 맛이구나."

"환상적인 음식이네요. 해가 저무는 해변에서의 만찬이
라……."

고된 노동을 한 후의 식사라서 더욱 맛이 있었다.

동료들은 아름다운 산호바다의 해변에서 풍경을 즐기며
위드의 요리를 먹었다.

맥주도 양념게장이 주변 마을을 돌며 넉넉하게 사 왔다. 로뮤나는 화염 계열이 전문이지만 얼음 계열도 기초적인 주문은 사용할 수 있어서, 맥주를 시원하게 만들어 주었다.

페일과 메이런도 한 잔씩 나눠 마셨다.

"우리끼리 만찬을 즐기네요. 매일 오늘만 같으면 즐거울 텐데."

"위드 님 따라와서 호사를 누리는 것 같아요. 전투도 치르고, 멋진 여행도 하고. 헤르메스 길드와 전쟁이 끝나고도 이런 날들이 자주 오겠죠?"

"아마도요."

"근데 만약에 진다면, 우린 어떻게 해요?"

갑작스러운 수르카의 말에 동료들은 아무런 대답도 하지 못했다.

전쟁에 패배한다면 헤르메스 길드의 철저한 보복 대상이 되어 더 이상 로열 로드를 즐길 수 없게 될지도 모른다.

양념게장이 웃으며 말했다.

"동쪽의 무인도에라도 가서 지내면 되죠. 하늘에 떠 있는 조인족 도시에 있어도 되고 말입니다."

"하아, 뭐, 그렇겠네요."

동료들이 긴장하며 걱정하는 와중에 메이런이 조심스럽게 입을 열었다.

"비밀인데요, 드릴 말씀이 있어요."

"예?"

"방송국이 전부 위드 님 편에 붙은 것 같아요."

메이런은 KMC미디어의 방송국 내부 분위기를 이야기했다.

"사흘쯤 전에, 위드 님이 자택에서의 저녁 식사에 국장님을 초대했어요."

"그래서요?"

베르사 대륙의 정세에는 큰 관심이 없던 제피마저도 맥주잔을 내려놓고 대화에 끼었다.

"위드 님이 국장님들한테 라면을 끓여 줬다고 하는데……."

"위드 님답네요."

"계란도 안 들어 있었대요."

"헉!"

"어쨌든, 그 자리에서 어떤 대화를 나눴는지 자세히는 모르겠어요. 하지만 그날 이후로 이번 모험을 비롯해서, 방송국들이 거의 하루 종일 위드 님의 모습을 보여 주고 있죠."

로열 로드와 관련된 어느 채널을 돌려 봐도 위드에 대한 이야기가 나온다.

양념게장이 의아하다는 듯이 물었다.

"가르나프 평원의 결전이 곧 벌어질 예정이기도 하고, 지금은 과거로 돌아온 모험을 진행 중이라서 그런 거 아닙니까?"

"시청자들은 그렇게 생각할 수 있겠죠. 근데 방송국 내부에서는 위드 님의 모험 영상을 밝고 긍정적으로 편집하는 데 초점을 맞추고 있어요."

"그것도 인기가 높으니… KMC미디어는 위드 님과 관계도 두터운 편 아닙니까."

"지금까지 했던 모험을 다시 편집해서 재방송해 주고, 항상 성공해서 대륙을 구했다는 암시를 주는데요? 그에 비해 헤르메스 길드의 언급 비율은 절반 이하로 줄었어요. 그나마 지금까지 저지른 악행들을 반복해서 소개하고 있고요."

"그건 좀 이상하긴 하네요."

"근데 KMC미디어만 그런 게 아니에요. 지금 모든 방송국들이 다 그래요. 제 생각에는, 위드 님이 방송을 통해서 분위기를 이끌고 있는 것 같아요."

"……!"

동료들의 눈이 커졌다.

전쟁이 벌어지기 전에 전 세계의 방송국들을 이용해서 여론을 주도한다!

로열 로드와 관련된 대부분의 사람들이 위드의 승리를 확신한다면, 아르펜 왕국의 편은 늘어날 것이다.

전투력도 어마어마하게 달라질 것이다. 그것의 의미는, 결과도 만들어질 가능성이 높아진다는 것이다.

"대박!"

"와… 소름 돋았다."

동료들은 게이하르 황제 옆에서 실없이 웃고 있는 위드의 옆모습을 봤다.

"으헤헤헤헤헤헤헤."

간이라도 꺼내 줄 것 같은 평화로운 미소!

'사회생활은 저렇게 하는 거구나.'

'어릴 때 신문 배달하면서 언론을 이용하는 법을 익혔다더니, 그게 농담이 아니라 정말일 줄이야!'

노가다와 사회생활의 완성형이 바로 위드라고 할 수 있었다.

아름다운 바다를 위해

저녁 만찬 자리가 무르익어 갈 무렵, 위드는 누렁이와 악어 나일이를 가까이 불렀다.

"음머어어."

"졸린데. 이런 날은 일찍 자자."

투덜거리는 조각 생명체들!

"소개해 드리겠습니다. 이 녀석들도 제 조각품입니다."

위드의 소개에 게이하르가 놀란 듯이 고개를 갸웃거렸다.

"조각품이라고? 설마 이 애들은……."

"제가 생명을 부여했죠."

"생명 부여? 그것은 내 특기인데. 어떻게 자네가 할 수 있었나?"

위드는 꼬깃꼬깃 구겨진 초보 여행복을 손으로 대충 폈다. 간과 쓸개까지 빼 먹기 위한 아부를 위해 준비한 행동의 하나였다.

"제대로 인사드리겠습니다, 스승님."

"스승님이라니?"

"게이하르 폰 아르펜 황제 폐하, 저는 미래에 폐하께서 남기신 양피지를 읽고 조각사가 된 제자입니다."

게이하르가 놀라서 입을 떡 벌렸다.

위드는 옛이야기를 했다.

리트바르 동굴에서부터 시작된 조각사라는 직업.

따지고 보면 위드의 진정한 스승은 게이하르 폰 아르펜 황제였다.

"허어, 그런 일이? 내 편지를 보고 조각사가 되었다고?"

"그럼요. 마음에 쏙 드는 명문이었습니다."

위드는 증거라면서 아직도 갖고 있던 양피지를 꺼냈다.

오래된 잡템이라고 해도 절대 버리지 않는다. 흑색 거성의 구석에 처박아 두었던 것인데, 이번 여행을 위해 꺼내 온 것이었다.

전설의 황제의 후인.

나는 최초로 대륙을 일통한 황제 게이하르 폰 아르펜이다.

그러나 나의 말년은 썩 행복하지 않았다.

나의 고뇌를, 나의 뛰어남을 누구도 알아주지 않았기 때문이다!

어째서 나의 직업을 이해하지 못하는가!

어째서 나의 직업을 하찮다고 무시하고 천시하고 있는가!

뜻을 헤아려 보지도 않고 선입견에 사로잡혀서 아무도 나의 직업을 이어 가려고 하지 않았다.

그것은 나의 자식들도 마찬가지다.

미련하고 우매한 녀석들!

그 녀석들에게는 나의 후계자가 될 자격이 없다.

여기 나의 비기들을 남기노라.

자식 탓과 불만으로 가득한 편지!

"이것은 내 필체가 맞는 것 같군."

"예. 평소에 조각술에 관심이 많기도 했지만, 황제 폐하께서 남기신 편지를 보고서는 바로 결정을 내렸죠."

"내 자식들이 후계자가 되지 못했다고……."

"저는 잘 모르지만 편지에는 그렇게 쓰여 있었습니다."

아무리 같이 욕하면서 친해진다지만 가족을 비난하는 건 안 될 일이다. 속이 시원하기도 하지만 기분이 나빠지기 마련이니까.

"황제 폐하 덕분에 조각술에 눈을 뜨고 나서 개고생… 크흠, 뜨거운 열정을 가지고 멋진 모험들을 하게 되었습니다.

대륙을 떠돌면서 조각술에 대해서도 알게 되었죠."

게이하르 황제는 모든 사정 설명을 듣고 나서 고개를 끄덕였다.

"역시 조각술이로군. 기적을 만드는 조각술이라면 시간을 여행하는 일은 아무것도 아니지."

위드는 입술에 침을 듬뿍 발랐다.

"그럼요. 조각술이야말로 최고죠."

"알고 있는가? 전투 계열 기술들은 단순하지만, 생명을 만들어 내는 건 신이나 가능한 일. 예술이야말로 그 한계를 짐작하기가 힘들다네."

"물론입니다. 제가 평소에 입버릇처럼 하던 바로 그 말입니다. 조각술은 영원불멸하죠."

"제자라서 그런지 이야기가 잘 통하는군."

"폐하, 한 잔 따라 드리겠습니다!"

"편하게 스승이라고 부르게."

위드는 맥주를 마시면서 게이하르 황제와 잘 어울렸다.

"근데 바로 나를 만나러 오지, 왜 이곳에 있었는가?"

"며칠 뒤면 몬스터의 침략이 있을 겁니다. 아르펜 제국의 아름다운 바다가 파괴되어 버리죠."

산호 지대의 습격에 대한 설명도 덧붙였다.

게이하르의 눈가가 가늘어지면서 살짝 의심의 기운이 감돌았다.

"침략과 파괴라니. 그럴수록 더 나에게 와야 했던 것 아닌가?"

"마음은 스승님께 달려가고 싶었습니다. 하지만 그때만하더라도 위대한 황제 폐하께서 과연 만나 주실지 걱정이 되어서… 부족하나마 힘을 모아 몬스터의 습격이라도 막아 보려고 했습지요."

"역시 내 제자라서 기특하군."

"으헤헤헤헤."

게이하르 황제는 소탈하면서도 아부에 잘 넘어가는 성격이었다.

'걱정할 필요는 없었군. 애초에 후인에게 남기는 편지부터 단순하기 짝이 없는 사람이었어.'

커피 믹스에 뜨거운 물 탄 듯이 아부가 술술 이루어진다.

해양 몬스터들을 막기 위해, 다음 날부터는 게이하르가 합류했다.

"조각 생명체들. 생명을 부여하고 난 이후부터는 그들은 자유로운 영혼들이지. 내 친구들에게 도움을 청할 것이네."

"예, 스승님."

게이하르 황제는 빛나는 뿔피리를 불어서 인근에 사는 조각 생명체들을 불렀다. 매일 1,000마리 이상이 모여드는데, 첫날에는 너구리나 오소리를 닮은 작은 녀석들이 많았다.

"주인, 주인!"

"케켓, 내가 왔노라!"

보록이라는 이름의 종족은 오자마자 그동안 제피가 심심치 않게 잡아 놓은 물고기를 모조리 먹어 치웠다.

게이하르 황제는 녀석들에게 말했다.

"싸움이 벌어질 것이다."

"크케켓! 무섭다. 무서워!"

"적은 생선이다."

"먹는다! 먹을 거다!"

위드는 첫날에 모여든 조각 생명체들은 아무짝에도 쓸모없는 녀석들이라 생각했다.

'덩치도 작고 힘도 없는데 많이 먹어. 그야말로 최악의 녀석들이 아닌가.'

다음 날에는 토끼를 닮은 작은 녀석들에서부터 초식동물들이 모여들었다. 숲에 가서 알아서 음식을 먹었으니 따로 챙기지 않아도 되었지만, 전투에 투입할 수 있을지는 미지수였다.

'조각 생명체들은 역시 일 잘하고 명령을 잘 들어야지. 그래도 외모는 귀여운 편이니 인형이나 캐릭터 사업용으로는 좋겠군.'

실망이 점점 커질 무렵, 악어를 닮은 듬직한 전투병 군단이 도착했다.

"폐하의 부름을 받고 왔습니다."

"전투가 벌어질 것이다. 해안을 지키도록 해라."

"옛!"

악어 전투병 군단은 믿을 만했다.

크로커 군단은 아르펜 제국의 역사서에도 기록되어 있었는데, 단단한 피부와 강한 힘을 가졌다고 한다.

검과 방패를 든 크로커 군단의 진군!

늪이나 강도 그냥 헤엄쳐서 넘어가는 기동력을 갖춘 전투병단이었다.

위드는 조각 생명체들을 보며 게이하르 황제의 취향을 추측했다.

'쥐나 토끼에 이어 악어까지. 동물들을 좋아하나? 기록에도 있긴 했지만 확실히 독특하기는 해.'

아부란 상대방을 최대한 파악하고 벌이는 섬세한 작업!

그의 취향에 맞추기 위해 일부러 악어 나일이를 데려오기도 했다.

위드는 게이하르 황제에게 넌지시 말했다.

"악어들이 참 늠름하고 멋집니다."

"실패작들인데, 그렇게 생각하나?"

"예?"

"술 먹고 대충 만든 거야. 번식을 워낙 잘해서 저렇게 많아졌지."

조각의 흑역사!

모든 예술가들이 그렇지만 완성품이라고 다 마음에 드는 작품은 아닐 것이다.

그다음 날부터는 아르펜 제국의 진정한 주력이 등장했다.

하늘을 뒤덮은 비행 생명체 군단!

날개를 펼치면 드래곤만큼이나 거대한 덩치를 자랑했다.

뾰족하고 긴 부리와, 근육질의 어깨와 다리. 큰 덩치만 봐서는 믿을 수 없게도 날렵하기까지 하다.

그야말로 전투를 위해서 태어난 종족이라고 할 수 있었다.

"저 새는 어떤 이름으로 부릅니까?"

"바라그라고 하지. 크고 귀엽지 않은가?"

바라그!

역사서에 기록되어 있기로, 와이번이나 그리폰은 웃으며 때려잡는다는 흉포한 몬스터.

훗날 전쟁의 시대에 도시 몇 개를 멸망시킨 바 있다는 그 어마어마한 생명체들이 30마리나 나타났다.

"대륙에 사는 바라그는 몇 마리나 되죠?"

"모르지. 어릴 때 조각한 녀석들이라… 아마 1,000마리는 되지 않을까?"

위드는 내심 생각했다.

'이런 녀석들이 있으니 베르사 대륙을 통일할 수밖에 없었지. 열 손가락 깨물어서 안 아픈 손가락이 없다지만, 일 잘하는 손가락은 따로 있는 거 아니겠어?'

바라그들이 날개를 펼치고 위협하면 그 앞에 선 인간은 삶과 죽음을 결정해야 하리라.

게이하르 황제가 크고 귀엽다면서 만든 조각 생명체들은 먹이사슬의 정점에 존재하고 있었다.

해양 몬스터들이 나타나는 날.

해안가에 물고기 떼가 심상치 않게 몰려들더니 위드와 동료들에게 퀘스트가 발생했다.

띠링!

포라트의 습격!
바다 깊은 곳에서 모든 것들을 먹어 치우던 포라트들이 무더기로 풀려났다!
놈들은 풍부한 식량이 있는 울호프 산호 지대로 몰려들고 있다.
아르펜 제국의 조각 생명체들과 협력하여, 포라트들이 산호 지대를 파괴하는 것을 막아라.

난이도 : A
보상 : 아르펜 제국의 공헌도.
퀘스트 제한 : 역사적인 모험 수행.

예정된 퀘스트의 발생!

'이것도 나쁘지 않군.'

사냥과 퀘스트를 동시에 진행하는 건 기본이라고 할 수 있으리라.

게이하르 황제는 호의라면서 소유하고 있는 장비들을 빌려주었다.

"그대들이 착용하고 있는 옷과 무기는 너무 허름하군. 주민들을 위해서 싸워 주는 것이니 이걸 쓰도록 하게."

누더기를 입고 있던 황제가 내놓은 건 번쩍거리는 드워프제 장비들이었다.

　

－영광과 질서의 검.

－참홍의 갑옷.

－별과 바람, 구름의 갑옷.

－지저의 방패.

－바다 꽃무늬 부츠.

－패왕의 반지.

　

착용 제한이 대부분 레벨 400대 후반 정도로, 페일이나 로뮤나 등이 쓰던 것보단 훨씬 좋았다.

게이하르 황제는 현재 베르사 대륙의 최고 부자인 것이다.

양념게장과 파이톤은 원래 쓰던 무기가 손에 익었고 더 좋았으니 욕심내지 않았다.

수르카가 몇 가지 장비들을 챙기더니 물었다.

"평소에도 이렇게 많이 가지고 다니세요?"

"조금 더 있지. 구경이나 해 보겠는가?"

그는 가죽이 다 닳은 배낭에서 몇 가지 장비들을 더 꺼내 놓았다.

－미네드린의 전설 세트.
－전설의 하늘 검.
－전설의 드래곤 검.
－전설의 대지 진동의 창.
－세계수의 천둥 울림 활.
－태양을 꿰뚫는 활.
－아르펜 황제의 대검.
－절대 화염 스태프.

눈이 튀어나올 정도로 찬란한 광채에 휩싸여 있는 무구들!

동료들은 장비들을 살피는 데 여념이 없었다.

"우와……."

"대박! 끝내준다."

"레벨 제한이 600이나 700에 달하는 진짜 보물들이야. 전설급 무구들이 이렇게나 많아?"

위드의 목소리가 낮고 조용하게 깔렸다.

"이것들은 다 어떻게 얻으신 겁니까?"

"선물받은 것도 있고, 친구들과 모험을 하며 구한 물건도 있지."

이것이야말로 대륙의 정점에 있는 황제의 위엄!

"그렇군요."

위드의 손이 조용히 로아의 명검으로 향했다.

이 순간만큼은 헤르메스 길드와 가르나프 평원까지도 잊어버렸다. 여차하면 황제라도 조용한 곳에 묻어 버리고 여행의 조각술로 도망갈지도 모르는 일.

'몇 가지 장비들은 이대로 역사에서 영영 사라져 버리는 것들이다.'

장비를 본 순간 위드의 마음은 당연히 탐욕으로 가득 찼다.

당장이라도 게이하르 황제의 뒤통수를 때리려고 하는데, 메이런이 재빨리 다가왔다.

"위드 님, 나중에 KMC미디어에서 인터뷰하실 거죠?"

"……."

KMC미디어라는 말을 듣는 순간 정신이 번쩍 들었다.

'방송이야, 방송. 방송으로 지금 이 장면을 최소 1억 명의 시청자들이 보고 있어. 근데… 욕은 먹더라도 챙긴 장비는 영원한데…….'

방송에 대해 자각을 했지만, 여전히 게이하르 황제는 일생일대의 위기에 놓여 있었다. 위드가 평소에 가지고 있던 도덕심 따위 장비에 팔아먹으려고 하는데, 파이톤이 입을 열었다.

"근데 이 대검은 폐하가 쓰는 겁니까?"

파이톤이 가리킨 건 가장 커다란 대검이었다.

게이하르는 웃으며 고개를 끄덕였다.

"취미로 조금 다루는 것이지."

그제야 아이템에 눈이 멀어 얼어붙었던 위드의 두뇌가 서서히 회전하기 시작했다.

'자하브처럼… 게이하르 황제도 검술의 마스터였지.'

오래전 일이기는 하지만 게이하르 황제도 검술의 마스터였다는 기록이 있었다.

파이톤이 도전적으로 말했다.

"이 검을 잘 다루시겠군요."

"못 다루네."

"예?"

"과거에는 검을 휘둘렀지만 지금은 아이들을 키우느라 약해졌지."

조각품에 생명 부여가 가진 페널티!

레벨이 떨어지면서 점점 약해지게 된다.

게이하르 황제는 과거에는 대단한 검사였지만 지금은 검술은 뛰어나도 약해지고 말았다. 그 대신에 황제의 주변에는 흉포한 바라그들이 커다란 눈을 끔뻑이고 있었다.

위드가 로아의 명검을 휘두르면 게이하르 황제를 죽일 가능성은 일단 높다. 다만 그 이후의 뒷감당은 곤란한 상황이었다.

'아쉽구나, 정말로…….'

아이템에 이성을 잃었던 위드는 간신히 물러날 수 있었다.

"그럼 사냥을 시작해 보죠."

"좋네!"

게이하르 황제의 합류 이후 위드와 동료들은 그동안 했던 조악한 준비들을 전부 취소했다.

원래 바다에 그물을 치고 포라트 떼를 일부라도 막아 놓으려고 했다. 그사이에 에센 포라트를 직접 사냥하고, 대재앙이나 여러 스킬을 활용하여 버티려는 계획을 가지고 있었다.

해양 몬스터의 엄청난 생명력이나 위험을 느끼면 바다 밑으로 숨어 버리는 특징을 감안하면 쉬운 싸움은 아니었다.

그것을 이용해서 시간을 끄는 것이 계획의 전부.

하지만 게이하르 황제의 조각 생명체 군단이 도착하면서 정면 승부로 방향을 틀었다.

조각 생명체 군단은 포라트들이 몰려오는 결전의 날까지 계속 등장했다.

위드는 새하얀 눈덩어리 괴물들을 가리켰다.

"저건 뭡니까?"

"눈사람이네. 딸을 위해 만들었지."

"…그렇군요. 설마 저게 돌아다닙니까?"

"매년 겨울마다 제국의 영역을 돌아다니지."

빗자루를 들고 있는 눈사람의 크기가 180미터!

입김을 내뿜을 때마다 극심한 한기가 밀려 나와서 나무와 땅을 쩍쩍 얼어붙게 만들었다.

어린아이에게 이 눈사람 괴물이 쿵쿵거리며 걸어온다면 공포에 질려서 며칠은 불면증에 시달릴 것이다.

동심 따위는 콱콱 짓밟아 줄 만한 스케일!

"따님이 좋아하겠습니다."

"정말 좋아했지. 눈사람을 본 이후부터 밥도 잘 먹고 투정도 안 부린다고 하더군."

"당연히 그렇겠지요."

해안가에 게이하르 황제가 불러온 조각 생명체 군단이 도열했다.

나일이를 닮은 악어 병사들이 중심이 되었고, 다양한 조인족도 눈에 보였다. 가장 압도적인 것은 금속과 나무, 물이나 불을 조각해서 만든 대형 조각 생명체들이었다.

번쩍번쩍 빛나는 금속 거인.

"큰 녀석들이 많네요."

"클수록 귀엽지 않은가? 작은 녀석들은 근엄하고."

100미터, 200미터, 300미터짜리 조각 생명체 군단!

이것들까지 진군하면 당연히 인간 군대는 싸우기도 전에 항복할 수밖에 없으리라.

'이런 식으로 베르사 대륙을 통일했구나.'

얼마 후, 먼바다를 관찰하던 바라그 부대로부터 해양 몬스터들이 몰려오고 있다는 보고가 왔다.

"그럼 시작해 보세."

"옙! 눈사람 투입!"

눈사람들이 바다로 걸어서 들어갔다.

그들은 산호 지대에 머무르면서 포라트들이 다가오지 못하게 얼음의 장벽을 칠 것이다.

"이걸로 날지 못하는 포라트를 막을 수 있겠군."

"예. 다음 계획으로 가죠."

조각 생명체들의 특성을 감안한 작전은 위드가 짰다.

눈사람으로 먼바다를 빙하처럼 얼리고, 몇 곳은 협곡처럼 길을 터놓는다. 빙하에는 조각 생명체 전사들이 배치되어 바다를 통과하는 포라트를 족족 잡아낼 것이다.

"에센 포라트는 역시 바라그로 잡아야겠지?"

"물론입니다."

위드와 동료들은 게이하르 황제와 함께 바라그의 등에 탔다. 거대한 날개를 활짝 펼친 맹수를 타고 무서운 속도로 바다 위를 날았다.

에메랄드빛 산호 지대를 넘어서 멀리, 적들이 보였다.

"목표들이 보인다!"

에센 포라트라는 이름의, 날개가 달린 거대 바다뱀이 바다 위를 날고 있다.

바다 위를 날아다니는 녀석들만 100마리가 넘었다.

장엄하기까지 한 에센 포라트 군단!

바다에도 은빛 포라트들이 가득했으며, 수많은 녀석들이 신나서 물 위로 1~2미터씩 뛰어오르기까지 했다.

위드가 사자후를 터트렸다.

"사냥을 시작한다!"

바라그들은 사정거리에 들어가자 일제히 포라트들을 향해 불길을 뿜어냈다. 하늘이 화염으로 뒤덮일 정도로 거대한 불 줄기들이 뻗어 나갔다.

-끄우워어어어억!

에센 포라트들은 사방으로 흩어졌지만 15마리 정도가 불에 휩싸여서 추락했다. 그렇지만 바다에 빠졌던 녀석들도 완전히 죽지 않고 다시 날아올랐다.

에센 포라트도 괜히 바다 전체를 오염시키고 파괴했던 것이 아니다. 1마리 1마리가 본 드래곤을 뛰어넘는 보스급 몬스터들인 것이다. 거대 해양 몬스터다운 막대한 생명력을 자랑하며 끈질기게 버틴다는 특징도 있었다.

"놈들이 온다!"

바라그들이 동요했지만, 그들을 지휘하는 것은 산전수전 다 겪은 위드였다.

"정면에서 싸우지 않는다. 높게 상승하라!"

위드의 명령에 따라 바라그들이 더 높은 곳으로 날아올랐다. 에센 포라트들이 쫓아오면서 꼬리에 꼬리를 무는 추격전이 벌어지는 상황!

"2진, 오른쪽으로 빠져라!"

6기의 바라그가 오른쪽으로 크게 선회했다.

"3진은 왼쪽으로, 4진은 5초 뒤에 뒤쪽으로 빠진다."

위드의 지휘에 따라 공중에서 산개하는 바라그 무리.

조각 생명체인 만큼 나름 괜찮은 지능을 가지고 있었기에 명령을 따르는 데는 무리가 없었다.

위드의 통솔력과 카리스마는 막 창을 잡은 병사들을 복종시킬 정도로 압도적이고, 조각사라는 점 때문에라도 쉽게 친근함을 느낀 바라그들과 친분을 다질 수 있었다.

─도망가도 소용없다. 전부 죽일 것이다아!

─크욱, 크우워어오!

강렬한 식욕과 살의를 가진 에센 포라트들은 흩어지는 바라그들을 추적해 왔지만, 그들의 무리는 효과적으로 나뉘지 못했다.

처음에 빠진 2진을 50마리가 넘는 에센 포라트가 쫓아갔으며, 그 이후로도 병력이 계속 분산되었다. 본대와 5진을 마지막까지 추격하는 건 고작 3마리, 5마리였다.

"역습이다!"

위드의 지휘 아래 바라그들이 공중에서 반전했다.

순간적으로 우월한 숫자를 바탕으로 화염을 뿜어내며 육탄전에 돌입.

여기저기에서 바라그와 에센 포라트가 저마다 발톱을 상
대의 거대한 몸에 박아 대고 화염과 독을 뿜어냈다.

일대일의 승부에서는 바라그가 훨씬 강했으므로 진형의
이점이 있다면 압도적인 승부였다.

"그럼 일당이나 해 볼까?"

위드는 로아의 명검을 뽑아 들고 앞으로 달려갔다.

바라그의 앞발과 날개를 차례로 딛고 뛰어올라 떨어진 곳
은 에센 포라트의 머리!

위드는 에센 포라트의 정수리를 로아의 명검으로 내리쳤다.

> −에센 포라트를 공격했습니다.
> 생명력에 29,291의 피해를 입힙니다!
> 로아의 명검이 대형 몬스터에게 3배의 추가적인 피해를 가합니다.
> 적의 최대 생명력을 일부 줄입니다.
>
> 치명적인 일격!
> 에센 포라트의 방어력이 약화되었습니다.

로아의 명검은 대형 몬스터를 사냥할 때에도 빛을 발한다.

공격력에 도움이 되는 장갑이나 투구로 바꾼 것도 피해를
높인 이유 중의 하나였다.

−인간 따위가 감히! 이 정도로는 날 아프게 하지 못한다.

보스급 몬스터답게 에센 포라트가 말을 걸어왔다.

"다들 처음에는 너처럼 말하지만 좀 맞다 보면 철이 들기
마련이지."

위드의 공격이 조금 전에 타격했던 곳을 다시 한 번 두들 겼다. 일점 공격술이라는 멋진 이름을 가지고 있지만, 실상 은 때린 곳 또 때리기!

-치명적인 일격이 터졌습니다.
 38%의 피해를 추가합니다.
 에센 포라트의 방어력이 감소합니다.

-치명적인 일격이 터졌습니다.
 92%의 피해를 추가합니다.
 에센 포라트의 방어력이 감소합니다.

-치명적인 일격이 터졌습니다.
 145%의 피해를 추가합니다.
 에센 포라트의 방어력이 감소합니다.

-치명적인 일격이 터졌습니다.
 198%의 피해를 추가합니다.
 에센 포라트의 방어력이 감소합니다.

-크우오오오오!
그 어떤 몬스터도 당해 낸 적이 없는 일점 공격술이었다.
로아의 명검이 가진 치명적인 일격에 발동되는 방어력 약 화 효과까지 곁들여지다 보니, 쌓이는 피해가 어마어마했다.
-꺼져라, 벌레 같은 인간아!

에센 포라트가 머리를 흔들어서 떨어뜨리려고 했지만 위드는 꽉 잡고 매달려서 꿈쩍도 하지 않았다.

거인족이라면 위드를 쳐 내기 위해 손을 휘두르기라도 할테지만, 머리 위에 서 있으면 대부분의 공격 방법이 무용지물이 되어 버린다.

에센 포라트는 정면에서는 바라그의 발톱과 부리에, 머리 위에서는 위드의 공격에 피해를 입었다. 거대 해양 몬스터의 생명력이 제아무리 높다 해도 이런 식으로는 버틸 수 없었다.

-후회하게 해 주마!

에센 포라트는 바라그를 뿌리치고 숨을 크게 들이마셨다.

대형 생명체답게 비장의 브레스를 쏘려는 것이었다.

-무모한 짓을 저지른 대가를 치르게 해 주마!

그러거나 말거나, 위드는 뒤통수를 내리쳤다. 머리 위에 있는 이상 브레스를 맞을 염려 따위는 없었으니까.

-치명적인 일격이 터졌습니다.
413%의 피해를 추가합니다.
에센 포라트의 방어력이 최저치입니다.

거대 해양 몬스터답게 역시 쉽게 죽지는 않는다.

에센 포라트의 입에 타오르는 듯한 열기가 가득해졌다.

-종말이다.

에센 포라트가 공중에서 몸을 뒤집으며 급강하를 시작했다.

하늘에서 묘기라도 부리듯 추락과 상승, 선회를 반복했다.

　－어서 떨어져라!

　위드는 더듬이를 붙잡고 악착같이 매달렸다. 그러면서도 틈이 날 때마다 공격하여 에셴 포라트의 생명력을 착실하게 떨어뜨렸다.

　"산개해서 앞에서 합류해요!"

　그사이 부대장 역할을 하는 페일이 바라그 무리를 지휘했다.

　"고속 기동! 적의 무리를 떼어 놓습니다."

　다른 에셴 포라트들이 위드에게 관심을 갖지 않도록 시선을 끌었다.

　"다발 화살!"

　페일이 쏘아 낸 빛줄기 같은 화살이 공중을 꿰뚫는다.

　"불의 영역 확산!"

　로뮤나의 마법 공격도, 위력은 약하지만 화려하게 공중에서 폭발했다.

　에셴 포라트들은 불에 대단히 약했으므로 그녀의 공격이 잘 먹혀들었다. 생명력은 고작 0.1%도 떨어지지 않는데 그래도 굉장히 괴로워했다.

　"헤헤, 이거 재밌네!"

　"승부를!"

　파이톤과 양념게장도 바라그를 타고 에셴 포라트를 정면

으로 들이받았다. 마치 용기사처럼 전투를 치르는 것이다.

그래도 위드처럼 아예 에센 포라트에 올라탈 생각까지는 못 했다. 위드를 보니 공중에서 미친 듯이 발광하는 에센 포라트를 감당하는 건 쉬운 일이 아닌 것이다.

'차라리 정면에서 힘으로 겨루고 말지, 저런 방법은… 흠, 위드는 전투가 벌어지면 모든 능력을 발휘하니 강한 것인가? 타고난 전사구나.'

'스킬에 의존하는 것도 아니고, 그냥 본능이군. 몸이 알아서 찾아간다.'

파이톤과 양념게장은 위드를 보며 꽤나 감탄했다.

높은 하늘에서 싸우는 것만 해도 굉장한 용기를 내야 하는 일인데, 보스급 몬스터의 머리에서 전투를 치르다니!

'저런 무모함과 용기가 인기를 만드는 것인지도.'

'당연하지만 쉽진 않아. 전투의 승리를 위해서 지휘관이라면 저렇게 위험한 곳에 있어야지.'

위드가 커다랗게 외치는 소리가 들렸다.

"전리품! 경험치! 레벨! 스킬 숙련도 내놓고 죽어라, 이놈아!"

"……."

"……."

대병력을 이끄는 지휘관이 아니라 욕심이 목까지 찬 악덕 사장 같은 모습! 당하는 에센 포라트가 불쌍해질 지경이었다.

결국 에센 포라트는 계속해서 머리를 강타하는 로아의 명검에 최후를 맞이하고 말았다.

> **울호프 산호 지대의 침략자**
> 흉포한 몬스터 에센 포라트가 영원한 안식에 들어갔습니다.

1마리임에도 불구하고 몬스터의 수준이 높다 보니 위드에게는 따로 메시지 창이 떴다.

-레벨이 오르셨습니다.

-검술 스킬의 숙련도가 향상되었습니다.

-놀라운 전투 업적으로 인하여 명성이 1,980 올랐습니다.

-힘이 2 상승하셨습니다.

-체력의 최대치가 100 상승하셨습니다.

-에센 포라트의 가죽을 얻었습니다.

-에센 포라트의 심장을 획득하였습니다.

-1급 마나의 결정체를 얻었습니다.

샤샤샤샥!

눈부신 속도로 전리품도 습득.

에센 포라트가 회색으로 변하며 전리품이 여러 개 나타났는데, 위드의 손이 지나가는 순간 마법처럼 감쪽같이 사라졌다. 전리품 획득 속도야말로 로열 로드에서 따라올 사람이 없을 정도였다.

"나쁘지 않군."

보스급 몬스터가 주변에 100마리도 넘게 있다는 건, 바꿔서 생각하면 수확할 사냥감이 널려 있다는 것이기도 하다.

위드는 두 팔을 벌렸다. 그는 타고 있던 에센 포라트의 사체와 함께 무서운 속도로 바다로 추락하고 있었다.

"위드 님!"

페일이 발견했지만 가뜩이나 수적으로 열세인 바라그들은 전부 전투를 치르는 중이라 구하러 가기에는 무리였다.

이 정도 높이에서는 물 위로 떨어진다고 해도 피해가 이만저만이 아니다.

꾸엑!

꾸워어어억!

바다에서는 무엇이든 먹어 치우는 작은 포라트들이 주둥이를 쩍 벌리고 기다리고 있었다.

샤샤샥!

위드는 착용하고 있던 몇 가지 장비들을 바르칸 데모프의 것으로 바꾸었다.

검을 휘두르는 것만큼이나 빠른, 옷 갈아입는 속도!

그 직후 추락하는 에센 포라트의 머리에 손을 올렸다.

"너희가 살아서 움직이던 땅으로 돌아오라. 이곳은 어두운 곳, 검고 부패한 땅. 영영 사라지지 않을 암흑의 율법을, 모든 이들에게 새길 수 있도록 하라. 언데드 라이즈!"

에센 포라트의 육체가 조금씩 시커멓게 물들더니 살점이 떨어져 나가며 고스란히 뼈를 드러냈다.

바다로 추락하던 에센 포라트는 곧 앙상한 뼈만 남게 되었다. 뼈가 검게 물들고, 텅 빈 안구에 안광이 번뜩이기 시작했다.

위드는 전투가 벌어지기 전에 조각 파괴술로 모든 예술 스텟을 지혜로 바꾸어 놓았다.

장비와 스텟발!

그 결과, 보스급 몬스터에 대한 언데드 소환 마법이 성공한 것이다.

-나는, 나는 죽음으로부터 돌아왔다.

"내게 복종하느냐?"

-그것은…….

에센 포라트가 고개를 흔들었다. 보스급 몬스터답게 기억과 자아가 남아 있어서 방금 죽음을 선사한 자를 쉽게 따르려 들지 않았다.

하늘에서 바다로, 위드와 언데드로 되살아난 에센 포라트는 무서운 속도로 추락하고 있었다.

"나에게 복종해라."

−크르루라라라라라!

뼈밖에 남지 않은 에센 포라트가 절규를 터트렸다.

"나를 따르라. 그것이 너에게 가장 큰 영광이 될 것이다."

네크로맨서 스킬에 위드의 카리스마와 통솔력까지 적용되면서 에센 포라트는 곧 굴복했다. 과거의 삶은 잊어버리고 완전한 본 포라트가 되는 순간이었다.

−불멸의 삶을 준 주인에게 영광을.

"좋아, 일단 하늘로 올라가기나 하자!"

위드의 명령을 받아 본 포라트는 뼈로 된 날개를 활짝 펼쳤다.

수면을 스치며 하늘로 다시 맹렬하게 솟구치는 본 포라트의 머리에 위드는 당당하게 섰다.

"쿠워어억!"

"이곳은 아르펜의 하늘이다. 몬스터들이여, 썩 원래 있던 곳으로 돌아가라!"

"이 땅을 지키기 위해 전투를!"

높은 지성을 가진 바라그와 투쟁심으로 가득한 에센 포라트가 하늘에서 뒤엉키며 전투를 펼치고 있었다.

화염의 브레스가 하늘을 붉게 물들이며 관통하고, 2~3마리씩 몸으로 뒤엉키며 주둥이로 물어뜯고 발톱으로 내려찍는다.

거대한 보스급 몬스터가 뒤섞인 전장!

위드는 동료들의 안전부터 살폈다. 바라그의 등에 타고 있는 이들은 아직 무사했다.

바다에서도 눈사람들이 얼음 지대를 만들며 포라트 떼를 차단하고 있었다.

'아직 멀쩡하군.'

눈사람들의 능력으로도 바다를 가득 메운 포라트를 언제까지고 막는다는 건 불가능하다. 오랫동안 전투가 벌어지면 포라트들이 우회해서 산호 지대를 파괴하게 될 것이다.

어쩌면 눈에 보이지 않는 다른 지역에서는 산호나 해양 생명체가 목숨을 잃고 있을지도.

'할 수 있는 것을 한다. 머리로 완벽해질 때까지 기다리기보단 먼저 움직이고… 대응하는 거지.'

위드의 눈에 바라그들과의 싸움에 패배하여 추락하는 에센 포라트들이 보였다. 아직 2~3마리에 불과했지만, 페일이나 동료들이 애써서 일부라도 제거한 것이다.

위드는 타락한 성자의 지팡이를 꺼내 들고 오른손을 뻗었다.

"언데드 라이즈!"

목숨을 잃고 떨어지던 에센 포라트들의 몸에서 살점들이 떨어져 나가기 시작했다.

바다로 추락하던 에센 포라트들은 언데드로 변신하였고, 절반이 다시 날아올랐다. 나머지 절반은 언데드가 되긴 했지만 바다에 떨어지면서 온몸의 뼈가 바스러지며 사라졌다.

-에센 포라트를 언데드의 종속으로 만들었습니다.
  언데드 소환 스킬이 부족하여 유지 시간은 33분입니다.

위드가 3마리의 본 포라트들을 거느리며 씩 웃었다.

"자, 수금을 시작해 볼까!"

셀지움의 북쪽 해안.

검은 모래와 울퉁불퉁한 암석이 늘어져서 과거에는 인기가 없는 해변이었다.

이곳의 해안선을 따라 100만 명은 족히 넘는 유저들이 모여 바다를 지켜보고 있었다.

"정말 성공할까?"

"다른 사람이라면 기대도 안 하지만 위드 님이니까. 그분의 모험은 실패한 적이 없다고."

"그래, 위드 님이니까 내가 믿고 기다린다."

북부와 중앙 대륙 유저들이 뒤섞여 모여 앉았다.

평소라면 상단의 상인들이 나와서 닭 꼬치라도 팔았겠지만, 모두 가르나프 평원에 나가 있어서 한적하기까지 했다.

축제 참여마저 미루고 이곳에 모인 유저들은 바다와 경치를 사랑하는 이들이었다.

"형이 그러는데, 위드 님의 모험은 우리를 위한 거래."

"우리?"

"응. 중앙 대륙의 유저들에게 주는 선물이라고. 아르펜 왕국에서는 이렇게 즐거운 일이 매일 벌어진다면서 말이야."

"정말일까?"

"지켜보면 알겠지만 위드 님은 실망시킨 적이 없잖아. 방송으로만 쭉 보긴 했지만, 왠지 믿음직스럽지 않아?"

위드의 인기가 높다 보니 근거 없는 헛소문까지 긍정적으로 퍼져 나갔다.

―벌써 14마리째 에센 포라트 사냥에 성공했습니다!

―바다를 보십시오. 소용돌이가 일어나서 작은 포라트들을 집어삼

킵니다.

　－전투 노예 페일! 힘껏 화살을 당깁니다. 빛살처럼 날아간 화살이
에센 포라트의 눈에 적중!

　유저들이 가진 수정 구슬에서는 실시간으로 위드의 모험
이 생중계되었다.

　위드의 모험이 성공하면 역사가 바뀐다.

　일찍이 엠비뉴 교단이 패퇴한 적도 있지만, 이번에는 지형
의 변화와 관련이 있었다.

　방송 화면으로만 봤던 끝내주는 경치인 울호프 산호 지대!

　그 아름다운 바다가 나타날 수도 있기에 많은 유저들이 모
여서 기다리고 있었다.

　수정 구슬 속 위드가 본 포라트를 타고 적진으로 돌격했다.

　"무, 무슨 짓이야, 위험하게."

　"으아! 브레스를 내뿜는다."

　"방금 저거 봤어? 본 포라트에서 뛰어올랐어!"

　독액과 브레스 사이를 겁도 없이 돌진하며 사냥하는 모습
에 유저들은 심장이 두근거렸다.

　"크으……."

　"아, 저 박진감! 미쳤다."

　"영화 수준 아니냐?"

　"영화보다 낫지. 목숨이 몇 개쯤 되는 것 같아."

현란한 공중전이 벌어지는 가운데, 본 포라트를 탄 위드가 하늘을 휘젓고 다녔다.

검을 휘두르고, 때론 화살을 쏜다. 뮬의 선더 스피어까지 사용하여 벼락을 일으키며 전투를 펼쳤다.

레벨 업과 전리품 획득에 미쳐 어떻게든 막타를 치려 하는 광경이었지만, 일반 유저들이 보기에는 멋진 장면들이었다.

"모든 언데드들은 나를 따르라. 나는 암흑 군대의 총사령관이다!"

"주인을 잘못 만나다 보니 이런 곳까지 오는군. 이 날개 달린 물고기들의 피 맛은 최악이야."

데스 나이트 반 호크와 뱀파이어 로드 토리도 역시 소환!

"훌륭한 탈것이다."

반 호크는 본 포라트를 타고 전투를 치렀으며, 토리도는 박쥐 떼와 함께 현혹과 환영의 마법을 펼쳤다.

전투력만 놓고 보면 그 둘이 에센 포라트를 위협할 정도는 아니었다.

반 호크와 토리도, 그들은 대규모 군대를 지휘하거나 인간들을 상대로 할 때 강점을 보인다.

데스 나이트와 뱀파이어 로드라는 한계는 있었지만 그래도 에센 포라트의 관심을 흩트려 놓으면서 시간을 끌었다.

"언데드 공군이다."

"끝내주네. 나도 저런 전투를 할 수 있었으면……."

위드가 되살려 낸 본 포라트들은 제한 시간이 가까워질수록 날개 끝과 꼬리부터 먼지가 되어 사라져 갔다.

그럼에도 위드는 에센 포라트들이 죽을 때마다 언데드 소환 마법을 계속 펼쳤다.

20마리가 넘는 본 포라트들을 데리고 공중전을 펼치는 위드!

위드가 사자후를 터트렸다.

"너희가 원망해야 할 대상이 있다. 아직도 살아 있는 저들을 공격해라!"

-크우와아악!

본 포라트들은 살아 있는 동료들을 원망하며 몸으로 부딪쳐 갔다.

"이대로 섬멸하세요!"

페일도 바라그 부대를 이끌면서 멋지게 전투를 펼쳤다.

공중전을 지휘하는 건 보통 일이 아니지만 아르펜 왕국에서 와삼이를 타 본 경험이 많았다. 전투를 할 때마다 위드가 병력을 움직이는 걸 많이 봐 온 경험도 공중지휘에 도움이 되었다.

'약한 녀석들부터. 그리고 이런 싸움에서는 진형이 중요하다. 아군의 병력도 잃지 말아야 해.'

위드는 전투의 승리도 중요하지만 아군 병력이 쓸모없게 희생될 일은 절대 만들지 않았다. 로자임 왕국에서부터, 말단 병사라고 할지라도 희생을 최소화시키면서 성장시켰다.

어떤 최악의 상황에서도 대비할 수 있도록 전력을 확보해 놓는 것이다.

공중전은 전투를 펼칠 수 있는 영역이 넓다.

에센 포라트의 이목을 끌며 데리고 다니는 부대가 절반, 나머지는 기동력을 바탕으로 따로 떨어져 나온 녀석들을 사냥했다.

"좋은 전술이다!"

"이런 방식의 싸움도 마음에 든다."

바라그들은 페일의 기동 지휘를 인정하며 충실하게 따랐다.

페일은 순수한 궁수 출신이기에 통솔력이나 카리스마가 빈약했다. 어쩌면 위드가 지휘하는 편이 더 나을 수 있겠지만, 언데드들을 소환한 이후부터는 페일이 지휘하도록 맡겼다.

"전 아마도 수확하기 바쁠 겁니다. 보스급 몬스터들을 바라그들에게 넘겨주긴 너무 아깝지 않습니까. 특히 이 녀석들은 희귀한 놈들이라 전리품도 매우 특별한 것들이 나올 텐데요."

"예?"

"페일 님이 영웅이 되세요. 저는 건물주가 될 테니까요."

"……!"

전투 자체로 놓고 보면 페일에게 큰 공을 세우도록 하고,

실속은 위드 자신이 몽땅 가지려는 계획!

'뭐, 이것도 나쁘진 않지.'

늘 겁을 내긴 했지만, 막상 전투가 펼쳐지면 페일은 무아지경에 가깝게 싸웠다.

위드가 처음부터 친분만으로 이렇게 오래 함께할 사람은 아니었다. 지금까지의 전투에서 제 몫을 다하지 못한 적이 한 번도 없었기에 페일에게 믿고 맡기는 것이었다.

30마리의 바라그들은 3배가 넘는 병력을 상대로 시간을 끌며 안정적으로 버텼다.

"죽음이다!"

양념게장은 기회가 되면 에센 포라트의 그림자에서 튀어나와 목덜미를 찔렀다. 파이톤은 기사처럼 대검을 휘둘렀으며, 로뮤나와 수르카, 메이런도 자기 할 일을 해냈다.

벨로트와 화령은 날아다니는 바라그에 탄 채로 악기를 연주하고 춤을 추느라 고역이었다.

"언니, 발밑을 조심해요!"

"꺅!"

그녀들은 연주와 춤으로 에센 포라트의 신경을 거슬리게 하고 아군의 전력을 상승시켰다.

위드가 이끄는 본 포라트들도 격렬하게 전투에 참여하면서 전황이 기울었다. 곳곳에서 에센 포라트가 바다로 추락했고, 그들은 언데드가 되어서 다시 날아올랐다.

힘의 균형이 위드와 바라그들 쪽으로 완전히 넘어온 것이다.

"승리다!"

하늘을 장악하던 100마리가 넘는 에센 포라트의 전멸!

공중전을 승리로 마쳤지만 이후에는 바다에서 해일처럼 밀려오는 포라트들이 해안가로 헤엄쳐 가는 것을 막아야 했다.

"들어가라!"

위드는 본 포라트들을 바다에 투입시켰다.

그들은 원래 날개가 달린 생선이라고 할 수 있었으니 바다에 뛰어드는 것에 조금의 거리낌도 없었다.

─전부 먹어 치워라!

위드는 본 포라트의 머리에 탄 채로 푸른 물결이 넘실거리는 바다를 내려다봤다.

"이것들을 처리하는 것도 일이군."

포라트 떼가 바다 전체를 뒤덮을 정도로 가득 몰려왔다.

눈사람들이 얼음 지대를 생성시킨 덕분에, 추위를 싫어하는 포라트들은 먼바다에 머무르고 있었다.

"시간은 좀 걸리겠지만 어렵지는 않지."

위드는 타락한 성자의 지팡이를 손에 쥐었다.

"일어나라, 눈 감지 못한, 잠들지 않은 원혼들이여. 여기 살아 있는, 그리고 너희를 죽인 자들에게 복수하라! 데드 라이즈."

언데드 소환 마법!

바다에서 죽은 포라트들을 언데드로 만들어 그대로 동료들과 싸우게 만들었다.

크적!

콰드득!

뼈밖에 없는 포라트들이 같은 동료들을 물어뜯었다.

전투력만 놓고 보면 좀비나 스켈레톤과 비할 바는 아니었지만, 가까이 있는 포라트를 먹을 수 있을 정도면 충분했다.

그리고 언데드 소환 마법을 펼칠 때마다 더 많은 포라트들이 생성되었다.

-경험치를 습득하셨습니다.

-경험치를 습득하셨습니다.

-경험치를 습득하셨습니다…….

위드도 이것만큼은 예상하지 못했던 바였다.

본래는 토끼 1마리에도 미치지 못할 적은 경험치를 주는 포라트들. 그러나 바다 전체가 포라트로 뒤덮여 있었으니 수만 마리의 본 포라트들이 활동할 때마다 무지막지한 사냥이 이루어졌다.

그렇다고 해서 500을 넘은 위드의 레벨이 막 오르는 건 아니었지만, 경험치는 꾸준히 쌓인다.

-언데드 소환 스킬의 레벨이 중급 8이 되었습니다.
강력한 데스 나이트 영웅들을 임명할 수 있습니다.
언데드 군단의 속도가 빨라집니다.
언데드를 유지하는 데 소모되는 마나의 양이 줄어듭니다.

"스킬 레벨까지 오르네. 역시 바다는 인류의 미래였어."

위드의 눈동자가 떨어진 지갑을 발견했을 때처럼 초롱초롱 빛났다.

주인이 있는 지갑이야 사실 함부로 가져가면 잘못이지만, 바다에 있는 포라트를 사냥하는 건 오히려 공적을 세우는 것이다.

퀘스트의 목표 달성과 경험치, 스킬 레벨!

여기에 부족한 게 있다면 전리품인데, 그것은 에센 포라트들을 사냥하면서 상당히 충족시켰다. 대장장이용 1등급 가죽, 뼈, 요리 재료의 1등급 살점을 듬뿍 챙겼던 것이다.

"일어나라, 나의 언데드들이여. 여기 살아 있는 포라트를 몽땅 쓸어버리자!"

바다를 장악한 포라트들이 경험치와 스킬 숙련도 상승을 위한 제물이 되었다.

"시체 폭발, 시체 폭발, 시체 폭발!"

바다 속의 광경은 보이지 않았지만, 포라트들이 물 위로 뛰어오르면서 아비규환이 되었다.

-경험치를 습득하셨습니다.

-경험치를 습득하셨습니다.

-경험치를 습득하셨습니다.

-경험치를 습득하셨습니다.

-경험치를 습득하셨습니다…….

위드는 마나가 있는 대로 시체 폭발이나 언데드 소환 마법을 펼칠 뿐이었다.

"크케헤헤헤헤헤헷!"

입가에는 참을 수 없는 웃음이 감돌았다.

미치광이들이 터트리는 광소!

페일이나 다른 동료들은 그저 멀리서 지켜보고만 있을 뿐이었다.

"위드 님이 제대로 한밑천 챙기시는 것 같군요."

"음, 부럽기는 하지만 왠지……."

"좀 무섭죠."

오랫동안 함께했던 이리엔이나 수르카 같은 동료들마저 함부로 다가가지 못했다.

위드가 본 포라트를 타고 바다 위를 돌아다니면서 언데드 소환 마법을 펼친다. 바다는 아비규환으로 변하며 언데드 포라트들이 무더기로 활동했다.

그 직후 시체 폭발!

양념게장이 떨리는 목소리로 말했다.

"위드 님이 조각사라서 다행이었습니다."

"네?"

"처음부터 네크로맨서였거나, 중간에 전직을 했다면……."

"크흠."

동료들의 머릿속에 그려지는 환상이 있었다.

네크로맨서는 어둠의 힘을 다루고 성장 속도가 빨라 그만한 페널티가 부여된다. 조각사로서, 수많은 모험들을 성공시킨 영웅으로서의 업적이 없었다면 엄청난 언데드 제국을 만들었을지도 모를 일이었다.

아르펜 왕국이 아닌, 아르펜 언데드 군단!

위드였다면 절대 평범한 네크로맨서로 끝나지 않았으리라.

"베르사 대륙을 위해서는 진짜 천만다행이에요."

이리엔이 미소를 지었지만, 양념게장은 여전히 꺼림칙한 기색이었다.

"휴, 앞으로의 일을 모른다는 게 문제겠죠. 앞으로 위드 님이 대악당이 될지도."

"……."

오랜 동료들조차 그 말에 반박하기 힘들었다.

위드가 베르사 대륙의 평화를 위협하는 대악당이 되는 건 솔직히 너무나도 자연스러웠으니까!

지금도 포라트들을 언데드로 만들어서 바다를 휩쓸고 다닌다.

"뛰어라, 뛰어!"

위드의 외침을 들은 언데드 포라트들이 바다 위로 힘껏 뛰어올랐다.

7미터, 10미터 이상 솟구친 수천 마리의 포라트들이 수면 아래로 떨어져 내렸다.

이것이야말로 언데드 포라트 분수 쇼!

상식이 있는 평범한 네크로맨서들은 절대 만들어 내지 못할 광경이었다.

위드와 언데드들은 밤샘 사냥으로 바다에 돌아다니는 수많은 포라트를 몰살시켰다.

게이하르 황제의 조각 생명체들 중에서도 해양 생명체들이 몰려와 사냥에 참여했다.

초대형 문어와 거북이, 상어, 고래.

압권인 것은 멸치였는데, 생긴 건 똑같았지만 몸길이가

800미터에 달했다. 꿈틀거리면서 헤엄을 치는데 무섭도록 빠르고, 소용돌이와 작은 해일까지 일으킬 수 있었다.

메이런이 멸치를 왜 저렇게 크게 만들었냐고 물었더니 돌아온 게이하르 황제의 대답이 가관이었다.

"예쁘지 않은가?"

"네?"

"젊을 때 만든 녀석인데, 생선은 자고로 클수록 맛있고 좋지. 멸치는 당연히 약할 거라는 편견에 도전한 작품이네."

"아, 그러시군요."

"육지와는 다르게 바다에서는 크기가 커도 활동하기 편하지. 지금 같으면 3킬로는 되는 녀석으로 표현했을 텐데."

"……."

그랬다면 아마도 바다의 절대자 멸치가 탄생했을 것이다.

게이하르 황제는 만족스럽게 웃었다.

"이제부터 뒤처리는 내가 하도록 하지. 멸치 녀석에게 맡겨 두면 포라트가 다시 이 땅을 위협할 일은 없을 것이야."

"네에."

이리엔과 로뮤나, 벨로트는 바다를 보며 포라트의 명복을 빌어 주었다. 무사히 이곳을 벗어난다고 하더라도 평생 멸치에게 쫓겨야 할 테니까!

띠링!

위드와 동료들은 바다를 보면서 서 있었다.
기나긴 전투가 끝나고, 석양이 붉게 물들어 갔다.

위드가 무사히 퀘스트를 완료하는 광경이 방송으로 중계
되면서 셸지움의 북쪽 해안에 모여 있던 유저들이 고함을 질
렀다.
"승리다!"
"만세! 포라트를 이겨 냈어."
"위드 님이라면 당연히 해낼 줄 알았잖아!"
바다에 누워서 기다리는 시간은 길었지만 성공적으로 퀘
스트가 끝나는 광경을 확인했다.
그 직후 유저들이 보는 앞에서 바다가 환하게 빛나기 시작
했다.

"우와아아아아!"

"뭐야, 뭔데 이래?"

"이거 시작됐다. 엠비뉴 교단이 망할 때도 세상이 변했는데, 여기서 또 벌어지는 거야."

저 먼바다에서부터 신비롭게 에메랄드빛으로 물들어 가고 있었다.

잔잔하던 바다에서 갑자기 돌고래가 뛰어올랐다.

"우왓!"

"여기 돌고래들이……."

"저쪽에는 인어 아냐?"

탁하고 모래가 많던 회색 바다는 조금씩 맑아지더니 바닥이 훤히 들여다보일 정도로 투명해졌다. 해저에는 다양한 색을 가진 산호들이 자라났으며, 무수히 많은 해양 생명체들이 물속을 헤엄쳐 다니는 광경이 보였다.

유저들의 발밑도 바뀌어서, 조개껍질이 있는 푹신한 황금빛 모래사장으로 변해 갔다.

끼룩.

새들이 무리를 지어 하늘을 자유로이 날아다녔다.

띠링!

세계의 비경에 도착하셨습니다.
울호프 산호 지대 발견!

루딘 해협에서 시작하여 알카드 해역까지, 무려 876킬로미터에 달하는 대륙 최대의 산호 지대.
수심은 3미터에서 최대 80미터까지 깊어지며, 600종의 산호와 1,890종의 바다 생명체가 살고 있다. 베르사 대륙 9대 비경 중 한 곳으로, 일찍이 수많은 모험가들이 와 보기를 원하던 장소였다.
오랜 옛날 포라트의 위협에 의해 파괴될 뻔했지만, 모험가 위드와 그의 동료들에 의해 무사히 지켜졌다.

－모험에 따라 명성이 1,394 올랐습니다.

－레벨이 오르셨습니다.

－역사적인 지형을 찾아냈습니다. 특별한 경험으로 지식과 지혜가 10씩 추가로 늘어납니다.

－멋진 풍경으로 예술 스텟이 4 늘어납니다.

－귀중한 발견을 보고하면 추가적인 보상을 얻을 수 있을 것입니다.

"캬하."

먼저 와 있던 유저들은 자연스럽게 세계의 비경을 발견하는 모험 성과까지 이루어 냈다.

"아아아……."

"정말 천국이다."

유저들은 인생에서 다시없을 명장면을 직접 구경하게 되

었다.

"이놈은 빨리 대륙이나 통일할 일이지, 온갖 일을 다 저지르고 다니는군."

유병준은 로열 로드의 장면이 나오는 모니터를 불만스럽게 보고 있었다.

산호 지대에 뛰어들어 수영을 하며 놀고 있는 유저들의 얼굴에는 행복한 웃음이 가득했다. 갑옷이나 여행복을 벗고, 초록빛 물결에 둥둥 떠다니면서 즐거움을 만끽하고 있었다.

다른 모니터에 뜬, 가르나프 평원에서 대형 조각품을 만든다고 땀을 흘리며 석재를 옮기는 유저들의 표정도 밝았다.

"힘은 들지만 희망이 있다는 건가? 저기 있는 유저들의 행복도가 몇이지?"

-94.3781834%입니다. 역사상 최고치를 갱신했습니다.

"로열 로드가 막 열렸을 때는?"

-전체 유저의 평균이 93.3972939%였습니다. 그 이후로 매달 3% 이상씩 하락했습니다. 최저치는 61%에 근접했을 때입니다.

"혼자만의 힘으로… 세상을 바꾸어 버렸나."

유병준은 로열 로드를 만들었던 이유를 떠올렸다.

부조리한 세상을 조롱하고 싶기에, 직접 만든 세계의 황제에게 모든 걸 물려주기로 했다.

"그때만 해도 이런 놈이 갑자기 튀어나올 줄은 몰랐는데."

위드의 영상을 보면서 많은 시간이 흘렀다.

엉뚱하기 짝이 없는 사건들을 저지르고, 불가능에 가까운 퀘스트들을 해결해 낸다. 동료들, 유저들과 같이 터무니없이 긍정적인 결말을 만들어 내는 과정들을 쭉 지켜봐 왔다.

"로열 로드의 세상을 정복하면 내 후계자가 될 것이다. 그리고 그 녀석이 돈과 권력을 마구 휘두르고 세상을 파괴하더라도 간섭할 생각은 없다. 세상 따위는 어떻게 되든⋯ 난 비웃어 주고 싶었으니까 말이다."

그런데 정작 위드가 후계자가 되어도 사람들이 싫어하진 않을 것 같다는 느낌이 조금 들긴 했다.

"어떻게든 기어올라서 여기까지 왔군. 내 의도와는 다른데⋯⋯."

―후계자 계획을 취소하시겠습니까?

유병준이 가지고 있는 유니콘 사의 자산은 물론이고, 숨겨 둔 천문학적인 재산까지도 승계할 준비가 완료되어 있었다.

"그대로 진행해. 어느 쪽이든 승리한 사람이 모든 걸 갖게 될 거야."

위드와 바드레이.

그 둘은 모르고 있겠지만, 베르사 대륙을 통일한 사람은 세계 최고의 부자이자 권력자가 되도록 결정되어 있었다.

"크크크, 세상이 모두 내 후계자에게 굴복할 것이다!"

유병준은 광기 어린 소리를 크게 내질렀다.

마침내 그의 운명을 건 후계자가 결정되려 하는 것이다.

그런데 왠지 모를 가슴 한구석의 찝찝함이란······.

"아무래도 위드가 황제가 되어서 내 모든 것을 이어받을 것 같단 말이야."

그 일이 이루어지고 나면 목적을 달성했다는 즐거움보다는 아랫배가 살살 아파 올 것 같은 느낌이 들었다.

젊은 시절을 바쳐서 로열 로드를 만들었더니, 위드가 영웅이 되며 미녀와 돈을 얻었다. 유병준이 개발한 인공지능을 비롯해 모든 자산까지 물려받는다면, 영락없이 죽 쒀서 위드 준 꼴이 아닌가.

마판은 가르나프 평원의 총책임자였다.

천막 안에서 축제 개최와 전쟁 물자 보급, 마판 상회에 관한 급한 업무들을 처리하고 나온 그는 평원에 높은 산들이 우뚝 솟아 있는 걸 보았다.

"저것들이 뭐냐?"

사촌인 숨긴돈이 한숨을 쉬더니 대답했다.

"조각품이랑 조각품 만들 재료들을 쌓아 놓은 거야, 형."

"노, 높구나."

가르나프 평원의 한쪽 면이 고산지대처럼 산맥으로 변해 있었다.

일을 시키기는 했지만 마판은 정작 전문적인 분야에 대해서는 잘 알지 못했다.

"어떻게 며칠 만에 한 거야?"

"사람들이 모여서 해냈어."

"그게 가능한가?"

"하니까 되던데."

쿵쿵쿵! 뚝딱뚝딱!

"벽돌이 부족해요."

"지금 갑니다!"

가까운 곳에 풀죽신교의 유저들이 개미 떼처럼 몰려들어서 까마득히 높은 800미터짜리 조각상을 세우고 있는 광경이 보였다. 다른 곳에서는 면적 수백 미터짜리 거대한 조각상도 세워지고 있었다.

"지지대는……."

"지반공사도 동시에 진행하도록 합시다."

"건축가의 스킬이 있으니 편하군요."

"안전 장비? 그런 게 왜 필요하겠습니까. 추락의 깃털 몇 개 가지고 있으면 되니 좋군요."

어딘가 익숙한 듯한 모습이었다.

꼭 빌딩이나 아파트 건설 현장처럼 가림막을 쳐 놓았을 뿐 아니라, 땅에는 강철을 박아서 하부 공사를 하고 있는 모습.

"저들은 누구야?"

"삼성물산 건설사업부."

"어?"

"저쪽은 대우건설이랑 현대건설에서 나왔어."

마판은 멍하니 말이 없었다. 그러다가 어이없다는 듯이 물었다.

"내가 알고 있는 그 회사들이 맞아?"

"응. 건설사들이잖아."

"…그들이 왜 왔어?"

"KPF랑 스티븐홀에서도 왔어."

"거긴 어딘데?"

"세계적인 건축설계 회사들."

현실에서 가르나프 평원의 조각상 제작은 대단한 이슈가 되었다. 수백 미터짜리 조각상들이 하루가 멀다 하고 세워지는 광경은 기적이라면서, 매일 언론의 조명을 받는다.

아침, 점심, 저녁 가릴 것 없이 20~30미터짜리 조각상이 마구 세워지는 모습이 대중의 관심도 얻어 냈던 것이다.

현대건설에서는 회사 차원에서 전격적으로 참여를 결정했다.

"이 정도 규모라면 건설이라고 볼 수 있는 건데, 우리 현대가 빠질 수 있습니까? 대대적으로 참가합시다."

건설사의 설계 팀에서는 온갖 아이디어를 다 내놨다.

직원들도 로열 로드를 하기 때문에 건축 분야의 참신한 아이디어들을 상당히 많이 생각하고 있었다.

회사 내부에 계획을 올렸다면 과장이나 부장이 떨떠름하게 여겼을 것이다.

"이게 돼?"

"이런 걸 기획안이라고 가져왔어?"

"돈! 돈 되는 걸 해야지."

현실의 벽에 밀려 잠자고 있던 멋진 아이디어들이 이번에 로열 로드에서 전부 튀어나왔다.

"뭐가 될지 모르지만 일단 만들어 보자고. 도전을 해 봐야지."

"정말 만드는 겁니까? 높이 408미터짜리인데요?"

"옆에는 620미터짜리도 만든다는데 이 정도야 뭐."

자금과 공사 재료가 부족하다는 고민도 할 필요가 없었다. 풀죽신교의 유저들이 평원 인근의 산들을 통째로 옮겨 오고 있었던 것이다.

건설사들은 아파트를 짓듯이 기둥을 올리고 고급 재료들로 외부를 장식했다.

래미안, 푸르지오, 캐슬, 에스클래스!

건설 업체들의 브랜드를 딴 건축물이 마구잡이로 세워졌

다.

"근데 전무님, 이거 조각품인데요?"

"우린 높게만 만들어 놓으면 돼. 조각사들이 알아서 하겠지."

규모가 큰 건설의 개념이 들어가자 작업 속도가 어마어마하게 빨라졌다.

"한국의 건설사들이?"

"시청률이 평균 40%입니다."

"꽤 높군. 어느 방송국이야?"

"전 세계 평균 시청률입니다. 미국은 85%에 달합니다. 폭스나 CNN에서도 중계하는데요."

"그러면 우리도 빨리 시작해. 기술력을 과시할 수 있는 기회다. 홍보 효과는 차고 넘칠 거야."

현실에서 세계적으로 알려진 건축설계 사무소의 고급 인재들이 한 지역에 모였다.

"우린 여기에 뭘 만들까요?"

"모르지만 일단 하부 공사부터 시작하지. 다른 회사들보다 작은 걸 만들 수는 없잖아."

설계가 이루어지기도 전에 시공에 착수하는 속도전!

북부의 건축가들과도 협력해서, 어마어마한 것들을 만들어 내고 있었다.

-아이디어를 모집합니다. 뭐든 만듭니다!

가르나프 평원은 조각술의 천국이 되었다.

용이나 호랑이 같은 것은 기본이었고, 조각 생명체들의 인기를 반영하듯이 와이번이나 빙룡과 비슷한 형태도 있다.

참신한 기획이라면 벌레죽 부대에 의해서 대거 탄생되었다.

"저기… 진짜 기가 막힌 벌레가 있는데요."

"뭐든 말씀하세요."

"다리가 300개고 더듬이가 40개인데요, 괜찮을까요?"

"그 정도야 뭐 어렵지도 않겠네요. 높게 만들지 않고 길게 하는 거라면… 시공 난이도도 높지 않습니다."

"몸을 뒤집어서 전진합니다."

"예?"

"그니까, 설명하기가 좀 어려운 편인데요, 잔털도 많아야 돼요."

반경 5킬로미터는 벌레죽 부대의 영역!

거대한 벌레 형상의 조각품들도 있지만, 일반인들이 많이 참여해 크기와 모양이 다양했다. 직접 조각술을 배워 본다면서 저마다 5미터, 6미터짜리 벌레들을 만들었는데, 그것들이 살아 움직인다면 정말 대단한 광경이 벌어지리라.

"내구성은 신경 쓰지 마! 전쟁이 벌어지는 날까지만 무너지지 않으면 돼!"

"우린 높이 1킬로 정도로 가자고. 세계 최고의 기록을 달성해 봅시다!"

"더 빨리! 더 높게! 무너지면 또 짓자고. 우린 그냥 크고 높게만 승부를 걸어!"

사람들이 많이 모이니 그 추진력은 무서울 정도였다.

세계의 동물이나 유명 건축물을 참고하여 수많은 조각품들이 만들어졌다.

"뎁스 님, 낭비할 시간 없으니 어서 올라가세요."

"저 실은 고소공포증이 있는데요."

"정신과 의사입니다. 옆에서 상태 점검할 테니 올립시다."

"어서 밀어!"

강제로 올려 보내진 조각사들이 구름을 내려다보며 작업했다.

풀죽신교와 전 세계 건설사들의 합작으로 가르나프 평원 전체가 일주일 만에 바뀌어 있었다.

"허허."

마판은 그저 헛웃음만 터트렸다.

북부 유저들이 중심이 된 풀죽신교의 힘이라면 어느 정도 성과는 있으리라 예상했다.

'근데 상상을 넘어서잖아.'

치킨 1마리를 주문했더니 타조가 통째로 온 것 같은 느낌!

'위드 님의 부탁은 충실히 이행했구나.'

가몽을 비롯하여 북부의 상인들도 적극적으로 나서고 있었다.

세계 최대의 축제와 공사판이 공존하는 현장!

벌써 이곳에 모인 인원만 5,000만 명이 넘는 것으로 추정되었다.

가르나프 평원은 연일 방송으로 중계되면서 끝없이 사람들을 모았다.

중앙 대륙의 플레처 성!

대외적으로 크게 알려지지 않은 작은 성이었지만, 이곳에는 헤르메스 길드의 모험가 판테가 머무르고 있었다.

"이제 부화가 얼마 남지 않았구나."

지금으로부터 1년 6개월 전에 그는 도리아 지역에서 퀘스트를 하나 받았다.

헤르메스 길드 소속이라면 이미 알려진 퀘스트, 그것도 보상이 좋은 것만 한다는 인식이 있었다. 어느 정도 사실이기는 하지만, 판테는 가끔 누구도 해결하지 못한 퀘스트에 매달리기도 했다.

판테는 심심하던 차에 누구도 해결한 적이 없는 퀘스트임
을 확인하고 의뢰를 받았다.

'간단히 끝내 버려야지.'

숲을 헤매다가 낙엽 밑에 있는 비밀 공간을 발견!

끈적끈적한 진흙을 조금 얻었다.

–악령이 붙은 흙의 정수를 입수하였습니다.

그것을 엘프 장로에게 가져다주면서 이어지게 된 연계 퀘
스트.

–흙의 정화.
–자작나무 숲의 양지바른 땅.
–악령의 비밀.
–귀중한 영양분.
–아름다운 꽃.

퀘스트가 거듭되면서 난이도가 C급으로 올랐다.

-몰로크의 젖은 땅.

가볍게 시작한 퀘스트였지만, 몰로크는 너무나도 먼 곳에 있었다.

"난이도 C급이라. 여러 번의 퀘스트가 아깝긴 하지만 이걸로 어쩔 수 없지."

넓은 땅을 1달 이상 헤매고 다니기는 귀찮다는 생각이 들어서 잊어버리고 살았다.

8개월 정도가 그렇게 지나고, 하벤 제국의 탐험대가 몰로크의 대지까지 향하게 되었다.

헤르메스 길드에서는 아직도 베르사 대륙에 수많은 신비들이 남아 있다는 걸 알고 있었다. 대부분의 유저들은 완전히 밝혀진 사냥터와 퀘스트를 반복하지만, 여전히 어딘가에 대박은 남아 있었다.

던전과 보물을 얻기 위해서라도 최상위권 유저들로 구성된 탐험대가 베르사 대륙을 한 번씩 돌아다녔다.

판테는 몰로크의 대지를 탐험한다는 이야기를 듣고 그곳에 끼어서 퀘스트를 완수했다. 연계 퀘스트라고 해도 막상 보상이 그렇게 크지 않은 것들도 많았기에 기대는 하지 않았다.

그런데 몰로크의 대지에서 끝나지 않고 나이 든 주민에 의해 퀘스트가 계속 이어졌다.

"모험가여, 그대에게 부탁드릴 게 있소."

"부탁요?"

"그 흙이 있다면 충분히 씨앗을 꽃피울 수 있을 것 같군."

"씨앗은 어디에 있습니까?"

"내 할아버지가 잃어버렸지. 하지만 다행히 어디에서 잃어버렸는지 알고 있다오."

몰로크의 음습한 둥지

몰로크에는 바게트들의 서식지가 있다.
그곳에는 대단히 귀한 열매들이 열린다고 하는데……
바게트들을 제거하고 열매의 씨앗을 입수하자.

난이도 : A
제한 : 흙의 정수. 몰로크의 젖은 땅 퀘스트 완료.
보상 : 최상의 열매.

난이도 A 정도의 의뢰라면 이제 보통 일이 아니었다.

"하겠습니다."

판테는 헤르메스 길드 상부에 보고를 했고, 즉시 타격대의 지원을 받았다.

"오늘 중으로 처리해 드리죠."

기사와 마법사, 궁수, 사제로 구성된 100명의 타격대는 바게트의 둥지를 철저히 파괴했고 판테는 간단히 퀘스트를 완료할 수 있었다.

그런데 그것으로도 끝이 아니었다.

> **환상의 열매**
> 먹기만 하면 건강해질 수 있다는 콰이란의 열매다.
> 1등급 음식 재료!
> 하지만 이것을 찾던 이가 따로 있다는데…….
> 나이 많은 드워프들 중에 알아볼 수 있는 이가 있을지도 모른다.
> **난이도 : A**
> **제한 : 콰이란의 열매 습득.**

판테는 헤르메스 길드의 지원을 받아 토르에서 드워프들에게 이야기를 들었다.

"콰이란의 열매가 있다고? 그것은 대단히 귀한 물건이지."

"어디에 씁니까?"

"그건… 내 입으로 말하고 싶진 않군."

판테는 친밀도를 높이기 위해 돈을 뿌렸다.

든든한 헤르메스 길드가 뒤에 있으니 100만 골드 정도 투입하는 건 일도 아니었다.

드워프는 어느 정도 친해지긴 했지만 그래도 입을 다물었다.

"함부로 말할 수가 없는 일이네. 또 모르지. 입이 싼 주정뱅이 드워프라면…….."

헤르메스 길드의 정보력으로 주정뱅이 드워프를 찾아내어 퀘스트를 이어 나갔다.

"콰이란의 열매를 구했다고? 그것은… 실로 위대하고 두려운 존재들이 좋아하는 열매지."

판테의 퀘스트는 헤르메스 길드의 최상위권 모험가들이 지켜보고 있었다.

연계 퀘스트로 난이도 A.

여러 단계로 이어지다 보니 보상이 문제가 아니라 난이도 S급의 의뢰로 이어질 수도 있다는 걸 예상했기 때문이다.

발람 : 드워프들에게 위대하고 두려운 존재? 그렇다면 그건…….

타엠보 : 드래곤이군요.

길추적자 : 드래곤과 이어진다라. 이건 대박이라는 말로도 부족한데.

난이도 S급의 의뢰는 베르사 대륙의 지형이나 역사조차 바꿀 수 있다는 걸 위드의 모험으로 확인했다.

주정뱅이 드워프의 말이 계속되었다.

"오래전의 일이었어. 콰이란의 열매를 바쳐야 했지만 구하기가 힘들었지. 그 존재들이, 너무 맛있어서 몽땅 먹어 치워 버렸기 때문일세. 우리 드워프들도 몰래 술을 담그기도 했지만 말이야."

"아, 그랬군요."

"근데… 갑자기 오래전 소문이 떠오르기도 하는군."

"소문요?"

"위대한 존재들이 어릴 때 가장 좋아하는 열매가 콰이란이라고 하지. 그래서 콰이란을 얻은 주변을 보면 귀한 발견을 할 수도 있다는데……."

-주정뱅이로부터 정보를 입수했습니다.

-퀘스트가 갱신되었습니다.

드래곤이 좋아하는 열매

콰이란의 열매는 드래곤들의 먹이다.
많은 영양분을 담고 있어서, 거대한 육체를 유지해야 하는 드래곤이 자주 찾는다.
열매의 발견 지역 인근을 수색해 보자.
위험하겠지만 무언가 귀중한 것을 얻을 수도 있다.

난이도 : S
제한 : 콰이란의 열매 습득. 드래곤과 관련된 정보 입수.

"정말로 난이도 S?"

"이거 도대체 어디까지 가는 거야."

판테와 헤르메스 길드 소속 모험가들, 심지어는 길드 최고 수뇌부도 난이도가 오름에 따라 고민에 잠겼다.

"계속 진행해도 되는 퀘스트일까요?"

"드래곤과 엮이면 위험하지 않겠습니까. 드워프가 나온

것도 마음에 걸립니다."

"드워프 왕국 토르가 악룡 케이베른의 영역이기는 하죠."

"몰로크의 대지는 한참 멉니다. 거긴 미지의 땅에 가까워요. 새로운 유형의 모험일 가능성을 배제할 수 없습니다."

"드래곤이라면 레어 근처에도 다가가지 못했습니다. 이런 퀘스트를 통해 친밀도라도 얻어 두면 큰 이익 아닙니까?"

"퀘스트가 어떤 식으로 전개될지 예측이 불가능하다는 점이 문제인데. 중간에 포기가 안 되면 곤란해질 것입니다."

헤르메스 길드 수뇌부에서는 이 퀘스트 때문에 회의까지 벌였지만 조금 더 진행해 보는 것으로 결론을 내렸다.

판테와 모험가들은 대대적으로 충원된 타격대의 도움을 받아서 몰로크의 대지를 탐험했다.

몬스터의 수준이 레벨 400~500대라서 꽤나 고생을 했지만 얼마 되지 않아 찾아내고야 말았다.

던전, 방치된 집의 최초 발견자가 되셨습니다.

혜택 : 명성 10,000 증가.
　　　일주일간 경험치, 아이템 드롭률 2배.
　　　첫 번째 사냥에서 해당 몬스터에게 나올 수 있는 것 중에 가장 좋은
　　　아이템이 떨어집니다.

던전에서는 레벨 600대가 넘는 키메라들이 튀어나왔다.

상식을 초월하는 힘과 생명력!

모험가만 왔다면 고생했겠지만, 헤르메스 길드의 무력이 투입되니 처리할 수 있었다. 사제와 마법사의 후방 지원을 받으며 기사와 전사가 앞장서서 던전을 정리했다.

"흠, 수색을 해 보죠."

타격대가 중심이 되어 수색이 이루어졌다.

웬만한 도시만큼이나 넓은 던전!

수많은 몬스터들이 살고 있었고, 구석에서는 보물 상자들이 발견되기도 했다.

보석과 황금을 비롯하여 귀중품이 잔뜩 들어 있는 상자. 검과 갑옷도 있었는데, 드워프들이 제작한 물품이었다.

"놀라운데요. 여긴 중앙 대륙의 그 어떤 던전보다도 큰 던전입니다."

"보상도 확실하고요. 10개 이상의 퀘스트가 연결되어 있습니다."

마법 함정의 흔적도 있었지만 작동되지 않았다.

그렇게 수색을 한 끝에 마침내 찾아낸 것은 4미터 정도 되는 새하얀 덩어리였다.

"이거 뭡니까? 바위예요?"

"그런 것 같기도 한데. 단단하고요."

"따뜻함이 느껴지지 않습니까? 마나석의 느낌인데."

"마나석은 절대 아닙니다. 마법 봉인이 되지 않아요."

모험가들이 감정을 해 보고 나서야 확인할 수 있었다.

모험가들과 타격대의 유저들은 그 자리에 얼어붙었다.

"허, 드래곤의 알이라니……."

"설마 케이베른의 알? 그러면 이거, 던전에 들어온 죄로 우리 모두 죽는 거 아닙니까?"

"그럴 것 같진 않은데요. 던전의 이름도 방치된 집이라고 했고."

"어떤 드래곤의 알인지는 아직 밝혀지지 않았습니다."

판테는 다가가서 알을 만져 봤다. 여러 번의 연계 퀘스트로 접근하게 된 드래곤의 알이라, 감격으로 가슴이 벅찼다.

띠링!

-퀘스트가 갱신되었습니다.

인간의 손길이 닿은 알은 드래곤의 분노를 사게 될 것이다.
분노를 해소할 방법은, 무사히 알을 부화시켜서 새끼 드래곤의 탄생을 기
다리는 것이다.

난이도 : S
제한 : 드래곤의 알 발견, 현재의 진행 단계에서 퀘스트 포기 불가능.

"……."

퀘스트의 실체를 알게 된 판테는 말문이 막혔다.

'드래곤이 태어난다고?'

사정을 알게 된 헤르메스 길드의 수뇌부에서도 갑론을박
에 빠져들었다.

"난이도 S급의 연계 퀘스트입니다. 이런 모험은 위드조차
한 적이 없습니다."

"방송을 한다면 시청률은 정점을 찍을 수 있을 것 같군요."

"광고도 충분히 들어오겠죠. 유저들에게 헤르메스 길드의
능력을 각인시킬 기회입니다."

"기회라고요? 드래곤이 얼마나 위험한 존재인지 모릅니
까? 잘못되면 도시 몇 개가 날아갈 수도 있어요."

"영향력이 큰 퀘스트입니다. 이런 건 실패 시의 손해도 잘
고려해야……."

저마다 입장이 달라서, 영원히 끝나지 않을 듯한 토론이
었다.

드워프 모험가 항투가 말했다.

"난이도 S급이라는 모험은 좋습니다. 근데 이게 케이베른과 관련이 있다는 게 걸립니다. 케이베른이 괜히 악룡이겠습니까?"

판테조차도 그 말에는 딱히 반박할 말이 없었다.

명성과 능력이 되는 모든 모험가들이 대체로 드래곤과 관련된 퀘스트는 꺼린다. 드래곤이 인간을 만나 주는 경우도 드물었지만, 악룡 케이베른 같은 경우는 정당한 보상을 해 주리라고 기대하기도 힘들었다.

"그래도 퀘스트인데… 보상을 해 주지 않겠습니까?"

"케이베른이 드워프들에게 제작 퀘스트를 내주죠. 근데 제대로 된 보상을 해 줬다는 이야기는 단 한 번도 못 들었습니다."

"허, 난이도나 상황을 보면 계속 도전해 보고 싶은 퀘스트인데."

기사 중에서 특히 퀘스트에 강한 애착을 갖는 이들이 많았다.

퀘스트의 내용이 앞으로 어떤 식으로 바뀔지는 모르지만, 그들은 상상을 했던 것이다.

새끼 드래곤을 부화시킨다.

그 드래곤과 친해진다면… 전설의 드래곤 나이트라는 직업을 얻을 수 있을지도 모른다는 상상.

일찍이 위드가 엠비뉴 교단을 퇴치할 무렵에 혼돈의 드래곤 아우솔레토를 탄 적이 있다. 블랙 드래곤을 타고 엠비뉴의 화신과 전투를 펼치던 광경이 기사들에게는 잔상처럼 남아 있었다.

'드래곤 나이트만 될 수 있다면 대가로 성 하나를 바치더라도 아깝지 않다.'

'드래곤 나이트. 기사들이 품는 최고의 로망 아니겠어?'

헤르메스 길드에서도 소수만이 알고 있는 퀘스트였고, 무엇보다 흑기사 바드레이가 있었다.

"지금까지 해 온 것도 있고, 퀘스트가 성공한다면 막대한 이익을 거둘 수 있을지도 모릅니다. 더 이상 취소도 안 되니 진행하는 수밖에요."

그리하여 판테와 몇몇 모험가들은 플레처 성에 드래곤의 알을 보관하며 부화를 준비하고 있었다.

그 이후에 몬스터 군단이 플레처 성을 몇 번이나 노렸다.

대중은 반란군이나 낮아진 치안의 영향이라고 생각했지만, 실상은 드래곤의 알을 노린 흑마법사들의 공략!

헤르메스 길드의 군사력을 넘어설 수 없었기에 흑마법사들의 시도는 매번 좌절되었다.

하지만 그러면서 추가적인 정보도 얻을 수 있었다.

−알이 파괴되면 2마리의 드래곤이 강림한다.

−흑마법사들의 목적은 마법의 시대를 여는 것이다.

–드래곤의 분노는 몬스터 웨이브를 일으켜서 대륙 전체를 황폐화시킬 가능성이 높다.

위드와 동료들은 게이하르 황제의 안내를 받아 아르펜 제국의 수도로 향했다.

"……."

"이야아아."

"괴, 굉장하다."

고전 시대의 장엄한 석조 건축물들이 그들을 반겼다.

시야의 끝에서 끝까지 펼쳐져 있는 대도시!

짐승, 조인족의 형태로 이루 말할 수 없는 다양한 조각 생명체들이 살아간다. 아름다운 강이 흐르고 수백 종의 나무들이 무성하게 자란, 아르펜 제국의 수도였다.

고전 시대 아르펜 제국의 수도에 찾아오셨습니다!

기록에 존재하는 옛 아르펜 제국의 수도!
수많은 생명체들과 인간이 어우러져 살았으며, 베르사 대륙의 문화와 문물이 모이는 중심이 되었던 버드 아드렌에 방문하였습니다.

전설적인 모험 업적을 세우셨습니다.
'역사의 관찰자' 호칭을 획득하셨습니다.
모든 스텟이 5씩 증가합니다.
명성이 12,450만큼 늘어납니다.

이 믿기 어려운 발견물은 다른 이에게 보고한다고 해도 받아들여지기 힘들 것입니다.

위드는 오래전이기는 하지만 아르펜 제국의 옥새에 담겨 있던 영상을 통해서도 이 수도를 본 적이 있었다. 그래도 직접 온 건 처음이라서 모험 업적에 따른 보상을 얻을 수 있었다.

"크으, 감동이다."

"이런 모험이라니요."

"전부 다 신기해요."

동료들은 감동하며 거리를 걸었다.

믿기 어렵게도 아르펜 제국의 모든 풍경이 옛 모습 그대로 남아 있었다. 광장과 상점 거리, 식량 창고를 비롯한 건물들이 그대로 재현되어 있었다.

로열 로드에서만 가능한 시간 여행!

오래전 과거에 살았던 희귀한 수인족들도 돌아다녔다.

게이하르 황제의 미적 취향은 종족을 가리지 않는 편이라 파충류나 벌레 종족의 생명체도 다양한 편이었다.

특이한 점은, 그 모습들마저 도시의 풍경과 잘 어우러져 아름답다는 점이었다.

'위드 님도 조각사로서 나중에는 종족을 만들어 낼 수 있겠지. 베르사 대륙의 지금 모습도 많이 바뀔 수 있겠구나.'

'진짜 역사다. 조각술의 끝은 기적과도 맞닿아 있어. 내가

익힌 낚시에도 이런 위대함이 있을까?'

'강한 전사들이 많이 보이는군.'

하늘에는 날개가 달린 거대한 뱀이 날아다니기도 했다.

기상천외한 광경이었지만, 이곳이 조각 생명체들이 살아가는 도시임을 감안하면 그 어떤 것도 이상할 것이 없다.

게이하르 황제가 흐뭇하게 웃었다.

"제국 안에서도 내 자식들이 가장 많이 모여 있는 곳이지."

번화한 상점 거리도 당연히 있었다.

위드나 동료들은 상점용 물품을 쓸 수준은 넘어섰지만 신기한 마음에 구경했다.

"좋은 물건들이 많소. 들어와서 보시겠소?"

"집을 장식할 융단을 찾으려면 이쪽으로 오세요."

"남자라면 무기지! 그쪽, 그냥 지나가지 말고 이 무기를 좀 살펴보게!"

조각 생명체들이 종족을 이루어 살고 있었기에 물품들 또한 매우 다양했다.

식료품만 하더라도 수백 종이 넘는다.

지렁이 허리띠, 토끼족의 방한용 귀마개, 악어족의 장식용 이빨 끈.

잡화점에서는 온갖 물품들을 다 판매했다.

이리엔이 악어 나일이를 위해 이빨 끈을 샀다.

"천공의 섬 라비아스에서 조인족들을 위한 물건을 판매하는 것과 비슷하네요."

"전투용보다는 음식이나 생활용품이 많은 것이 특징이기도 합니다."

페일은 시골쥐와 누렁이를 위한 물품도 사 줬다.

쥐의 꼬리 장식이나 누렁이의 외투 같은 것이었는데, 나름 품질은 뛰어났다.

"찍찍!"

"음머어어어. 고맙다."

위드는 그저 남의 일처럼 지켜볼 뿐이었다.

조각 생명체들을 태어나게 해 주었지만 그 이후에는 오로지 부려 먹을 뿐!

게이하르 황제는 흐뭇한 웃음으로 그 모습을 보았다.

"자네의 친구들도 정말 멋진 모습이야."

"친구들요?"

"아, 자네는 가족이라고 생각하는 모양이군."

"……."

조각 생명체들은 오로지 부하일 뿐!

녀석들을 데려온 것도 전투용이라기보다는 게이하르 황제와의 친밀도를 위함이었으니 결과적으로는 긍정적인 반응이었다.

"특히 누렁이라고 했나. 저 육체미는 그야말로 발군이라고 할 수 있어. 소의 강한 힘을 잘 상징하는군. 시골쥐도 아주 귀여워."

게이하르 황제는 조각 생명체들을 칭찬하기도 했다.

자연스러운 흐름!

위드는 슬슬 용건을 꺼내야 할 때임을 직감했다.

"폐하."

"편하게 스승이라고 부르라니까."

"예, 스승님!"

호칭이 가까울수록 부탁은 거절하기 힘들다.

어려운 일을 맡길 때 명분이란 슬금슬금 쌓는 것이었다.

"저는 미래에서 왔다고 말씀드렸지요. 미래에 이 도시에
있는 스승님의 친구들이 어찌 될지… 혹시 알고 계십니까?"

게이하르 황제는 잠시 생각해 보다가 탄식했다.

"아마도. 이 녀석들이 평화롭게 인간들과 어울려서 살면
좋겠지만… 그러지는 못하겠지."

"이미 짐작하고 계시군요."

"같은 인간들끼리도 더 가지려고 전쟁을 벌이는데, 조각
생명체들을 받아들이기가 쉽지 않겠지."

"예, 그렇습니다."

위드는 미래에 벌어질 일들을 알려 주었다.

게이하르 황제가 죽고 나서 조각 생명체들은 떠나고 아르
펜 제국은 무너지게 된다. 긴 시간이 흐른 후에, 조각 생명체
들은 몬스터가 되거나 혹은 인간들의 발길이 닿지 않는 지역

에 가서 산다는 이야기를.

"그렇게… 되어 버리는가."

게이하르 황제는 적지 않은 충격을 받고 말문을 닫았다.

동료들은 나서지 않고 지켜보기로 했다.

'무슨 수로 설득할까?'

'100%, 단 한 번도 실패하지 않은 친밀도의 비결을 곧 보게 되겠어.'

'위드가 위대한 모험가로 성장한 이유는 말솜씨에 있다는 분석도 있었다. 멋진 대사를 늘어놓지 않을까?'

오랫동안 함께했던 페일조차도 침을 꼴깍 삼켰다.

위드가 퀘스트를 위하여 주민들이나 영웅들을 다루는 모습을 본 적은 거의 없었던 것이다.

카리스마와 설득 능력!

그런 것들을 보게 될 거란 기대감이 듬뿍 들었다.

위드는 배낭에서 술통을 꺼냈다.

졸졸졸!

맑은 빛깔의 술이 황토로 빚은 술잔에 가득 담겼다. 최상급 품질의 증류주였다.

"일단 한 잔 드시죠."

"이건 뭔가?"

"스승님을 생각하며 담근 것인데, 성의를 생각하셔서라도 들어 보시죠."

"으음, 그럼 맛이나 볼까."

조각 생명체들의 미래를 생각하니 울적한 기분이라 게이하르 황제는 단번에 술을 들이켰다.

"키야아아, 좋구나!"

"여기 구운 오징어와 닭날개도 있습니다."

간단히 들려고 했던 한 잔이 곧 두 잔이 되고, 석 잔으로 늘어났다. 위드는 배낭에서 각종 안줏거리와 술병을 계속 꺼냈다.

"바람도 선선하고, 날씨가 참 좋지 않습니까?"

"그래, 좋구나."

미각을 돋우는 안주 맛에 순식간에 한 병이 비워졌다.

"크으, 자네를 만나서 정말 좋군. 조각술도 익히고 있는데다 요리 솜씨도 이렇게 훌륭하고……."

"조각술은 최고입니다, 스승님!"

또다시 한 병이 텅텅 비었다.

"평생 아름다움을 친구로 두고 지냈다. 내 마음을 알아주는 친구들이 늘어났지만… 가끔씩은 외로울 때가 있어."

"스승님 마음, 충분히 이해하죠."

게이하르는 외로움을 호소하며 술을 마셨다.

어느새 한 병이 또 텅 비고 말았다.

"대나앗부…터 이러케에 마니 마시며언 안 되는데에……."

혀까지 꼬이기 시작한 게이하르 황제!

평소에 술에 물을 타던 위드는 이번에는 반대로 독한 것들만 꺼내고 있었다.

안주도 튀김, 볶음, 탕, 면에서부터 과일까지 다양했다. 미리 준비하지 않았다면 이루어질 수 없는 빠른 세팅이었다.

"약주입니다, 약주. 제국을 통치하고, 수많은 친구들을 보살피시는 스승님께 이렇게 잠깐의 휴식은 더 나은 미래를 위해서도 필요한 게 아니겠습니까."

위드는 말을 하면서도 재빨리 술병의 뚜껑을 새로 땄다.

"이것만 드시지요. 스승과 제자가 한 잔씩 하는 이게 다 정 아닙니까."

"그러얼까아. 그러어엄."

술잔을 나눠 받으며, 게이하르 황제는 속마음의 이야기를 털어놓은 후였다.

친구들이 없던 어린 시절에 조각을 하면서 보냈다는 이야기. 진심을 담아서 대했더니 생명을 부여할 수 있게 되었다는 사연.

술을 마시면 진심을 나누게 되고 친구가 되었다고 착각하게 만든다. 이것이 바로 술 영업의 진수!

게이하르 황제의 눈마저 서서히 풀려 가고 있을 때였다.

"저도 아르펜 왕국을 세웠습니다."

지금까지 그의 이야기를 들어 주기만 했던 위드의 입에서 묵직한 목소리가 나왔다.

당연히 입술에는 침을 듬뿍 발랐는데, 이것은 아직 버리지 못한 최소한의 양심이었다.

"왕국을 세운 건 저 혼자 잘 먹고 잘 살자는 게 아니었습니다. 인간들끼리의 끝없는 전쟁, 하벤 제국이 세워져서 그들끼리 떼돈을… 아니, 인간들이 고통스러워하고 있었습니다."

"……."

술에 취한 게이하르 황제였지만 위드의 말에 조금 정신을 차렸다.

"그래서어?"

"아르펜 왕국. 이름부터 짐작하시겠지만 스승님을 존경하기 때문에 지었던 국명입니다."

활짝 마음이 열려 있던 게이하르 황제를 더욱 흡족하게 만드는 말이었다.

'떠오르는 이름이 없어서 대충 지었던가.'

왕국의 이름을 위드만세로 지으려다가 그냥 아르펜으로 했다.

"제가 세운 아르펜도 평화로운 국가였습니다. 인간과 엘프, 드워프, 바바리안… 그들이 이미 폐허가 된 땅에 도시를 세우고 살아갔죠."

모라타의 기원에 대해서도 길게 이야기를 해 줬다.

귀찮기는 했지만 게이하르 황제가 아르펜 왕국의 건국 이야기를 마음에 들어 하는 눈치였기에 위드는 얘기를 계속 이어 갔다.

"목숨을 걸고 노력하여 아르닌과 에르리얀도 구할 수 있었습니다. 아르닌은 노예가 되어서 비참하게 살고 있었죠."

"어찌이 그러언 일이……."

게이하르 황제는 분노로 몸을 떨었다.

자칫 술에 취해서 잠들어 버릴 수 있었으므로 적당한 때에 화를 내게 만드는 것도 필수.

"아르펜 왕국이 원하는 건 다른 것이 아닙니다. 모두가 행복하게 살아가는 것. 그리고 스승님의 친구들을 구하기 위함입니다."

"그들을 잊지 않코오 있어꾸나."

게이하르 황제의 목소리가 약간이나마 또렷해졌다.

위드에 대한 고마움으로 가득할 때!

술 영업이 절정에 도달했다.

"아르펜 왕국은 전쟁으로 위기에 처해 있습니다. 염치는 없지만 앞으로 힘들게 살아갈 조각 생명체들을 위해서, 스승님의 아이들을 구하고 대륙의 평화를 지키기 위해 좀 도와주십쇼!"

바로 이 순간.

제대로 치고 들어갔다.

위드는 게이하르 황제와 주거니 받거니 하며 술을 마셨다.

페일을 비롯한 동료들은 멀찌감치 떨어져 있었지만 대화에 귀를 기울이고 있었다.

"이게 성공할까요?"

"확실히 맨입으로는 힘들죠. 조각 부활술로 되살린다고 해도 생명을 부여하고 혼신을 다해서 도와야 한다는 거잖아요."

제피는 부정적이었고, 양념게장도 마찬가지였다.

"이 설득이 잘못되면 가르나프 평원에 지어지고 있는 수많은 조각물은 무용지물이 될 겁니다. 그건 정말 큰 타격이죠."

바라그를 비롯한 조각 생명체들의 전투력을 보고 감탄도 했다. 게이하르 황제의 참여 여부에 따라 하벤 제국을 상대할 수 있는 방법도 달라질 것이다.

역사를 바꿔 놓은 영웅, 게이하르 폰 아르펜이었으니까!

'가르나프 평원의 위드 님의 비장의 무기가 완전히 무용지물로 돌아가면 질 수도 있어.'

'무조건 설득해야 돼.'

수르카가 근처의 식당을 다녀왔다.

"매콤한 돼지통구이 사 왔어요! 양념을 발라서 먹으면 돼요."

돼지통구이를 먹으면서 위드와 게이하르 황제를 지켜보는

동료들.

위드가 술을 몇 잔 따라 줄 때만 해도 금방 본론을 꺼낼 줄 알았다.

"또 한 병을……."

"무지 빨리 마시네요."

"앗, 위드 님이 입안에 있던 술을 몰래 버렸어요!"

베르사 대륙을 구하기 위한 설득.

정신없이 마시게 하고, 살살 비위를 맞춰 준다.

순박한 게이하르 황제는 마음을 털어놓았고 진심을 이야기했다. 그때 도와 달라면서 치고 나오는 위드!

"허어, 그런 이유로 아르펜 왕국을 세운 거라니!"

"와, 진짜 위드 님이 사람들을 위하며 살긴 하시네요. 저런 고민들을 가진 줄은 몰랐어요."

"그럴 리가 없는데."

위드에 대해 잘 아는 동료들마저도 잠시 흔들릴 정도였다.

혼자 잘 먹고 잘 살려고 노력해 온 것이 분명한데, 뭔가 포장을 잘하니 대륙을 구하는 영웅처럼 느껴졌다.

예술을 위하여 고된 조각사의 길을 걸으며, 세상을 구하려고 각종 위험한 퀘스트를 수행하고, 왕국까지 건설했던 영웅의 일대기!

제피는 고개를 갸웃했다.

"사실관계에서 뭔가 틀린 게 없긴 한데 옆에서 지켜본 바로는 납득하기 힘든 부분들이…….”

이리엔은 어색하게 웃었다.

“아무래도 정말 그렇죠.”

아르펜 왕국의 상권 장악을 비롯하여 푸홀 워터파크의 땅 투기 등, 수많은 사건들을 알고 있는 동료들이었다.

그렇다고 해서 그들에게 위드를 비난할 자격이 있는 건 아니었다. 그들도 푸홀 워터파크에 별장 한 채씩을 공짜로 받았으니까!

‘딱히 억울한 피해를 입은 사람이 있는 것도 아니고.’

‘위드 님 덕분에 베르사 대륙이 더 좋아진 것도 사실이지.’

‘북부 유저들 중에서 위드 님을 원망하는 사람은 아마 거의 없을걸.’

좋은 국왕인지는 모르겠지만, 어쨌든 살기 좋은 세상을 만들어 가고 있었다.

사리사욕을 따지지만, 그걸 챙기는 속도와 규모가 너무나도 크다 보니 역으로 왕국의 발전에도 도움이 되었다. 위대한 건축물이나 도시 개발, 교통망의 건설 같은 건 위드의 업적이 아니고서야 불가능했으리라.

“스승님의 아이들을 구하고 대륙의 평화를 지키기 위해 좀 도와주십쇼!”

설득의 끝!

위드의 말이 떨어졌지만 게이하르 황제는 거절할 어떠한

이유도 없었다.

순전히 게이하르 황제 본인의 생각이었지만, 그의 조각술을 이어받은 하나뿐인 제자였고 아르펜 제국의 뒤를 잇기도 했다.

'나를 생각하는 마음이… 얼마나 갸륵한가.'

이것만으로도 감동인데 대륙을 위한 퀘스트도 해내고 조각 생명체들도 구했다.

지금까지도 또 얼마나 살갑게 대하며 잘해 주었는가.

"도와야지. 뭐어드은."

베르사 대륙을 통일했던 영웅.

게이하르 황제가 혀가 꼬인 목소리로 대답했다.

가르나프 평원에 모인 유저들은 바빴다.

놀고 싶으면 축제의 장소로 가서 즐기고, 일을 하고 싶다면 거대 조각상 건축에 참여했다.

"벌써 소리가 들린다!"

"저거 봐, 저것들이 산이 아니라 조각상이잖아!"

중앙 대륙의 유저들은 말을 타고 가르나프 평원을 향해 달려왔다. 마법사들은 공중을 날았으며, 초보들도 쉬지 않고 걸었다.

가르나프 평원의 넓은 땅에 세워진 조각상들을 멀리서 보는 감동이란!

"축제다!"

"맥주부터 마시고 놀자. 오늘은 안 잘 거야!"

평원을 가득 메운 인파가 축제를 즐긴다.

그들이 뛰고 소리를 지를 때마다 땅이 흔들릴 정도였다.

축제에는 북부의 상인들이 총동원되어 준비한 음식 외에 음악과 춤도 있었는데, 그 규모도 방대했다. 북부의 음유시인들은 대부분 참여했을 뿐만 아니라 현실에서의 유명 가수들과 밴드도 왔다.

"신나게 노세요! 베르사 대륙이 흔들릴 정도로!"

각국의 유명 밴드들에게 이번 축제는 음악 역사상 최대의 이벤트였다.

전 세계의 사람들이 한곳에 모이는 자리.

그들의 음악을 알리고 팬을 만날 수 있는 기회였기에 아침부터 새벽까지 쉬지 않고 음악 소리가 흘렀다.

"아르펜 왕국의 저력이 장난이 아니네?"

"어떻게 이런 준비를 했어? 이만한 능력이 있을 줄은 몰랐는데."

솔직히 위드와 마판도 이 정도까진 생각하지 못했다. 전쟁 날짜를 늦추면서 모여든 사람들에게 술과 음식을 팔아서 떼돈을 벌려고 했을 뿐이다.

저마다 자기 역할을 찾아 모여든 사람들 덕분에 결실을 맺고 있는 것이었다.

"참홍의 검을 판다!"

"와, 저건 거의 1,000만 골드는 나가는 물건 아냐?"

"레벨 제한이 520이나 되니까 우린 쓰지도 못할걸."

중앙 대륙의 유저들도 술이나 음식, 교역품을 개인적으로라도 가져오고 있었으므로 시장도 활발하게 개설되었다.

"무기 수선해 드립니다. 3골드예요!"

"옷 수선 전문입니다. 떨어진 단추나 소매 수리 완벽하게, 꼼꼼하게 해 드려요! 세탁은 하루만 맡기시면 돼요."

"와, 북부 물가는 엄청 싸다."

"하벤 제국에 비해 세금이 낮잖아."

"제국도 세금이 꽤 낮아졌는데, 그래도 비교가 안 되네."

북부 유저들이 내뿜는 활기!

로열 로드를 뒤늦게 시작한 그들이었지만 베르사 대륙에 대한 애정과 활력만큼은 오히려 더하다.

중앙 대륙의 유저들에게도 그 생생한 기운이 옮아갔다.

"대박이다, 여긴 진짜……."

"이런 분위기라면 아르펜 왕국으로 진작 넘어가지 않은 내가 멍청한 거였네."

"지금이라도 늦지 않았지. 싹 다 정리해서 아르펜 왕국에서 살란다."

"이 전투만 이기면 중앙 대륙이 아르펜 왕국이 될 수도 있는 거잖아."

"그것도 괜찮겠네."

"푸홀 워터파크는 꼭 가 봐야지. 중앙 대륙에도 그런 곳이 생길 수도 있지만, 거긴 원조잖아."

시장에서는 평소에 처분하지 못하던 물품이나 고급 무기 같은 것들이 사고 팔렸다.

레벨 100 이하의 초보 장비부터 레벨 500대의 장비들까지!

마법 재료들은 종류를 헤아릴 수 없을 정도였고, 가장 많이 판매되는 건 레벨 200대에서 350 사이의 물품들이었다.

"북부 유저들도 레벨이 의외로 꽤 높네."

"레벨 200 이상이 어지간히 많아. 우리 때보다도 성장이 빠른 거 아니야?"

"사냥터 제한도 없고 몬스터들도 많다고 하니 그렇겠지."

시장에서 짭짤하게 돈을 벌어들인 유저들은 축제에서 마음껏 먹고 놀았고, 그렇게 풀린 돈은 더 많은 물자와 상인들을 끌어들였다.

위드가 15일 후에 전투를 벌이자고 했지만 거기에 대해서 아쉬워하는 유저들이 많았다. 아예 1달 뒤로 했다면 가르나프 평원의 인파는 더 어마어마해졌을 것이므로.

베르사 대륙 전역에 퍼져 있던 유저들이 대부분 한자리에 모이는 대회합의 장이 펼쳐졌다.

대형 조각상의 공사 현장도 밤낮이 없기는 축제와 마찬가지였다. 건축가란 건축가는 다 몰려왔고, 저마다 명예를 건 건설 회사들의 경쟁도 치열했다.

　땅! 땅! 땅!

　두드리고 부수고, 쌓아서 올린다.

　모든 작업들이 초고속으로 이루어지는데, 안전에는 관심이 없었다. 아슬아슬하게 절벽을 타듯이 조각상을 오르고 돌을 쌓았다.

　"으아아악!"

　비명을 지르며 유저 1명이 떨어지고 있었다.

　높이 500미터에서의 추락!

　가까이 있던 마법사들이 주문을 외웠다.

　"신속한 비행!"

　비행 주문이 발동되며 떨어지던 유저가 다시 올라갔다.

　"고맙습니다!"

　"별말씀을요."

　막무가내로 만들어지는 조각상은 이미 그 효율보다는 물량 경쟁으로 번진 지 오래였다.

　"선봉을 서는 독버섯죽 부대가 가만있을 수 없겠군요."

　"크고 아름다운 독버섯을 제작해 보죠."

　"게살죽 부대여! 우리도 위풍당당한 게를 1마리 조각합시다."

풀죽신교의 각 부대들은 저마다 뜨거운 열정에 불타올랐다.

한편에선 시커먼 로브를 뒤집어쓰고 따로 모인 유저들도 있었다.

"우리 벌레죽도 상징물을 만들어야 하지 않겠습니까?"

"크큭, 1마리로는 부족하죠. 벌레 소굴 정도는 되어야……."

"벌레 창조는 어떻습니까?"

"촉수와 더듬이, 솜털… 또 어떤 게 있을까요?"

"물컹꿈틀이가 우리에게 주었던 충격은 대단합니다. 위드 님의 작품이니 따라가기 힘들긴 하겠지만, 우리도 그 정도의 작품을 만들 순 없을까요?"

"시도해 봅시다. 무엇이든지 제대로요. 근데 물컹꿈틀이도 그냥 썩히기에는 아까운데요."

"물컹꿈틀이는 지렁이죽 부대에서 따로 만든다고 하더군요."

"지렁이죽 부대는 우리 벌레죽 부대의 동맹이죠. 그들의 판단을 존중해 줍시다."

가르나프 평원의 한쪽 구석에서는 어마어마한 벌레들이 창조되고 있었다.

벌레죽 부대의 사회적인 인맥이 의외로 넓었고, 벌레에 대한 가치도 재평가받기를 원했다. 벌레에 대한 각 분야의 권위자들도 초청되어 지상 최대의 벌레들을 제작하려고 했다.

심지어는 가르나프 평원의 지하에서도 작업이 이루어졌다.

"조각? 그 어떤 것이라도 손재주로는 드워프들을 따라오지 못하지."

"우리가 실력을 과시하면 인간들은… 흠흠."

"돌보다는 강철로 된 작품을 만들어 봅시다."

"그거 좋지요."

지하를 깊게 파고 들어가서 그 안에서 작업이 이루어졌다.

대장장이 스킬을 고급 이상으로 올린 명장들!

중급 정도의 스킬을 가진 드워프도 흔했다.

그들은 팔팔 끓는 쇳물을 부어서 작품을 만들었다.

게이하르 폰 아르펜 황제의 참전은 방송을 통해 이미 알려진 후였다.

"생명만 부여되면 이것들이 세상에 날뛸 겁니다. 정말 멋진 모습이 되겠군요."

"드워프의 존재감이 베르사 대륙에는 너무 약했죠. 만드는 것 하나는 그 누구도 드워프를 따라가지 못할 겁니다."

화가들은 특히 가장 바빴다.

수백 미터짜리의 조각상이 완성되면 그것들에 색을 칠해야 한다. 다양한 종류의 색을 칠하는 데 동원되는 건 물론이고, 대량의 물감도 제작해야 했다.

가르나프 평원은 축제와 작업으로 모든 것이 분주하게 돌아갔다. 그런데 사람들이 모여서 일하는 규모가 세계 최대급이었다.

　모험가 체이스!

　가르나프 평원에서의 전투를 위해 그는 대륙을 떠돌았다.

　"가르나프 평원의 전설이나 숨겨진 이야기 같은 건 없을
까요?"

　모험가는 딱히 전쟁터에서 할 수 있는 일이 많지 않았기
에, 뭐라도 돕기 위해서 찾아보는 것이었다.

　"거긴 버려진 땅이지."

　"인간들이 살지 않아서 무성하게 잡초만 자랐다지."

　"말들의 고향 아닌가. 튼실한 야생마들이 자주 뛰어다니
는 장소야."

　역시 가르나프 평원에 대해 자세히 아는 사람은 없었다.

　그러다 꽤나 먼 브리튼 지역에서 실마리를 찾았다. 모험가
체이스가 수시로 술과 음식을 바쳐서 인맥을 쌓은 현자 도나
드 공의 입에서 나온 정보였다.

　"오래전, 가르나프 평원에 팔단 왕국이 건국된 적이 있었
다네."

　"팔단 왕국요?"

　"전쟁의 시대, 팔단 왕국은 평화를 주장했지만 다른 왕국

들의 연합 공격으로 철저히 몰락하고 말았다지."

"네, 그렇군요."

"한때에는 그 유령들이 떠돌아서 인간들이 살지 않는 땅이 되었어. 팔단 왕국의 물건을 가지고 가면 그 유령들을 만날 수도 있다는군. 무슨 의미가 있을진 모르겠지만."

모험을 하기에는 1달의 시간도 짧다.

특히 큰 규모의 모험은 몇 달 이상의 시간을 필요로 하기 때문에 체이스는 모험가 길드에 도움을 청했다.

제목 : 팔단 왕국에 대한 정보가 필요합니다.

모험가 체이스입니다. 가르나프 평원의 전투를 위해 모험가로서 팔단 왕국에 대해 알아보고 있습니다.

무엇이든 가지고 있는 정보가 있으면 제공해 주십시오. 꼭 부탁드립니다.

불과 1시간!

수많은 유저들의 댓글이 쇄도했다.

-전성기 시절 인구 148만으로 추정. 국왕 타굴.

-저도 팔단 왕국과 관련된 모험을 했지만 미해결 상태입니다. 도시의 흔적은 완전히 사라졌습니다. 지진으로 가라앉은 것으로 알고 있어요.

-발텐 협곡에서 옆으로 뚫린 길이 있습니다. 지하로 진입하는 동굴이 있는데, 거길 통하면 팔단 왕국의 흔적을 볼 수 있습니다.

　-오, 그런 묘수가…….

　-아직 보고되지도 않은 발견물입니다. 작은 도움이라도 되었으면 합니다.

　-체이스 님 지금 어디신가요? 저 35번 무대에 있는데요, 팔단 왕실 기사단의 문양을 가지고 있습니다. 저녁 약속이 있어서 친구 기다리는 중이거든요.

　-길잡이 필요하지 않으십니까? 이쪽 지역의 지리에 대해서는 제가 잘 압니다. 어디든 빠르게 안내해 드리겠습니다.

　-35번 무대에서 구경하고 있는 관객입니다. 제가 왕실 기사단장의 문양을 받아서 가져다 드려도 될까요? 레벨 400대의 레인저라서 말을 타면 금방 움직일 수 있을 것 같습니다.

　모험가 길드의 협력!

　풀죽신교의 유저들까지 협력하면서 체이스의 모험에 소요되는 시간은 극적으로 단축되었다. 다른 지역에서의 정보나 실마리도 빠르게 해결되었다.

　체이스는 고대 도시의 유적을 찾아냈다.

　-우린 원한을 꺼뜨리기 위해 피를 원한다!

　"얼마든지 드릴 수 있을 것 같습니다! 가르나프 평원에 전쟁이 벌어졌기 때문입니다!"

－우리의 땅에서 전쟁이라니. 피의 숙명을 풀어낼 수 있는 것 인가.

"그럼요. 얼마든지요!"

전쟁을 좌우할 수 있을 정도로 대단한 수는 아니지만, 체이스는 5만의 팔단 왕국군 유령들을 얻어 냈다.

농부 미레타스.

그는 축제와 공사가 한창 벌어지는 평원을 보며 막막하게 여겼다.

"여긴 사람들이 많아서 씨앗을 뿌리기가 곤란하게 되었어."

농부라고 전투에서 무조건 무시할 수는 없다. 사람을 잡아먹는 전투 식물들을 심어서 전투에 동원할 수도 있는 것이다.

심지어 식물들은 성장하고 열매까지 맺어서 씨를 퍼트린다. 다만 씨앗에서 싹이 트고 자라나기까지 햇빛과 거름, 물과 시간을 필요로 했다.

이곳에 전투 식물의 씨앗을 뿌린다면 자라는 동안 지나가는 사람들을 마구 잡아먹게 될 것이다.

"하벤 제국군을 상대로 싸우려면 제대로 키운 나무들이 필요한데 말이야."

미레타스는 고뇌에 잠긴 채 축제의 주점에서 양 꼬치를 먹었다.

"이건 왜 이렇게 맛있는 거야."

부지런히 양 꼬치들을 입안에 쓸어 담았다.

농부로서 일을 하다 보면 입맛이 돋는 경우가 자주 있었다.

"크아, 이 맛이지."

미레타스는 마지막 남은 양 꼬치에 손을 대려다가, 마찬가지로 한창 정신을 못 차리고 먹고 있던 엘프와 눈이 마주쳤다.

"어?"

"미레타스 님?"

엘프 스푸니커.

상위권의 랭커로, 역시 유명한 유저였다. 게시판에서의 유명인이었고, 그의 정보 글은 수많은 초보자들을 이끌었다.

"자, 양 꼬치 또 넉넉하게 나옵니다!"

요리사가 넓은 접시 가득 양 꼬치를 담아서 내왔다.

불길에 가려져서 제대로 못 봤지만, 요리사도 마스터를 노리고 있다는 엘크군!

"오, 여기서 이렇게 보기 힘든 사람들을 만나는군요."

"모두 반갑습니다."

"맛있게 드시고 계시지요?"

셋은 평소에도 친분이 있었다.

미레타스는 농업을 이끌어 가는 유저로서 명성이 자자했

고, 그가 북부로 온 이후로 농업 생산량이 대폭 늘어났다.

식당에서 손님들을 자주 대하는 엘크군도 명성이 높은 건 마찬가지였다. 그의 요리는 먹는 사람들을 감탄시킬 정도였으니 희귀 재료로 만든 특별한 요리가 나오는 날에는 맛을 보기 위해 며칠씩 기다리는 일도 흔했다.

스푸니커도 그들을 위해 몇 가지 귀한 씨앗이나 열매와 풀을 구해다 준 적이 있었다.

미레타스가 빙긋 웃었다.

"모두 하벤 제국과 싸우기 위해 온 것 같군요."

엘크군은 앞치마를 두른 채로 주방을 나왔다.

"예, 뭐 그렇죠. 제가 할 수 있는 건 요리밖에 없지만 말입니다."

"특별한 음식이라도 준비하시는 모양입니다."

"대장장이분들이 대형 솥을 만들고 있습니다. 10만인 분의 풀죽을 한 번에 쑬 수 있도록 말이죠."

엘크군은 대장장이와 마법사의 도움을 받아서, 전쟁에 참여하는 이들에게 따뜻한 한 끼라도 먹이려고 준비하고 있었다.

"요리를 먹으면 체력과 생명력의 최대치가 높아지는 메뉴를 준비하는 중입니다."

그런데 스푸니커가 고개를 갸웃했다.

"하지만 대부분 초보들이라서 큰 의미는 없지 않습니까? 제국군을 상대로는… 미안하지만 그게 그거일 텐데요."

"더 오래 버티긴 어렵겠죠. 그래도 따뜻하고 맛있는 음식을 먹고 싸우면 기분이 한결 나아지지 않을까요? 요리란 정성이란 말처럼, 그저 허기를 때우는 게 아니라 기분이 좋아지게도 해 주니 말입니다."

엘크군의 이야기는 미레타스나 스푸니커에게도 감명을 주었다.

중앙 대륙에서는 사람들이 그저 착취의 대상이나 소모품으로 여겨질 뿐이다. 아르펜 왕국이 급속도로 발전한 이유는 바로 이처럼 사람들을 아끼는 마음이 있었기 때문이리라.

미레타스는 마침 잘됐다고 생각하고 고민거리를 털어놓았다.

"저도 전쟁에 기여하려고 준비 중입니다. 식물을 키우려는 것이죠. 그런데 가르나프 평원에는 사람들이 너무 많이 오가고 조각품 공사까지 하고 있어서, 여의치 않군요."

"그런 일이……."

스푸니커와 엘크군도 머리를 맞대고 고민했다.

"전투 식물이 강합니까?"

"모릅니다. 실제로 전투를 위해 써 본 적은 없어서요."

"넓은 땅이 필요하겠죠?"

"예. 전투 식물들은 몇 미터씩은 떨어뜨려서 재배를 해야 한다고 합니다. 그러지 않으면 자기들끼리 싸운다는 것이죠."

"크으음."

잠시 고민한 끝에, 스푸니커가 방법을 찾아냈다.

"뾰족한귀 연합에 이야기를 해 봐야겠습니다. 그들이라면 도움을 줄 수도 있지요."

엘프 종족 최대의 초보자 모임.

스푸니커는 도움을 얻을 수 있는지를 문의했고, 금방 답변이 왔다.

푸른나무 : 뾰족한귀의 연합회장입니다. 우드 엘프 종족 중에서 지원자들이 기꺼이 전투 식물들의 성장을 돕기 위해 나서겠다고 합니다.

엘프들은 농부가 아니더라도 기본적으로 꽃이나 나무를 잘 키운다.

우드 엘프들의 협력으로, 무시무시한 전투 식물 성장 계획도 준비가 되었다.

파비오와 헤르만.

이 두 드워프들은 상대를 볼 때마다 생각했다.

'내가 더 낫겠지.'

'누가 봐도 내 검이 더 훌륭해.'

어디를 가든 어른 대접을 받기에 충분한 나이였지만 그들의 마음 깊숙한 곳에 있는 경쟁심은 활화산처럼 타올랐다.

파비오와 헤르만은 가르나프 평원으로 같이 가기로 했다.

'전쟁이라니 재밌겠군. 모든 이들이 보는 앞에서 최고의 대장장이도 가리고 말이야.'

'진정한 대장장이 마스터라면 전쟁에서 역할을 해야지. 내 대장간의 물품들을 가진 전사들이 실력을 발휘할 거다.'

속마음과는 다르게 겉으로는 다정하기 짝이 없었다.

"잘 지내는가?"

"요즘에야 뭐… 그냥 밤마다 맥주나 마시면서 살고 있습니다. 파비오 님은요?"

"놀기 바쁘지. 그동안 열심히 지냈으니 좀 쉬어도 괜찮지 않겠나."

느긋하게 웃으면서 이야기를 나누었다.

그들에게는 아르펜 왕국과 하벤 제국의 전쟁도 우선순위에서 밀렸다.

'대륙제일검을 탄생시키고 말리라.'

'누구라도 한번 구경이라도 해 보고 싶은 신검을, 내 노력과 열정으로 만들 것이야.'

두 드워프들은 아무렇지도 않은 척 친근하게 대화하며 동행했다.

가르나프 평원까지 오는 내내 망치질을 하고 싶어서 죽을 지경이었지만 억지로 참아 내야 했다. 상대방은 느긋하게 쉬는데, 못 참고 검을 만들면 뭔가 패배한 느낌이었으므로!

"사과가 참 맛있군."

"딸기가 살살 녹습니다."

두 드워프들은 사과며 딸기도 따 먹으면서 걸음을 옮겼다.

인간들보다 다리가 짧아서, 가르나프 평원까지 오는 길이 오래 걸렸다. 워낙 안 돌아다닌 탓에 길을 잘못 찾아서 헤맨 것도 시간 낭비의 주원인이었다.

"맥주죽, 소주죽 이쪽으로 모이십시오! 와인죽 부대원들과 정면 승부입니다."

"진달래죽 보신 분! 위치 좀 알려 주세요."

"붉은 땅콩 팝니다. 갓 구운 붉은 땅콩 1실버예요."

가르나프 평원에 모여 있는 사람들은 이미 헤아릴 수 없이 많았다.

두 드워프들은 키가 작아서 제대로 보기도 어려웠지만, 그냥 평원 전체가 인간들로 뒤덮여 있는 게 느껴졌다. 각자 모임을 갖기도 하고 실컷 먹고 마시며 놀고 춤도 추었다.

그리고 멀리 산처럼 우뚝 솟은 조각품들은 장엄하기까지 했다.

'이런 짓을… 조각품의 규모와 개수가 대체 얼마나 되는 거야?'

'방송으로 보긴 했지만 직접 와 보니 더 대단하다. 진작 참

여했으면 좋았으련만.'

'하필 오는 길에 헤르만을 만나서 늦었다.'

'파비오 어르신만 아니었다면 달려왔을 텐데. 아니, 마차 뒤에라도 매달렸을 텐데.'

그들은 웃으며 말했다.

"막상 와 보니 별건 없군."

"뭐, 다 그렇지요. 실제로 보면 아무것도 아닌데, 참…….."

"맛집이라고? 뭐 하러 줄을 서서 기다리면서까지 먹는지, 원."

"그러게 말입니다. 대충 끼니만 때우면 되는데요."

무거운 체면만큼 속내를 드러내지 않는 두 드워프.

'먹고 싶다. 배고프다.'

'아… 여기까지 왔는데, 맛있는 것도 못 먹나?'

그래도 축제의 현장이 궁금한 건 마찬가지라서 둘은 짧은 다리를 부지런히 움직이며 돌아다녔다.

"드워프 대장장이님들은 역시 대단하네."

"와, 실력 봐라. 쇳물을 녹이면서 바로 만들어 버리잖아. 저분들이 없었다면 일이 쉽지 않았을 거야."

파비오와 헤르만은 대장장이에 대한 이야기가 들리는 장소로 걸어갔다. 뜨거운 열기와 함께 수천 명의 드워프들이 일을 하고 있었다.

"저건 엑버린의 대장간 마크인데."

"밤비도 있습니다."

쿠르소의 유명 드워프 대장장이들이 망치를 두드리며 무기와 방어구를 만들고 있었다. 어떤 이들은 삽이나 수레를 만들기도 했는데, 완성되자마자 유저들이 와서 바로 사 갔다.

"고맙습니다, 드워프님."

"예, 뭘요."

수천 명의 드워프들이 한자리에 모이는 건 토르가 아니고서야 불가능에 가까운 일이다. 그런데 가르나프 평원에는 이런 드워프 장인들의 모임이 여기저기 흩어져 있었다.

너무나도 많은 유저들이 모였고 전쟁 준비도 이루어지고 있었기에, 드워프 장인들이 쉴 틈이 없었던 것이다.

"흐음."

"커허허험."

파비오와 헤르만은 손이 근질근질했다.

대장장이 마스터!

모든 드워프들의 꿈을 이룬 그들이었기에 어깨에 자연스럽게 힘이 들어갔다.

자랑은 하고 싶지만, 먼저 나서기는 뭔가 아쉬운 상태.

"파비오 어르신 아닙니까?"

"헤르만 님?"

다행히 그들을 알아보는 드워프들이 나타났다.

"오, 진짜다."

"그 만나기 힘든 분들이 이 자리에 오셨어."

"파비오 어르신! 대장장이 마스터를 하신 게 정말입니까?"

"헤르만 님, 조금만 실력을 보여 주세요. 쇳물을 다루는 모습을 보고 싶습니다. 아니, 불을 피우는 법부터요!"

대장장이 마스터들이 보기에는 앞으로 한참 망치질을 해야 할 드워프들이 몰려들었다.

드디어 자존심이 충족되는 상황!

파비오와 헤르만의 입가에 슬며시 미소가 걸렸다.

오크들이 가르나프 평원에 왔다.

"취이익."

"취췻!"

땀과 먼지로 가득한 오크들의 코에 풍겨 오는 짙은 음식의 향기.

"여기가 낙원이다, 췻!"

"머, 먹을 음식들이다, 취췄!"

"취에에엑! 다 먹어 버린다."

"취취취췻."

크고 작은 다양한 오크들이 가르나프 평원에 합류했다.

오크 로드들은 그들끼리 천막에 모여 조용히 맥주잔을 기울일 수도 있게 되었다.

"종족 잘못 선택, 취잇!"

"오크들은 진짜 지긋지긋해요, 취엑!"

"맨날 배고프고, 췻. 싸우고 싶다고 투정만… 취췟!"

다른 유저들은 모험이나 사냥, 휴양을 즐기려고 했지만 오크 로드들은 달랐다.

'많은 오크를 거느릴 것이다. 그리고 평원을 가로지를 거야. 세상은 오크 천지로 변할 것이다.'

혼자서, 혹은 파티를 이루어서 하는 사냥 따윈 시시하다.

오크 전사들 수백 마리로 던전을 휩쓴다. 그걸로 부족하면 수천 마리를 동원하면 된다.

포효하는 오크들의 돌격.

진정한 오크 로드의 로망이 아니겠는가!

이것 역시 위드가 오크 카리췌로서 사람들에게 끼친 영향의 하나였지만, 그건 좋은 쪽의 면만 보여 준 것이었다.

오크들은 기본적으로 냄새가 좀 심하다. 원래 땀을 많이 흘리는데 자주 씻지도 않으니 당연한 일이다.

그것까진 어떻게 견디겠는데, 금방 배고파한다.

밥을 먹어도 돌아서면 또 먹고 싶어 하며, 배가 터질 정도로 먹여 줘도 더 먹으려고 든다. 악착같이 고기만 찾아 먹으며 채식은 즐기지도 않는다.

"맥주, 좋다, 취잇!"

"거품 나는 거. 거품, 거품. 취취췻!"

모라타산 맥주를 조금 마셔 보더니 환장을 하고 매일 달라고 한다.

생고기에 맥주 한 잔!

오크 로드들은 오크 전사들을 데리고 아르펜 왕국의 변방 지역 몬스터들을 퇴치했다. 많은 전리품과 영역을 확보했지만, 얻은 수익은 대부분 식료품이나 병장기 값으로 들어갔다.

사냥이 안될 때면 배고프다고 난리.

사냥이 잘되면 맛있는 거 먹여 달라고 난리.

반짝반짝 빛나는 새 무기도 꽤나 좋아한다.

오크 로드들은 싸울 때 빼고는 후회할 때가 많았다. 그렇다고 포기하기에는, 오크는 매력이 넘치는 종족이기도 했다.

수만 마리를 이끌면서 대륙을 떠도는 즐거움은 오크만이 누릴 수 있는 것이었으니까.

거친 야생의 생활, 생고기를 단단한 이빨로 뜯어 먹을 때의 쾌감. 바위산에 드러누워 자고, 험한 지형을 가로지르며 탐험을 한다.

아르펜 왕국의 국경 확대와 영토 안정에는 모험가뿐만 아니라 오크들의 공도 절대적이었다.

"크크크크췻!"

성공한 오크 로드 갈취!

그는 무려 460만이나 되는 전사들을 이끌고 가르나프 평원에 왔다. 방송 인터뷰를 따로 할 정도의 인기인이었는데, 이번 전투의 소식을 크게 반겼다.

"아르펜 왕국을 위해, 싸운다. 췻!"

"그래요. 멋지게 싸워 봅시다. 취취취췻!"

오크 로드들은 그들끼리 싸우기 위한 전술도 생각해 보기로 했다.

"……."

"……."

"……."

머리도 오크가 된 것처럼 묵묵하게 맥주를 들이켤 뿐.

"췻."

가끔씩 콧소리가 들리기도 했다.

오크 로드들은, 솔직히 정면 돌격 외에는 그 어떤 전술도 써 본 적이 없었던 것이다.

로열 클럽!

베르사 대륙에 존재하는 비공식적인 동호회였지만 가입 회원은 엄격하게 받았다. 현실에서 본인이나 가문의 자산 규모가 3조 원을 넘어야만 회원으로 들어갈 수 있다.

"가르나프 전쟁이 우리의 운명도 좌우할지 모르겠습니다."

"쯧, 헤르메스 길드가 생각처럼 뛰어나지 못하군요."

"처음에 기대치가 너무 높았던 것뿐이지요. 그리고 이런 어려움도 있어야 더 즐겁지 않습니까."

"그야 그렇지요."

로열 클럽 소속 유저들은 대부분 영주이거나 희귀하고 멋진 장비들을 착용하고 있었다.

베르사 대륙은 자산가인 그들에게도 천국이나 마찬가지였다.

맑은 공기와 한껏 즐길 수 있는 풍경.

휴양지로 여기고 며칠 지내다 보면 욕심이 생긴다. 드넓고 험한 미지의 대륙을 탐험하고 싶기도 하고, 몬스터와 격렬한 전투를 치르고 싶은 충동도 드는 것이다.

도시에서는 수많은 유저들로 활기가 느껴져서 심장이 두근거린다. 레벨이 오를 때마다 육체 능력이 상승하는 쾌감도 짜릿한 것이었다.

'남들보다 더 빨리 강해지고 싶다.'

'크게 이루고 싶군. 나 정도 되는 사람이 이 세상에서 평범하게 살 수는 없지.'

자산가들 사이에서도 로열 로드 유행이 일어나며, 이제 골프를 열심히 치던 시대는 지나 버린 것이다.

현실에서의 부를 바탕으로 헤르메스 길드와 지속적인 거래를 해 왔다.

무기, 방어구, 사냥터, 도시, 용병.

욕망에 따라 얻을 수 있는 건 무궁무진했으니까.

로열 클럽 유저들은 헤르메스 길드가 망하길 원치 않았다.

"위기는 곧 기회입니다. 헤르메스 길드에서 투자 의향을 물어 왔는데… 전쟁 비용으로 돈이 꽤 필요한 모양입니다."

"투자의 대가는요?"

"북부의 도시들."

"나쁘지 않은 거래가 될 것 같군요."

수백 명이나 되는 로열 클럽의 자산가들은 헤르메스 길드에 대규모 투자를 결정했다.

거인 기사 보에몽!

적색 기사단의 단장인 그는 휘하 병력을 결집시켰다.

"많기도 하군."

보르고 성의 앞마당에 모인 병력만 해도 기사 2,000에 병사 5,000, 게다가 용병들을 모집해서 병력을 2만까지 꽉 채웠다.

"어중이떠중이가 아니라는 점이 중요하지요. 이들이라면 50만이라도 쓸어버릴 겁니다."

부기사단장인 베스가 웃으며 말했다.

중앙 대륙을 차지한 데 따른 이점 중 하나가 언제든 징병이나 용병 고용이 가능하다는 것이다. 돈이 들긴 하지만, 수많은 전쟁을 치른 중앙 대륙에는 병사로 모집할 수 있는 전력이 아주 많았다.

"이기는 것만 남았겠지."

"당연합니다."

보에몽은 다른 헤르메스 길드의 영주나 랭커도 병력을 끌고 오기로 했던 걸 떠올렸다.

장기전은 하벤 제국이라도 돈이 너무 많이 나가 유지하기 곤란하지만, 한 번의 전투에는 군대를 실컷 늘릴 수 있다. 중앙 대륙의 병력을 모조리 긁어모으는 것이다.

"승부를 본다. 이건 정말 귀중한 기회야."

"크크크, 위드가 멍청한 짓을 했죠."

헤르메스 길드에는 보에몽처럼 전쟁을 기다리는 유저들이 많았다.

브로너 성의 영주 렌슬럿!

하벤 제국군의 북부 정벌 총사령관이기도 했던 그는 중앙에서 밀려나 있었다. 수뇌부 회의에는 참석하지 않았으며, 아렌 성에도 발을 들이는 경우가 드물었다.

"복수한다. 어떻게든 이길 것이다."

렌슬럿은 위드에게 패배하고 난 이후에 절치부심으로 칼을 갈았다.

오로지 사냥!

몬스터와 싸우고 이겼다.

때론 죽으면서 레벨과 스킬 숙련도를 떨어뜨리기도 했지만, 그런 건 감수할 수 있었다. 대영주로서 부유하고 편하게 살 수도 있었지만 사냥에만 집착했다.

"위드는 내 손으로 끝장낸다."

렌슬럿은 헤르메스 길드가 패배할 때마다 오히려 기뻤다. 북부 정벌의 실패가 사람들에게 잊힐 뿐만 아니라 복수의 쾌감은 더해질 테니까.

가르나프 평원에서의 전투가 결정되고 나서 렌슬럿은 복수의 날이 다가왔음을 느꼈다.

"모든 병력을 소집하라."

브로너 성은 전시체제로 돌아가고 있었다.

모든 자금이 군대 양성을 위해 소모되고 있었기에 4만에 달하는 병력이 모였다.

드라카!

현재 로열 로드 랭킹 6위에 오른 강자.

"전쟁이라면 기다렸던 바다!"

그 역시 하벤 제국의 북부 정벌군을 이끈 적이 있었다.

막강한 그의 군대는 아르펜 왕국을 정복해 가며 대지의 궁전까지 이르렀지만, 그 이후부터는 터무니없는 일들이 계속 벌어졌다. 부활한 헤스티거를 상대해야 했으며, 대지의 궁전이 무너져서 몰살을 당했다.

"대지의 궁전을 산봉우리에 지었던 게 이걸 위함이었던 것인가."

어떤 전략, 전술가도 예측하지 못했을 수단에 당하고 말았다.

그럼에도 전투를 팽팽하게 이끌었을 정도로 강력한 군대!

드라카는 동료들과 같이 군대를 재건하며 기다리고 있었다. 그의 일생에서의 단 한 번의 패배, 그것을 되갚아 주기 위해서였다.

"전부 쓸어버리도록 하지. 무엇이 진정한 강함인지를 알려 주겠다."

칼라모르 지역.

다인이 지배하는 에바루크 성은 유저들로 붐볐다.

"여긴 그래도 살 만해."

"나쁘지 않지. 헤르메스 길드를 생각하면 열이 오를 때가 많지만 말이야."

에바루크 성은 기술력과 상업이 무섭게 발전하고 있었으니 유저들도 행복했다.

칼라모르에서 유일하게 희망을 가질 수 있는 땅!

그렇게 발전하던 에바루크 성의 다인에게도 헤르메스 길드의 소집령이 내려졌다.

　-모든 병력을 이끌고 가르나프 평원으로 출정하라.

"……"

다인은 명령을 거부할까도 고민해 봤지만, 어쩔 수 없다고 생각했다.

'받은 게 너무 많아.'

위드와의 인연은, 더 깊이 이어지진 않았지만 여전히 소중한 것이었다. 그렇지만 헤르메스 길드에 소속되어 있는 이상 그들을 배신할 수도 없다.

'싸우더라도 이해해 주길 바라는 수밖에 없겠지.'

다인은 군대와 같이 전쟁에 참여하기로 했다.

그녀가 병력을 모집하자 의외로 많은 유저들이 참여했다.

"착한 성주님 체면은 챙겨 줘야 하지 않겠어?"

"안 그래도 우리 생각해 주느라 헤르메스 길드에서 미운털이 박힌 것 같던데, 의리로 싸우자."

"아르펜 왕국도 유저들의 편이잖아. 특히 위드가 세운 업적은 전부 사람들을 위한 건데."

"물론 그렇지만, 그래도 지금까지 우리가 다인 성주님한테 받은 걸 생각해야지."

"의리가 없으면 안 되지."

칼라모르 지역의 유저들이 모이면서 다인의 병력은 20만 명을 넘겼다.

일반 유저들이 대부분 하벤 제국의 편에 선 것이었다.

뮬!

그리폰 군단의 수장인 그는 전쟁을 앞두고 조용히 가르나
프 평원으로 잠입했다.

-요정의 크림을 사용하셨습니다.

얼굴 형태와 피부색을 미묘하게 바꿔 주는 요정의 크림을
사용했다. 한 병에 1,000골드나 되는 비싼 물품이었지만 재
미로 구해 놓은 게 몇 개 있었다.

사람들이 북적이고 축제까지 벌어지는 가르나프 평원의
광경을 직접 와서 보고 싶었다.

가르나프 평원 근처에 가자마자, 유저들이 뮬을 에워쌌다.

'아니, 어떻게 나를 알아봤지?'

그는 들킨 줄 알고 깜짝 놀랐지만, 다행히도 풀죽신교의 시식단 부대원들이었다.

"안녕하세요. 닭죽 부대입니다. 시식 한번 하고 가세요."

"꼬막죽입니다. 죽 안에 꼬막튀김이랑 꼬막무침이 같이 들어 있어요."

"크흠, 고래죽입니다. 식사 안 하셨으면 한입 드시죠?"

뮬이 허둥대며 말했다.

"어… 그러니까 얼마죠?"

"공짜인데요."

"시식용이니 돈 안 받아요."

가르나프 평원에는 대륙 전역에서 허겁지겁 달려오는 유저들이 많았다. 대부분 평원에서 하루를 남겨 놓고는 밥도 제대로 안 먹고 뛰어온다.

그들을 위해 풀죽신교의 각 부대들은 시식단을 결성하여 무료로 식사를 제공하기로 했다.

벌레죽이나 돌멩이죽처럼 특이한 부대를 제외하고는 맛에 대한 경쟁이 붙어서 뛰어난 요리사들이 동원되었다.

뮬은 취향에 따라 닭죽부터 받아서 마셨다.

"크으, 고소하고 맛있네요."

−체력이 회복되었습니다.
　일시적으로 힘이 3 강해집니다.

스텟도 스텟이지만 숟가락을 넣는 순간 입안 가득 느껴지는 놀라울 정도의 맛.

"에헤헤, 역시 닭죽 아니겠어요? 싫어하는 사람이 없죠."

닭죽 부대원은 자랑스럽다는 듯이 웃었다.

1,000명이 넘는 요리사들이 닭죽의 끝을 보기 위해 조리법을 연구한 결과물이었다.

"이번엔 저희 죽도 드셔 보세요."

-따스한 꼬막죽을 마셨습니다.
정성이 듬뿍 담긴 요리를 먹어 영구적으로 행운이 1 증가합니다.

다른 죽들 역시 기꺼이 먹어 볼 가치가 있었다.

풀죽으로 든든히 배를 채운 뮬의 입가에 미소가 그려졌다.

"고맙습니다. 근데 공짜로 먹기에는 너무나도 아까운 음식인데 말입니다."

"그러면 기부금을 내실래요?"

"기부금요?"

"기부금함이 있어요. 이번 전쟁이나, 평소에 초보자들을 돕기 위한 베르사 대륙 행복 기부금요. 강요하는 건 아니니 안 내셔도 괜찮아요."

풀죽신교에서 창설한 이 모금함은 아르펜 왕국의 모든 도시와 마을의 광장에 존재했다. 기부자의 편의를 위하여 영주의 관청, 성문, 유명 사냥터에까지 모금함이 존재했다.

기부를 하는 건 전적으로 자유였고, 이것으로 혜택을 입는 유저들도 굉장히 많았다.

막 로열 로드를 시작한 유저들에게 기본적인 장비들을 싼값에 빌려준다. 레벨 50까지 성장이 빠르면 그 이후부터는 묻지도 따지지도 않고 더 좋은 장비들도 3개월간 무이자로 대여해 주었다.

판자촌도 헐값에 지어서 분양했고, 재해나 재난, 몬스터의 습격으로 농사를 망치거나 큰 손해를 입은 초보 상인들도 도와줬다.

형편이 어렵거나 절망에 빠진 유저들을 구해 주는 행복 모금함!

다만 모금함의 관리자가 누구인지에 대해서는 전혀 밝혀지지 않았다.

마판 상회라는 이야기도 있었고, 성녀 레몬이 직접 관리한다는 말도 있다. 의심 많은 사람들은 위드의 뒷주머니라는 소문도 퍼트렸지만 절대 그럴 리가 없다는 반발이 더 거셌다.

뮬은 선뜻 고개를 끄덕였다.

"기부금을 얼마나 내야 됩니까?"

"정해진 건 없어요. 1쿠퍼라도, 그냥 성의가 중요한 거잖아요."

"아, 그런 거군요."

뮬은 체면 때문에라도 기부금 함에 100골드를 넣었다.

'아르펜 왕국을 이롭게 하는 것 같은데… 이 정도야 상관
없겠지.'

  가르나프 평원의 입구를 지나서 축제가 벌어지는 지역으
로 걸어갔다. 기껏 여기까지 와서 조각상 건축 현장에 가서
일을 하고 싶은 마음은 없었기 때문이다.

  '음악 소리가 들리는군.'

  따라라랑! 따다다다라라랑!

  축제의 공간에서는 무려 3,000명이 넘는 바드들이 악기를
꺼내 놓고 연주하고 있었다.

  중앙에 있는 바드 마레이!

  그가 이끄는 음악이 넓은 지역에 거친 폭풍이 되어 밀려들
었다.

      우리는 노래하네
      승리와 영광과 사랑과 미래를
      밝음과 즐거움으로
      내가 가진 용기로 일어서네

      별을 조각했고
      땅을 이루며
      사람들을 이끄는 자여

마레이는 하프를 연주하고 있었다.

그가 앞서서 이끌면, 각양각색의 악기를 가진 바드들이 조화를 이루며 따른다.

물은 음악이 몸을 떨리게 한다는 게 어떤 의미인지 알 것 같았다. 전쟁터에서 싸우는 것처럼 강렬하고 파괴적인 연주와, 사랑하는 연인에게 고백하는 듯한 나긋나긋한 음이 노래에 뒤섞였다.

> 걸어간 발걸음과 위대한 흔적이
> 손을 잡고 뒤따르는 이들을
> 따뜻하게 미소 짓게 하네

> 꿈을 꾸고 싶다면
> 다가오는 운명을 피하지 말라
> 우리는 혼자가 아니니
> 함께 걸으리라

악장이 바뀔 때마다 봄, 여름, 가을, 겨울이 순식간에 흘러가는 듯한 연주.

3,000여 명의 합동 연주라는 음악 자체도 놀라웠지만, 실제로 마레이의 연주는 바람과 비를 일으켰다.

음악으로 장대비를 내리게 하는 연주!

'이런 걸 보는 건 처음인데. 평범한 연주 스킬이 아니야. 혹시… 바드의 비기인가?'

마레이가 최초로 공개하는 바드의 비기.

광야의 연주였다.

탁 트여 있는 넓은 공간에서 수많은 청중을 상대로 연주하는 스킬이었다.

음악의 힘이란 결국 소리에 달려 있다. 멀리 있어서 들리지 않는다면 제대로 감상하지 못한다.

광야의 연주는 청중에게 1,000만 원짜리 고성능 헤드폰을 쓴 것처럼 음악을 선명하게 들려준다. 또한 조명이나 비바람처럼, 원하는 무대효과까지 무제한으로 제공!

심지어 하늘에서 번개를 쳐서 누군가를 맞히는 것까지 가능했다.

쿠르르릉!

콰콰콰쾅!

천둥 벼락이 치고, 먹구름이 뒤덮여 햇빛이 가려진다.

자연과의 친화력에 따라 위력이 결정되는 것이기는 했지만 보이는 자체만으로도 경이로운 광경이었다.

노래와 음악이 멈추지 않는 이상 광야의 연주가 지역 전체를 장악한다. 3,000여 명의 바드들이 자신들의 악기를 꺼내 놓고 마레이의 연주에 어우러진다.

마레이와 바드들이 고개를 들어 세찬 빗줄기를 얼굴에 맞

있다.

노래하라
더 크게 노래하라

바람이 시작되는 곳
맑은 물방울 소리
땅의 큰 울림에 귀를 기울이는 자들이여

고동치는 마음이 터져서
세상이 흔들리네

노래하고
눈을 들어서 보라
발걸음을 맞추어서 걷자
기적의 시간을 함께하는 사람들이여!

바드들의 연주가 끝나 갈 무렵에는 먹구름이 걷혔다.
비바람도 그치면서, 찬란한 해가 떠오르는 건 어쩌면 너무
나도 당연한 효과!
음악에 푹 빠져 있던 청중이 정신을 차렸다.
그들에게 주어지는 또 하나의 선물은 여기저기에서 가득

피어난 각양각색의 아름다운 꽃들이었다.

음악이 들리던 전역이 꽃밭으로 변해 버리는 기적!

이 한 곡을 위해서 마레이와 바드들의 마나가 전부 소모되었다.

"브라보!"

"최고다."

바닥에 앉아 있던 사람들이 일어서며 박수를 쳤다.

마레이와 바드들은 전율이 일어날 정도로 환상적인 곡을 연주해 냈다는 기쁨으로 가득했다.

-용기의 노래를 불렀습니다.

청중 812,389명이 음악을 감상했습니다.
대륙 최대 청중 인원 갱신!
새로운 기록을 세웠습니다.

청중으로부터 놀라울 정도의 찬사를 이끌어 냈습니다.
현재 810,988명으로부터 기립 박수를 받는 중입니다.

장난기 많은 요정과 정령이 멍하니 정신을 못 차리고 있습니다. 그들은 평소에 입버릇처럼 하는 불평과 짜증마저도 잊어버렸습니다.

마레이와 바드들에게 떠오른 메시지 창!

일상적인 거리 공연이라면 바드는 노래를 마치고 나서 즉시 명성이나 늘어난 스킬 숙련도를 확인할 수 있다. 이런 규모의 공연은 청중의 반응에 따라서 얻을 수 있는 명성이나 스탯, 스킬 숙련도에 차이가 있었다.

짝짝짝!

"너무 감동적인 곡이에요."

"인생 최고의 잊을 수 없는 노래입니다."

"브라보!"

환호성은 10분 넘게 계속되었다.

관객들의 환호를 만끽하고 연주한 곡의 성과를 확인하기 위해 서 있던 마레이와 바드들의 가슴으로 뜨거운 것이 치밀어 올랐다.

'그래, 이 맛이었어. 이래서 내가 바드가 된 거지.'

노래를 부르고, 연주를 한다.

소리와 표현으로 청중의 아픔을 달래 주기도 하고 같이 웃을 수도 있는 것이다.

'음악은 사랑할 수밖에 없어.'

직업에 대한 자부심!

"흐흑."

절반에 가까운 바드들이 감동을 이기지 못해 눈물까지 흘리고 있었다.

처음 바드를 선택해서 어설프게 악기 다루는 법을 연습하고 노래를 지을 때에는, 이런 순간을 맞이하게 될 줄 짐작이나 했을까. 인생을 멋지게 만들어 주고 영원히 추억할 만한 시간이 왔다.

20여 분이 한순간에 지나가고, 마레이는 여전히 박수를 치고 있는 청중을 진정시켜야 할 필요성을 느꼈다.

들려준 음악에 환호해 주는 것은 좋았지만, 준비한 곡들을 연주하기에는 밤이 너무 짧았다. 더 오래 환호를 듣기보다는, 음악을 조금이라도 많이 들려주고 싶었다.

"다음 곡을 시작하겠습니다. 이 자리에서 최초로 공개할 노래는 〈별의 여신〉입니다."

마레이와 바드들이 다시 자리에 앉아서 악기를 연주하기 시작했다.

격앙되고, 시끄러울 정도의 환호로 들끓던 가르나프 평원이 조용해지고 잔잔한 음악이 흘렀다. 귀를 씻어 내릴 정도로 맑고 고운 악기들의 조화로운 연주.

-스킬 광야의 연주가 시전되었습니다.

하늘이 조금씩 어두워졌다.

아까처럼 먹구름이 뒤덮은 것이 아니라, 밤이 찾아왔다.

밤하늘을 아름답게 수놓은 별들.

은하수가 펼쳐지고 신비로운 오로라가 흐르며 하늘에서 녹색 빛이 쏟아진다.

"아아……."

"꺄."

"다시 시작됐다."

청중은 감탄으로 소리를 내지 않기 위해 노력해야 했다.

악기들이 내는 아름다운 소리와 멋진 광경.

음악에 몰두하면서 행복한 자신을 만나 볼 수 있는 귀중한 기회였다.

새로운 곡이 시작되면서 마레이와 바드들에게도 용기의 노래의 결과가 정산되었다.

띠링!

-용기의 노래가 청중의 마음을 홀렸습니다.
음악을 감상한 청중 784,014명로부터 23분 19초 동안 기립 박수가 이어졌습니다.
9,284명이 쉬이 사라지지 않을 벅찬 감동의 눈물을 흘렸습니다.

-물의 정령이 맑은 눈물을 흘렸습니다.
친밀도가 증가합니다.

-바람의 정령이 춤을 추었습니다.
친밀도가 증가합니다.

-빛의 정령이 환호합니다.
정령은 앞으로 당신을 지켜 주기로 약속했습니다.

-소리의 요정이 미소 짓고 있습니다.
당신의 음악에 특별한 행운이 깃들 것입니다.

-광야의 연주 스킬 레벨이 초급 8레벨이 되었습니다.
더 넓은 면적까지 음악을 전달하게 됩니다.
원하는 특수 효과의 규모와 신비로움이 더욱 커집니다.

-음악의 역사에 남을 만한 연주곡을 완성시켰습니다.
대륙 최대의 연주 기록을 갱신하며 명성 83,193을 얻었습니다.

-호칭! 마음을 이끄는 음유시인을 얻었습니다.
수많은 청중의 마음을 빼앗은 자!
음악으로서 말하고, 보여 주는 이에게만 붙는 영예로운 호칭입니다.

-레벨이 올랐습니다.

-레벨이 올랐습니다.

-레벨이 올랐습니다.

-화술 스킬의 레벨이 증가했습니다.

-매력, 카리스마, 행운이 10씩 늘어납니다.

-음악의 역사에 기록될 노래를 완성하면서 모든 스텟이 4씩 증가합니다.

다음 곡을 연주하고 있는 마레이에게 긴 메시지 창이 떴다.
'……!'

바드라는 직업은 다른 예술 계열보다 명성이 엄청날 정도로 쌓이는 특성이 있었다. 그럴 수밖에 없는 것이, 실력이 있다면 도시나 마을에서 노래나 연주를 한 곡 하는 것만으로도 명성이 한꺼번에 수백씩 쉽게 늘어나기 때문이다.

　　하지만 8만이 넘는 명성이 한꺼번에 쌓이고 레벨과 스킬 레벨까지 단숨에 오른 건 처음이었다.

　　'위드 님이 없었다면 이런 기회도 없었겠지.'

　　가르나프 평원이 아니고서야 이런 기적과도 같은 연주 기회는 없었을 것이다.

　　광야의 연주는 많은 관객들에게 들려줄수록 스킬 숙련도가 쌓인다. 연주하는 바드들이 많이 참여할수록 음악의 효과도 커지게 된다.

　　3,000명이 넘는 바드들.

　　심지어 아직 연주에 참여하지 않고 곡을 연습하고 있는 바드들만 해도 6,000명이나 된다.

　　북부 출신의 바드들은 아직 악기를 한두 가지밖에 못 다루고 연주 실력도 떨어진다. 그럼에도 아름다운 음악을 연주하기 위해 노력하는 모습이 마레이를 설레게 했다.

　　헤르메스 길드와의 전쟁이 벌어지는 날에는 1만 명의 바드들이 합동 공연을 할 것이다.

　　'이런 광경, 이런 음악 그리고 행복. 내가 아는 로열 로드는 정말 멋진 곳이었어.'

마레이는 더욱 힘차게 악기를 연주했다.

비슷한 마음을 품은 바드들의 연주도 깊은 울림을 냈다.

"……!"

청중 뒤에 섞여 있던 뮬은 감탄으로 입을 다물지 못했다.

'이런 음악이 있구나. 사람들의 분위기도 보통이 아니잖아.'

헤르메스 길드원들이 풀죽신교에 대해 갖고 있는 인식이란, 풀죽 풀죽을 외치면서 덤비는 좀비들과 마찬가지랄까. 그런데 막상 축제의 자리에 와 보니 그들은 진심으로 음악을 들으며 행복해하고 있었다.

'여기에 내가 모르는 멋진 세상이 있었구나.'

뮬이 보는 와중에도 사람들이 늘어서 이 부근에만 약 100만 명은 될 것 같았다. 전쟁터에서 세는 숫자가 아니라, 음악을 듣기 위해 모인 100만 명!

'이런 걸 보게 될 줄은 몰랐는데.'

뮬은 발길을 떼지 못하고 2시간 가까이 음악을 들었다. 마레이와 연주자들이 지쳐서 땀을 닦으며 휴식을 취할 때에 겨우 그곳을 벗어나서 새로운 장소로 향했다.

"맛있는 음식 먹고 가세요!"

"이쪽은 식당 거리입니다. 오세요, 싸요!"

도시가 아닌 평원이라 간단한 천막을 쳐 놓고 식당들이 장사를 하고 있었다. 그 천막마저도 끝도 없이 늘어서 있는데, 온갖 종류의 음식들이 다 만들어졌다.

풀죽신교를 상징하는 약 사백 가지의 풀죽 음식에서부터, 세계 각 지역의 유명 요리들.

    왕실 요리사 다프네의 식당
    군침이 넘어가는 멧돼지 요리
    수심 300미터 이하에 사는 생선들만 전문으로 굽는 집
    울호프 산호 지대의 최신 해산물!
    채소, 과일, 속는 셈 치고 드셔 보세요!

군중은 취향에 따라 각 천막으로 들어가고 있었다.
"꺼억, 잘 먹었다."
"엇, 저쪽에 불고깃집이다."
"가자, 가자."
"우리 방금 먹었잖아."
"괜찮아. 직업이 워리어라서 쉽게 배 터져 죽지는 않아. 더 먹자."
"그럴까?"
맛집들이 워낙 많았기에 사람들은 정신없이 먹기 바빴다.
음식의 거리에는 세계 각 지역, 베르사 대륙 전역의 요리들이 모여 있었다. 각 요리사들이 자신의 이름을 내걸고 개발한 참신한 메뉴들까지 합치면 그 가짓수만 해도 어마어마하리라.

이곳만 돌아다니더라도 며칠은 시간 간 줄도 모르고 흘려 보내게 될 것이다.

'여기에는 음식도 없는 게 없구나. 그리고 이토록 사람들이 환호하다니.'

뮬은 감탄하면서도 그의 취향에 맞는 식당을 찾아 들어갔다. 솔직히 해산물 요리를 좋아하기도 했지만 최근 방송에 나온 울호프 산호 지대의 음식들이 어떤 맛일지 궁금했다.

"저기, 혼자 왔는데요."

"네, 앉으세요."

100명도 넘는 사람들로 북적이는 식당에는 딱 세 가지의 메뉴만 있었다.

생선 정식	45실버
조개 정식	20실버
문어 정식	35실버

세 종류 다 먹으면 딱 100실버!

뮬은 다른 테이블에서 먹는 것을 살폈다.

손님들마다 그릇 위에 수북하게 쌓여 있는 해산물들을 먹어 치우고 있었다. 문어 정식의 경우에는 길이가 무려 80센티가 넘는 녀석이 구워져서 나왔다.

뮬은 지나가던 점원을 붙잡고 물었다.

"가격이 잘못 적힌 거 아닌가요?"

"예? 너무 비싸요?"

"아니요. 그게 아니라… 골드가 실버로 적힌 거 아닙니까?"

생선 정식도 여러 종류의 생선들을 맛있게 구운 것이었다. 살이 두툼할 뿐만 아니라, 얼마나 잘 구웠는지 손으로 잡고 이빨로 뜯어 먹고 싶을 정도였다.

뮬은 45골드라고 해도 기꺼이 주문할 생각이었다.

점원은 웃으며 말했다.

"중앙 대륙 분이시죠?"

"예, 그런데요?"

"여긴 이 가격이면 돼요. 모라타에서는 더 싼걸요."

"……."

중앙 대륙에서는 상상도 할 수 없는 물가.

아르펜 왕국에서는 유저들의 인건비가 낮기도 했고, 또 모라타의 판자촌 시절에서부터 저렴하면서 맛있는 음식 문화가 널리 퍼졌다.

그렇지만 근본적인 원인은 음식에 부과되지 않는 세금에 있었다.

위드가 세금 항목들을 정할 때 외쳤다는 말은 아르펜 왕국의 유저라면 모르는 사람이 없었다.

"왜 음식에도 세금을 결정해야 됩니까? 사람 먹는 거 가지고 그러지 마세요!"

아르펜 왕국의 세율이 원래 대부분 낮지만, 음식에는 아예 세금이 붙지 않는다. 위드가 어릴 때 돈이 없어서 굶었던 경험이 많기에, 차마 음식에 대해서는 세금을 정하지 않았다.

"부족한 세금은 땅 장사를 해서 벌면 되죠. 바가지 좀 씌우면… 기획 부동산이 노다지 아닙니까?"

이런 뒷이야기도 있었지만 그건 조용히 묻혀서 알려지지 않았다.

어쨌거나 아르펜 왕국의 저렴한 물가에 뮬은 강하게 뒤통수를 맞은 느낌이었다.

'이런 식으로 편하게 의식주를 해결하게 해 버리면 사람들이 좋아하는 게 당연하지 않을까.'

가르나프 평원에 하루 와 보고 나서 복잡한 감정이 들었다.

하벤 제국에 있다가 아르펜 왕국으로 간 유저들은 천국을 본 기분일 것이다. 풀죽 풀죽 하면서 싸우는 게 처음으로 납득이 될 정도였다.

'우린 승자니까 가지고 있는 힘만큼 누리는 게 당연하다고 생각했는데… 유저들을 심하게 괴롭히고 있었나?'

뮬은 식사를 마치고 나서도 평원을 돌아다녔다.

예술 작품 전시회도 벌어지고 있었고, 엘프나 드워프의 문화 박람회도 열렸다. 부모들이 어린아이들의 손을 잡고 나무를 타고 엘프 체험을 하며 놀기도 한다.

LG, 삼성을 비롯한 세계 각국 기업들의 브랜드 전시관도 성대하게 열려 있었다.

　"빛나는 벽걸이 TV입니다! 멋진 디자인의 텔레비전으로 이번 전쟁을 시청하세요."

　"지금 신청하시면 전 세계 어디든 이틀 안에 설치가 완료됩니다. 기념품으로는 크기 1미터가 넘는 대형 수정 구슬을 드려요!"

　"사은 행사 진행 중입니다. 휴대폰 개통 시에는 마법 화살통과 은도끼를 드립니다!"

　"쌍용 자동차입니다. 실물과 동일한 크기의 목조품으로 만들었습니다. 편하게 앉아 보세요. 구입 시 황소 1마리를 공짜로 드려요!"

　로열 로드와 연계된 홍보관들.

　늘씬한 엘프 아가씨들이 아르바이트를 하면서 업체 물품들을 알리고 판매했다.

　"제약 회사 광동입니다. 시원한 인삼 물 한 모금 드시고 가세요. 피로 회복에는 그만입니다."

　"로이스 보험에서 나왔습니다. 인생, 보험 하나면 든든하지 않습니까. 지금 전시관을 들러 주시는 분들께는 활력 증강 포션 하나씩 나눠 드립니다."

　"KTX입니다. 빠르고 편리하게 목적지까지 보내 드려요. 잠시 후에 평원 동쪽으로 황소 100마리가 끄는 기차가 곧 출발합니다. 이용하실 분들은 모이세요!"

"전투기에서부터 화물기까지, 모든 종류의 전문 비행기 제작 업체 보잉입니다. 전시관에 들어오셔서 편안하게 관람하십시오."

"아모레! 무료로 허브 화장품 나눠 드려요. 선착순 50만 분께만 드려요."

"PIC리조트입니다. 구경하느라 지치신 분, 어서 와서 쉬고 가세요! 수영장도 개장했어요!"

"노드스트롬 백화점에서 안내드립니다. 지금 방문하시는 고객 여러분께는 마카롱 세트를……."

전 세계의 기업체들이 평원 한쪽을 가득 메우고 이미지 홍보를 위한 행사에 여념이 없었다. 기념품을 나눠 주거나 체험하게 해 주는 방식으로 유저들에게 인지도를 크게 높일 수 있었다.

가전제품, IT, 자동차, 조선, 화학, 부동산, 건설, 건강용품, 철강, 가구, 은행, 기계, 백화점, 호텔!

세계 최대의 가전제품 박람회 정도는 규모 면에서 대학과 유치원 정도의 차이로 우습게 여길 수준의 전시관들이 만들어졌다.

물은 기가 막힐 지경이었다.

"여기에 이런 게 있는 건 그렇다고 치자고. 근데 이 모든 것이 고작 열흘 만에 준비가 돼?"

오래전이지만 그리폰을 타고 가르나프 평원 위를 날아간 적이 있었다. 풀만 무성하게 자라 있던 지역이 완전히 뒤바뀌어 버린 것이다.

'위드의 영향력? 꼭 그런 것만은 아니겠지만……'

위드도 이 정도까지 예상한 건 아니었는데, 어찌하다 보니 눈덩이가 불어나듯이 일이 커졌다. 전 세계의 언론이 가르나프 평원에 집중되면서 경쟁이 벌어지니 이렇게 완벽하게 바뀌어 버리고 만 것이다.

"옥포중공업입니다. 세계 최대의 컨테이너선에 타 보십시오! 유람선도 지금 만들고 있습니다."

커다란 고함 소리가 들려서 뮬은 무심코 고개를 돌렸다.

그곳에는 일찍이 본 적이 없는 초대형 컨테이너선이 세워져 있었다. 길이가 400미터를 넘고 높이 35미터, 폭은 무려 70미터나 되었다.

"이렇게 큰 배가… 이건 또 어떻게 평원에 있지?"

불가사의한 일!

옥포의 경영진도 얼마 전까지만 해도 상식으로 미루어 볼 때 불가능하다고 여겼지만, 가르나프 평원에 그보다 더 어마어마한 크기의 조각물이 만들어지는 마당에 안 될 건 또 무엇인가.

"바다에 띄울 것도 아닌데, 외관만 만들면 되지."

"제대로 해야 합니다. 다른 기업들은 가르나프 평원에 모형물을 세워서 전 세계 언론에 무료로 홍보를 했습니다. 우리라고 못 할 게 뭡니까?"

중공업 기술자들이 항구 바르나의 조선 장인들과 협력하여 단 이틀 만에 배를 건조해 냈다. 나무와 돌, 흙으로 급하게 만들어서 바다로 나가진 못하지만, 돛이나 선체의 구조는 그대로 만들었다.

"로열 로드에서 배를 제작하는 방식이 나쁘지 않은데? 해외 바이어들에게 실물 배를 보여 줄 수 있어서 홍보하기에도 편하고……."

"우리 회사의 배가 로열 로드의 바다를 떠다니면 그것도 좋지 않겠습니까?"

34만 톤 규모의 컨테이너선!

로열 로드에서도 초대형 선박의 건조가 가능했다.

물론 항해 스킬의 도움을 받더라도 돛을 펼쳐 바람이나 노를 저어서 가야 했기 때문에 실제 바다에서 운항하기에는 불편함이 많았다. 그럼에도 관광용으로나 홍보용으로는 기꺼이 건조할 만한 가치가 있었다.

"대형 선박은 이런 식으로 건조하는군."

"조선업은 장인들의 협력이 역시 중요한 것 같습니다."

바르나의 조선 장인들은 대형 선박을 건조하면서 귀중한 노하우를 익혔다. 기술과 노동을 똑같이 하더라도 몇 가지 노하우에 따라 시간이 오래 걸리는 선박 건조 속도는 2배 이상 차이가 나는 법이다.

"건조용 지상 데크를 만드는 방법도 참고할 필요가 있겠습니다."

"합동 조선소를 세우는 건 어떻습니까? 각자 개인적으로 활동하는 것도 한계가 있고."

"본격적으로 조선소를 세운다고요?"

"선원 70~80명이 넘어가는 대형 상선은 혼자 만들기에는 시간도 오래 걸리고 어렵잖습니까. 협력 작업을 하고, 간단한 일은 초짜들도 쓰면서 효율을 높이는 게 백번 낫죠. 재료를 규격화해서 구하는 것도 좋구요."

"일리야 있지만, 일감이 없으면요?"

"하벤 제국 해군이 몰살당했습니다. 앞으로 바다는 아르펜 왕국의 것입니다."

무역과 탐험의 보고!

베르사 대륙을 떠나서 멀리 나아가면 엄청난 보물이 잠자고 있는 신비로운 땅이 있다는 소문이 있다. 너무 위험하고 정보도 부족해서 원양항해를 나가는 것은 소수였지만, 어차피 시간문제라고 봤다.

조선 장인들에게 배의 발주량은 매달 2배 가까이씩 늘어나고 있었던 것이다.

연·근해를 오가는 작은 어선들이 압도적 다수였지만 날렵한 모험용 선체나 무역용 중형 범선도 많았다. 배의 크기도 갈수록 커져 가는 추세였다.

"그럼 해 보죠."

"후후, 좋습니다!"

축제의 부가적인 효과.

아르펜 왕국의 조선 산업이 생산량을 대대적으로 늘리는 계기가 되었다.

'아르펜 왕국의 국력이란 실로 대단하구나. 전투력만 보고 무시했는데… 어쩌면 그 저력은 상상 이상일지도 모르겠다.'

뮬은 전시회장 구경을 마치고 발길을 옮겼다.

'만만치 않아. 단단히 각오를 해야… 여기까지 온 이상 조각품도 구경을 좀 해 봐야겠군.'

조각품 건축 현장으로 걸음을 옮겼다.

사람들이 워낙 많아 축제 지역을 벗어나는 데도 시간이 한참이나 걸렸지만, 건축 현장에 다가갈수록 압도되었다.

처음에는 평원의 한복판에 산들이 솟아 있는 줄로만 알았다. 너무나도 큰 것을 본 인간의 상식이라고 할 수 있었다.

근데 그 산에 사람들이 개미 떼처럼 붙어 있고, 계단까지 만들어서 재료들을 나른다.

'저게 조각품이라고?'

뮬은 또다시 당황했다.

그도 하벤 제국의 대영주로서 많은 조각품들을 봤다.

로열 로드 초창기에 귀족들이 모으던 수집품이나 왕궁에 있던 으리으리한 예술 조각품.

기본적으로 화려하고 섬세하게 세공된 조각품에 대한 인식이 있었는데, 지금 보이는 건 무식하다는 말이 나올 정도로 거대한 규모였다.

황소.

키가 210미터, 몸길이가 600미터. 꼬리만 해도 50층 건물 정도의 높이는 된다.

조각품 건설에 참여한 인부들의 목소리도 들렸다.

"석재랑 찐득찐득한 진흙 좀 빨리요!"

"표면이 갈라지고 있습니다. 도공이 필요할 것 같은데… 화염 계열 마법사와 같이 올라와 주세요."

뮬은 머릿속이 복잡해졌다.

'아직도 만들고 있는 거야?'

세부적으로 다듬는 작업 중인 듯, 여기서 더 커지지는 않을 것 같으니 천만다행이었다.

'전투가 벌어지면 이런 거대한 것과 싸워야 하는 건가?'

그리폰 부대의 전력은 중앙 대륙에서는 무적이었다. 위드나 아르펜 왕국을 제외하고는 싸워서 져 본 적이 없다.

'하지만 이런 크기라니… 이게 살아서 움직일 수도 있단

말이지.'

게다가 황소의 눈빛은 맹수처럼 날카롭지 않은가. 발톱은 사자처럼 뾰족하고, 옆구리에는 무려 날개까지 달려 있었다.

비상하는 황소

흙과 돌로 내부를 채우고, 골격은 쇳물 329톤을 부어서 만든 작품이다. 작품을 완성하기 위해 54만 명이 참여했다.

'답이 없다. 전투가 벌어지면 이건… 다른 부대들에게 맡겨야 되겠군.'

뮬은 만만한 조각상을 찾아보려고 했지만 그게 더 어려웠다.

황소의 조각품 너머로 보이는 작품들은 더 압도적이었다. 날개 달린 뱀, 머리가 셋 달린 와이번, 독침을 날리는 오소리!

공통점이라면 황소처럼 엄청난 크기라는 점이다.

'저것들이 하늘을 날다니.'

물론 덩치가 크다고 해서 무조건 월등히 강하리라는 법은 없다.

로열 로드에 있는 대형 몬스터들은 대부분 강했지만, 그건 그에 걸맞은 힘과 체력을 가지고 있기 때문이다. 조각상을 살아서 움직이게 하는 방식으로는 크기와 강함이 꼭 비례하진 않는다.

헤르메스 길드의 정보대에서도 빙룡이나 이무기, 와이번, 불사조 등을 분석하며 이미 위드가 생명을 부여했을 경우의 전투력을 대략이나마 짐작하고 있었다.

'게이하르 폰 아르펜 황제는 생각도 못 하고 있었지. 도대체 얼마나 강할까. 그래도 모든 조각품을 살아서 움직이게 하진 못하겠지.'

뮬은 조각상을 올려다보며 한동안 서 있었다.

전투가 벌어지면 자연히 전투력을 알게 되겠지만, 가능하면 영영 모르고 싶은 마음이었다. 하늘에서 날개 달린 쥐와 싸우고 싶진 않았으니까!

'그래도 승리는… 헤르메스 길드에 손을 들어 주고 싶군.'

뮬은 라페이가 준비한 5대 비책을 모두 알고 있었다.

팔마의 그림자 부대는 격퇴되었지만 나머지는 그야말로 대량 학살이 가능한 비밀 병기들이다.

알려지는 것만으로도 비난을 받을 만한 무기들.

'뒤가 없는 헤르메스 길드도 필사적이지. 이번 전투에서 이기면 우린 돌이킬 수 없는 악당이 되겠군.'

가르나프 전투를 준비하는 라페이는 전쟁 계획을 수립하는 자리를 만들었다. 군대에서 병력을 지휘하는 건 중간 지휘관들이 할 테지만, 큰 틀에서 사용하게 될 전략을 결정해야 한다.

이 일에는 보안을 유지하기 위해 바드레이와 아크힘, 스티어, 라페이를 비롯한 20명만이 참여했다.

"제국군의 합류와 사기에는 문제가 없을 겁니다. 용병 모집과 징병도 순조롭습니다."

"문제는 북부 유저들의 인해전술이 되겠죠."

"싸워서 죽이면 되는 거 아닙니까?"

"그런 방식으로는 하루 종일 싸워도 끝이 안 날 테니 곤란할 겁니다."

"우리가 입을 피해도 고려해야 합니다."

바드레이와 라페이.

그들은 모든 전투 계획을 테이블에 올려놓고 검토를 했다.

정석에 가깝게 가르나프 평원으로 제국군이 진격하면서 북부 유저들에 맞서는 것은 기본이었다. 다양한 진형과 마법 병단의 운용도 고려했고, 제국의 5대 비책을 활용할 방법도 살폈다.

라페이가 고개를 저었다.

"강철 기사단을 비롯한 5대 비책은 굉장히 강력합니다. 틀림없이 효과를 보겠지만, 이것만으로는 결정적이지 못합니다."

"그렇다면요? 이 군사력으론 부족합니까?"

"더 확실한 것이 필요합니다. 힘으로 아예 짓뭉개 버릴 정도로 말이죠."

라페이는 전투에 대해서는 잘 몰라도 뛰어난 전략가였다.

착실하게 바닥을 다지면서 준비를 하고, 헤르메스 길드가 날개를 펼쳐서 중앙 대륙을 통일할 수 있게 만들었다. 꼼꼼하고 실수가 없었던 그였지만, 위드를 상대로 하면서는 많이 당했으니 심하게 경계했다.

"우린 이번 전투를 100% 예측하기 힘듭니다. 게이하르 황제라는 변수를 만든 것도 그렇고, 가르나프 평원을 완전히 자신들의 영역으로 선점한 것도 문제입니다. 우린 상대의 영토에서 싸우는 것과 마찬가지가 되었으니까요."

아크힘이 주먹으로 책상을 치며 분노를 표했다.

"전투를 벌이자고 해 놓고 먼저 그 지역을 차지하고 준비하는 건 비겁한 행위 아닙니까?"

"위드가 직접 한 건 아니니 따지더라도 의미가 없지요. 우리의 반발까지 고려했을 행동입니다."

라페이는 상대방에게 끌려다니기를 원치 않았다.

주도권을 빼앗긴 상태에서는 무엇을 하든 일이 불리해진다. 하벤 제국의 군사력이 더 강하더라도, 위드가 원하는 방식으로 싸우게 되는 것이다.

'우리의 전투 요청을 받아들이자마자 직접 나서지도 않고 유저들에게 가르나프 평원에 판을 짜 놓도록 유도했다. 위드

는 확실히 보통이 아니야. 나도 방심은 없다. 더군다나 이렇게 중요한 전투에서는 말이야.'

아르펜 왕국과 하벤 제국이 전력으로 붙는다.

이 전투가 끝나고 나면 베르사 대륙이 어떻게 바뀌게 될지는 아무도 몰랐다. 라페이로서는 확실한 카드를 쥐길 원했다.

"저기⋯⋯."

마법병단을 양성하고 있던 캐들러가 손을 들었다.

"제가 말씀을 좀 드리지요. 우리한테 연구 중인 마법이 하나 있습니다."

"마법요?"

캐들러는 지금까지 전면에 나서지는 않았던 유저다. 친위대 소속으로, 일찌감치 살육의 마법사라는 숨겨진 직업을 얻었다.

그는 주민이나 유저를 죽일수록 마법력이 상승한다. 그 반발로 죽은 자의 힘이나 억눌린 분노 같은 부작용이 생기기는 했지만, 전투력은 막강하다.

길드 차원의 많은 지원을 받으며 성장하고 있는 유저 중의 하나였다.

캐들러가 자신만만하게 웃었다.

"궁극 마법 중 하나인데⋯ 어느 정도 준비를 마쳤습니다."

라페이는 얼마 전 보고서를 떠올렸다.

마법사의 유적에서 찾아낸 궁극 마법 중의 하나.

불타는 유성 소환.

위드가 조각술 최후의 비기 퀘스트를 할 때 얻어 내서, 엠비뉴 교단의 총본영을 박살 낼 때 쓰기도 했었다. 방송을 본 헤르메스 길드에서도 그 위력에 전율하면서 백방으로 찾아보려고 했다.

퀘스트에서 사용된 적이 있다면, 중앙 대륙을 점령하고 있는 그들이 구할 수 있는 가능성도 상당히 높았으므로!

마법사의 던전이나 유적이 철저히 탐색되었고, 많은 어려움이 있긴 했지만 퀘스트를 거쳐서 불타는 유성 소환 마법서를 입수했다.

일부가 찢어져 있는 불완전한 마법서.

마법사와 모험가에 의해 복원이 되었지만, 불타는 유성 소환을 발동시키기 위해서는 마법 자료와 연구가 필요했다.

"지금 불타는 유성 소환 사용이 가능하다고요?"

"정상적인 방법은 아니죠. 흑마법을 이용하면 2단계 위의 고위 마법도 사용이 가능하니… 흠흠. 보석과 마나석, 희귀한 생명체들을 희생시켜야 합니다만, 결론을 말씀드리면 쓸 수 있습니다."

불타는 유성 소환!

광범위한 파괴 마법을 쓸 수 있게 되자 전투 계획이 새로 세워졌다.

"비장의 카드로 전투의 중반 이후에 쓰는 게 어떻겠습니까. 흐름을 바꿔 놓을 수 있을 텐데요. 위드가 있는 곳에 떨어뜨리는 것도 방법이겠죠."

"혼전이 벌어지면 유성을 소환하지 못합니다. 아군의 희생도 클 겁니다."

"마법병단의 마나 소모도 심하죠."

"위드는 피할 수 있습니다. 우리 쪽의 움직임을 보고 이상한 걸 느낄 겁니다. 그가 주로 타는 와이번, 빙룡 등의 이동 속도를 고려할 때, 맞히기 어렵습니다."

"유성 소환은 몇 번이나 가능하죠?"

"흑마법이라서 여러 번 사용할 수 있지만 갈수록 마법사들에게 무리가 따를 겁니다. 다만 하벤 제국의 마법사들이 모두 투입되면 3개 정도는 동시에 쓸 수 있습니다."

"충분한 숫자로군요."

"이러면 유성 소환에 힘을 실어 주는 게 나을 것 같은데… 변수를 없애려면 일찍 사용하는 것이 좋겠군요."

"동의합니다."

전투 계획이 세워졌다.

불타는 유성 소환으로 가르나프 평원을 강타한다!

방송에서 보듯이 1억 명 넘게 밀집해서 모여 있다면 입게 될 피해란 이만저만이 아닐 것이다.

하벤 제국군은 유성이 떨어진 이후에 신속하게 진입하여 적들을 학살하는 것을 기본 계획으로 했다.

"철저한 보안이 무엇보다 중요할 것입니다."

"마법사들에게도 전투 직전에 알려 주면 됩니다. 흑마법의 일종이라서, 핵심 역할을 할 몇 명만 알고 있으면 되니 말입니다."

"좋은 일이군요."

하벤 제국은 무기 창고를 모조리 열어서 군대를 정비하기로 했다. 각 성이나 도시의 치안대까지 전부 동원했다.

이번에야말로 중앙 대륙을 지배하는 총전력이 한곳에 집결하는 것이다.

정보대의 수장인 스티어, 친위대를 담당하는 아크힘도 같이 바쁘게 움직였다.

"가르나프 평원의 동향은 현재까지 완성된 거대 조각상이 475개, 만들어지고 있는 건 3,741개입니다."

"그게 다 만들어진다고요?"

"아직 아닙니다. 아마 전투가 벌어질 때까지도 절반 정도는 미완성 상태일 겁니다."

"게이하르 폰 아르펜에 대한 분석 자료가 도착했습니다."

"게이하르 황제가 저 조각품들을 다 일으킬 수 있을까요?"

"판단하기는 어렵지만 그래도 무리라고 생각됩니다. 위드가 지금까지 만들어서 부하로 삼은 조각품의 숫자도 그리 많은 게 아닙니다."

"아르펜 제국의 전력과 당시의 조각 생명체 종족들에 대해서도 살피고 있습니다만, 기록이 부족합니다."

정보대와 수뇌부도 정보를 모으고 대비책을 세우는 데 총동원되었다. 하벤 제국의 승률을 높이고 전투 능력을 향상시키기 위해!

"울호프 산호 지대에 발제타 어인족 출현. 그들은 조각 생명체 종족의 후손이라면서, 게이하르 황제의 뜻에 따라 이번 전쟁에 참여하겠다고 하고 있습니다."

"서쪽 산맥 지대를 탐험하고 있던 모험가 파티가 정보를 팔았습니다. 5,000골드에 샀는데, 그것은 작은 새에 관한 것입니다. 멸종된 것으로 알려진 바라그의 새끼로 추정되고 있습니다."

"우연인가, 아니면……."

"위드의 모험으로 역사가 바뀐 것 같습니다."

역사가 바뀐 흔적도 발견되었다.

게이하르 황제가 만든 바라그 종족은 역사와는 달리 완전히 사라지지 않고 서쪽의 따뜻한 섬으로 이주했다. 인간들의 발길이 닿지 못한 바다 한복판의 큰 섬에서 천혜의 낙원을 이루며 살았다.

몇몇 조각 생명체 종족들이 게이하르 황제의 뜻에 따라서 전투에 참여하기 위해 찾아오고 있었던 것이다.

"바라그의 전쟁 수행 능력은 어느 정도죠?"

"영상으로 봐서는 까다롭긴 합니다만, 숫자가 많은 건 아닐 테니 상대할 수는 있으리라고 봅니다."

"개조한 대형 쇠뇌를 배치하면 될 겁니다."

"쇠뇌로는 무리입니다. 지상군을 지키기에 번거롭고, 공중을 빼앗길 겁니다."

아크힘은 바라그의 존재가 영 찝찝했다.

전군 총지휘관은 황제 바드레이다. 자신은 부지휘관을 맡기로 했는데, 실제 병력 운용에 있어서는 제국군의 절반 이상이 그의 명령을 따른다.

책임이 막대했으니 어떻게든 승리를 거둬야 했다.

전투의 승리만 얻는다면 어떤 손해도 중요하지 않았다.

"얼마 전에 파이어 드레이크들과 연관된 퀘스트가 있었죠?"

"예. 불의 보석을 대량으로 가져다주면 그들을 전투에 동원할 수 있는 퀘스트였습니다만."

"퀘스트를 실행하세요."

"비용이 많이 들어갑니다."

"아낄 때가 아닙니다."

중앙 대륙을 독점적으로 지배하면서 수많은 종족들과의 협약이나 퀘스트 목록을 얻어 낼 수 있었다.

화염 마법을 봉인할 수 있는 불의 보석!

주로 화산 지대에 생성되고, 까다로운 몬스터를 해치워야만 얻을 수 있다.

4,000골드라는 어마어마한 가격에 매물도 잘 나오지 않는 보석이었는데, 그동안 모아 둔 걸 모조리 투입하기로 했다.

"변수입니다. 한국에서 당일에 휴가를 신청하는 직장인이 많다는 뉴스입니다."

"그런 일이……."

그 어느 나라보다도 상위권 게이머가 많은 한국의 동향은 중요하다.

"일부 고등학교는 학생들의 수업 분위기에 차질이 있을 것으로 예상하여 아예 휴일로 지정을 한답니다."

"맙소사."

아크힘은 탄식했지만 그것도 잠깐이었다. 전 세계적으로 이런 전투에 참여하고 싶지 않은 사람은 거의 없을 테니까.

학생이나 젊은 직장인이라면 수단과 방법을 가리지 않고 어차피 접속했을 것이다.

"미리 준비해 둔 탓에 강철 기사단의 추가 확보는 순조롭습니다."

"알킨 병의 숙주도 가르나프 평원 인근에 숨겨 놨습니다. 해독약은 준비하고 있지만 넉넉하진 못합니다."

"판제롭 유령 기사단은요?"

"내일까지 확실히 도착합니다. 유저들의 눈에 띄지 않도록 이동하느라 시간이 많이 지연되었습니다."

"소멸의 창은……."

"34개를 주요 돌격대원들에게 나눠 줬습니다."

제국의 5대 비책도 차질 없이 동원되었다.

모든 진행 상황을 점검하던 아크힘이 고개를 끄덕였다.

가르나프 전투가 하루하루 다가올수록 하벤 제국군의 군사력은 완전해지고 있다. 임시 길드원, 징병이나 용병 고용으로 병력의 양도 크게 늘리고 있었다.

'비난할 테면 승리한 우리를 비난해라. 하벤 제국은 할 수 있는 모든 걸 할 것이다.'

고급 수련관

Moonlight *Sculptor* The Legendary

위드는 게이하르 황제 포섭을 마치고 동료들과 바라그의
등에 탔다.

"그럼 잘 다녀오게."

"예, 스승님!"

바라그를 탄 채 동료들과 함께 베르사 대륙을 돌아보기로
한 것이다.

시간 조각술이 있으니 언제든 과거의 역사로 돌아올 수 있
긴 하지만, 그렇기에 오히려 더 중요했다.

'역사서에 모든 게 기록된 건 아니야. 그리고 잘못 전해진
정보도 많지.'

다음에 제대로 시간 조각술을 쓰기 위해서라도 살펴볼 필

요가 있다.

바라그를 타고 하늘을 날아다니다가 지상에 도시가 보이면 땅으로 내려갔다.

"세상에… 그 험한 몬스터를 타고 다니다니, 제정신이 아니로군!"

"인간의 자존심이 걸린 문제야. 언제부터인가 저런 몬스터들이 우리의 땅을 차지하고 있어."

"황제의 업적은 인정하지. 하지만 마땅히 우리 인간들이 가져야 할 몫은? 왜 식량을 저들에게 나눠 줘야 한단 말인가!"

"맞아. 열심히 농사짓는 건 우리인데 말이야."

도시와 마을의 인간들은 바라그를 혐오했으며, 조각 생명체들에 대한 인식도 굉장히 나빴다.

'이건 예상했던 대로군.'

위드의 말을 들은 게이하르 황제는 술을 마신 이후에 조각 생명체들에게 말했었다.

"우리의 제국이 무너진다면 인간들을 위해 고생하지 마라. 마땅히 너희가 살아갈 길을 찾아야 할 것이다."

바라그를 비롯하여 크로커, 보록 등은 눈물을 흘리며 구슬프게 울었다.

"그리고 먼 훗날, 제자의 말대로 정말 다시 너희를 위한 왕국이 세워진다면… 모두가 함께 살아갈 수 있도록 다시 한번만 도와 다오."

위드가 잘만 하면 아르펜 제국의 조각 생명체들을 주민으로 받아들일 수 있게 될 것이다.

　물론 제국이 무너지고 나서 기나긴 시간 동안 살아남고, 또 황제의 뜻을 기억하는 조각 생명체들은 소수일 것이다. 그럼에도 가르나프 평원에 조각 생명체들이 나타난다면 그들은 아르펜 왕국의 귀중한 국민이었다.

　'누렁이나 금인이나… 와삼이처럼 말이야.'

　위드는 차별 없이 조각 생명체들을 착취해 줄 생각을 했다.

　"어려운 부탁이 있는데, 들어주겠는가? 보상은 심심치 않게 해 주지."

　띠링!

마을 구석에 떨어진 은화

마구간지기 제피로스는 술에 취해서 은화를 잃어버렸다. 어젯밤에 하수구 부근에서 떨어뜨린 것 같다는데, 확실하진 않다.
열심히 찾아본다면 운 좋게 눈에 띌 수도 있을 것이다.

난이도 : F
보상 : 말발굽 2개.

　오랜만에 보는 난이도 F의 의뢰!

　'보통 이런 단순한 경우에는 연계 퀘스트로 이어질 확률도 낮아.'

　친밀도가 필요 없고 명성도 적용되지 않아 이런 낮은 등급의 의뢰가 뜬다. 위드의 명성이야 34만을 넘는 상태였지만, 시간 조각술의 영향 때문이었다.

'과거로 돌아오니 명성이 적용이 안 되는 것 같아.'

베르사 대륙에서는 북부는 물론이고, 중앙 대륙에서 울고 있던 어린아이도 알아보고 울음을 멈출 정도다. 위드의 경우에는 온갖 퀘스트와 사냥, 예술 활동을 했기 때문에 부족한 명성으로 골치를 앓은 적이 없었다.

하지만 그것들은 미래에 벌어지게 될 일이라 여기서는 전혀 알려지지 않았다.

"모르는 사람에게 부탁하기에는 위험한 일인데."

"누구? 조각사 위드라고? 전혀 모르는 사람을 만나고 싶진 않아. 밤에 술 한잔 사 주면 시간을 내 보지."

"무슨 소릴 하는 거냐. 썩 꺼져라!"

위드는 길거리에서도 면박당하기 일쑤였다.

그에 비해 제피나 파이톤은 대화가 순조로웠다.

"고급스러운 옷을 입으셨군요. 귀족이십니까?"

"호오, 그 검은 보통이 아닌 것 같습니다. 마물 퇴치와 관련된 의뢰가 있는데, 도전해 보시겠습니까? 물론 그 검을 쓰는 전사님이라면 그리 어렵진 않은 일이 될 겁니다만."

옷이나 무기에 반응하는 주민들.

고급 장비들을 쓰는 것도 명성이 부족할 때 난이도 높은 퀘스트를 할 수 있는 조건 중의 하나였다.

또 화령과 벨로트처럼 매력이 높으면 언제든 동료들이 함께 수행할 수 있는 퀘스트를 얻어 낼 수 있었다.

'지금은 편하게 살자. 다른 직업이나 모험가도 역사 퀘스트를 할 수 있게 될지도 모르지만, 그때까지는 오래 걸릴 거야.'

위드는 느긋하게 마음먹으며 바라그를 타고 동료들과 대륙을 돌아다녔다.

"끄우어어어. 힘들다."

"더 빨리 날아. 와삼이는 새벽에도 쉬지 않고 날았어. 잠을 안 자고도 말이야."

"그렇게 고생을 한 와삼이가 도대체 누군가?"

"자랑스러운 부하 중의 하나지. 와삼이가 나를 얼마나 좋아하는지 알려 주고 싶군."

"도저히 믿을 수 없다."

"처음에는 다 그렇게 정상적으로 생각해. 하지만 일을 많이 시키다가 어쩌다 하루 놀게 해 주면 기뻐하기 마련이지."

모든 도시와 마을을 방문할 수는 없기에 하늘에서 대충이라도 살펴봤다. 아르펜 제국의 지형이나 도시의 구조, 건물 등을 확인하는 것이었다.

> -고전 시대 아르펜 제국 건축양식을 감상하셨습니다.
> 조각사로서 새로운 건물들을 관찰하게 됨으로써 소유하고 있는 마을과 성, 지역 등에 고전 시대의 건물들을 지을 수 있습니다.
> 특수 건물들을 건설할 수 있습니다.

아르펜 치안 관청

건축 비용 최소 15만 골드.
도시 내의 치안을 확보하기 위한 건물입니다.
병사들과 자경단이 관리합니다.
범죄가 감소합니다.
몬스터가 침략하면 잠깐 동안은 싸울 것입니다.

아르펜의 물레방앗간

건축 비용 최소 4만 골드.
물레방앗간이 필요한 이유는 요정의 놀이터를 제공해 주기 위해서입니다.
어린아이들도 어울려 함께 놀기도 합니다.

지역 내 곡물의 생산량을 늘리고, 행복도가 증가합니다.
요정과의 친밀도가 향상됩니다.
정령사의 성장이 빨라집니다.

아르펜의 염전

건축 비용 최소 4,000골드.
태양의 힘으로 바닷물을 말려서 소금을 얻을 수 있는 시대는 지났습니다.
불의 종족 파란챠가 염전에서 근무합니다.
그들이 낮잠을 잔 곳에서는 바닷물이 증발하여 양질의 소금을 얻을 수 있습니다.

음악이 흐르는 식당

건축 비용 최소 1,000골드.
아르펜의 주민들은 음악을 사랑합니다.
즐거운 삶과 행복, 편안함. 멋진 음악을 들으면서 음식을 먹는 것을 최고의 행복으로 느낍니다.
주민들의 행복과 예술의 발전도를 증가시킵니다.

드워프들의 공방

건축 비용 최소 6,000골드.
드워프들이 무언가를 만드는 장소입니다.
10명 이상의 드워프가 모여서 필요한 모든 것을 만들어 냅니다.
맥주 양조장이 가까이 있으면 작업 속도가 빨라집니다.

흐드러진 꽃의 정원

건축 비용 최소 2만 골드.
아름다운 꽃들로 이루어진 정원입니다.
이곳에서는 잠깐 휴식을 취하는 것만으로도 피로와 생명력이 빠르게 회복
됩니다.
특별한 행운이 깃듭니다.

바라그의 둥지

하늘을 나는 생명체들의 거주지입니다.
단단한 나무와 깃털을 모아서 만들어졌으며, 바람이 새지 않습니다.
조인족 알의 부화 속도와 초반 성장을 빠르게 합니다.

위드는 국왕으로서 건물들을 감상하는 것만으로도 왕국에
긍정적인 영향을 미칠 수 있었다.

'기회가 되면 역사적으로 존재했던 모든 시대의 건물들을

보는 것도 괜찮겠군.'

아르펜 왕국에 다양한 건물들이 지어지게 되면 이를 좋아하는 유저들도 많으리라. 그러나 가르나프 평원의 전투에서 패배한다면 왕국 멸망은 순식간이었다.

"흠, 이대로 계속 구경을 다녀도 될지. 돌아가야 하지 않겠습니까?"

동료들마저도 초조함을 느끼고 먼저 말했다.

하벤 제국과의 전쟁을 고작 사흘 앞두고 있었던 것이다.

위드가 가볍게 미소를 지었다.

"천천히 가죠."

"지금 가도 늦지 않을까요? 일찍 가서 준비해도 모자랄 판에요."

"후후후, 헤르메스 길드는 한창 불안할 겁니다. 마지막 순간까지 제가 어떤 계획을 가지고 있는지, 어떻게 할지 모르게 해서 혼란을 일으키려는 것이죠."

가르나프 평원에는 신분을 숨긴 헤르메스 길드원들을 비롯해서 스파이들이 판을 칠 것이라고 짐작했다.

위드가 일찍 나타나면 헤르메스 길드에서도 지켜보고 대비책을 마련하리라. 지금으로서는 어떤 짓을 저지를지 모르니 오히려 더 불안한 상태일 것이다.

양념게장이 고개를 갸웃했다.

"근데 쭉 우리랑 같이 있었는데 다른 준비하고 있는 게 있습니까?"

위드는 당당하게 대답했다.

"없어요."

"예?"

"없다고 해도 왠지 있는 것처럼 그럴듯하잖아요. 그리고
주인공은 극적인 순간에 등장하기 위함이랄까요?"

"……."

파이톤은 우연히 들른 아르펜 제국의 타호라는 도시의 주
민으로부터 뜻밖의 말을 들었다.

"전사인가? 들고 다니는 대검을 보니 꽤나 강할 것 같군."

"이거 꽤 좋은 검이지요, 흐흐."

"대검은 강한 자만이 들 수 있지. 혹시 이 지역의 고급 수
련관도 통과했는가?"

조각 생명체들이 통일한 아르펜 제국. 그렇기 때문인지,
인간들에게는 더욱 강한 전사를 숭배하는 문화가 있었다.

"고급 수련관요?"

"검을 든 자, 육체를 단련하는 자라면 누구나 가 보고 싶
어 하는 장소인데 모르나?"

파이톤은 당연히 알고 있었다.

위드도 고급 수련관이라는 말을 듣자마자 눈이 번쩍 뜨이는 기분이었다. 눈먼 돈이 하늘에서 떨어진 것만 같은…….

'이곳에 고급 수련관이 있다.'

최고의 자리에 오르고자 하는 로열 로드 유저라면 수련관을 통과하는 건 필수적인 요소였다.

로자임 왕국의 세라보그 성에 있던 기초 수련관!

허수아비를 때리다가 교관 도르크와 소중한 인연을 맺어 달빛 조각사의 퀘스트를 얻기도 했다. 물론 돈이 안 될 것 같아 그때는 가뿐하게 거부해 버렸지만!

천공의 섬 라비아스에서는 초급 수련관을 통과하며 스텟 보상과 스킬 사자후를 익혔다.

'카리스마와 사자후는 쓸모가 정말 많았지.'

사자후는 대규모 전투에서 부하들을 다루기에 유용한 스킬이었다. 기사들처럼 병력 지휘 스킬이 다양하지 못하다 보니, 만약 사자후가 없었다면 지금까지 치른 전투들이 한층 어려웠으리라.

중급 수련관은 영웅의 탑을 최소 3층 이상 돌파해야만 통과할 수 있었다.

각 관문을 박살 내고 마지막에 도전한 5층에서는 작센 평야의 팔랑카 전투에 투입되었다. 가장 치열한 전장에서 해골 기사가 되어 레미 공주를 지키며 싸웠다.

7개 왕국의 병력이 전투를 치르는 격전지에서 사이클롭스의 돌에 맞아서 최종 사망.

'고급 수련관은 하벤 제국의 영토 안에 존재해서 가지 못했다.'

위드도 고급 수련관을 가 보고 싶긴 했지만 지금까진 기회가 닿지 않았다.

하벤 제국의 수도 아렌 성! 혹은 칼라모르 지역을 비롯해서 중앙 대륙의 몇몇 지역에만 존재했으니까.

북부에도 오래전에는 있었다고 하는데, 니플하임 제국이 멸망하면서 어딘지 알 수 없게 되었다는 기록만 남아 있었다.

중앙 대륙의 고급 수련관들은 일찍부터 각 지역을 지배하던 명문 길드들이 관리했으며, 현재는 헤르메스 길드의 허락이 있어야만 통과할 수 있는 장소가 되었다.

몰래 들어가 보는 것도 생각해 봤지만, 헤르메스 길드 유저들의 감시에 걸려서 집중 공격을 당할 위험이 있기에 포기했었다.

파이톤이 먼저 씩 웃었다.

"고급 수련관이라니, 당장에 가 봐야지."

그 역시도 대륙에 12개 존재한다는 중급 수련관밖에 통과하지 못했던 것이다.

위드도 당연히 동의했다.

"가 보죠."

고급 수련관의 영상은 과거에 헤르메스 길드에 의해 공개된 적이 있었다.

　명예의 전당 조회 수가 무려 6억을 넘어선 동영상.

바드레이의 고급 수련관 공략!

　영상은 바드레이와 헤르메스 길드원 30명이 동시에 고급 수련관에 도전하는 것으로 시작되었다.

　"우린 투쟁의 길을 걸어갈 것이다."

　"영광을 추구하는 흑기사로군요. 도전을 환영합니다."

　전사 계열을 위한 고급 수련관은 투신 바탈리의 교단에서 만든 투쟁의 길을 의미했다.

　강한 전사와 마물이 기다리고 있는 길!

　다른 수단은 존재하지 않는다.

　오로지 일직선으로 출구까지 돌파해야만 성공하는 것이었다.

　'바드레이는 9시간 45분 만에 성공했었지.'

　고급 수련관에서는 신성 마법이 모조리 봉인된다. 직접 몸을 쓰는 전투 스킬 외에는 정령술이나 마법, 저주 같은 것도 사용이 불가능하다.

'관문을 통과하기 전까지는 음식도 먹지 못한다고 했지.'

인내심과 체력이 약하면 지쳐서 전진하지 못한다.

온전히 자신이 가진 힘과 체력으로 승부를 보는 관문!

영상에 나오는 투쟁의 길에는 몬스터들이 바글바글했다.

-와, 난이도 보소. 미쳤네.

-원래 이렇게 많이 나와요? 그냥 밀려오는데?

-고급 수련관은 미쳤음. 아까부터 쉬지 않고 계속 나옴. 전진하
려면 끝도 없이 싸워야 됨.

-크아, 진짜 어렵겠다.

-이거 깨라고 만든 난이도임?

바드레이와 헤르메스 길드원들은 번갈아 휴식을 취하며
싸웠다.

투쟁의 길에서는 투신 바탈리의 소환에 의해 유저의 실력
에 맞추어 마물들이 출현한다는 이야기가 있었다. 바드레이
와 헤르메스 길드원들이 당시에 상대한 마물의 수준은 일반
유저들이 보기에는 충격적이었다.

레벨 300~400대의 마물이 기본이고 500대에 속하는 녀석
들도 가끔씩 출현했으니, 방송국에서 생중계까지 되면서 대
단한 이슈가 되었다.

－헤르메스 길드가 명실상부 최강이네.

　－무력 하나만큼은 확실히 증명함.

　－무신 바드레이. 대륙 최강자임. 다른 유저들이 설쳐 봐야 일대일로는 절대 못 이겨요.

　－하지만 위드가 나타난다면?

　－위드는 고급 수련관에 도전도 못 함.

　－그건 헤르메스 길드 때문이잖아요. 위드가 영웅의 탑에서 활약하는 거 못 봤어요?

　－아무튼 결과가 중요한 거죠. 위드는 조각술 스킬 때문에 오히려 대규모 전투에서 유리한 거고, 일대일에서는 바드레이가 가장 셉니다. 심지어 바드레이가 위드 죽인 적도 있죠.

　－인정. 지금으로서는 바드레이가 최강임. 위드는 퀘스트나 여러 가지 스킬들 때문에 거품이 존재.

　－사막의 전사, 이런 건 현재의 실력이 아닙니다. 잠깐 스쳐 지나간 거죠!

　위드는 돈 안 되는 댓글들에는 상처 받지 않았다.

　특히 바드레이의 동영상은 헤르메스 길드원들이 댓글을 관리하기 때문에라도 찬양하는 글이 많았고, 실제로 그의 강함에 매료된 팬들도 상당수였다.

　그렇지만 영상을 보며 위드에게 상당한 흥미가 생긴 것도 사실이었다.

'고급 수련관이라. 나도 가 보고 싶다. 그래도 사람들의 말처럼 어려워 보이진 않는데?'

위드는 로열 로드를 하면서 약한 몬스터를 학살하는 방법으로 성장하지 않았다. 항상 강한 녀석들에게 도전했고, 사냥법도 언제나 지칠 때까지였다.

휴식?

지쳐서 쓰러지면 누워서라도 조각품을 깎았다.

몸살이 걸릴 정도로 사냥을 하는 데에 익숙했다.

체력과 인내심이 높아진 이후에는 웬만해서는 사냥하다가 탈진하는 경우도 없었지만.

'재밌을 것 같아. 아마 투쟁의 길에서는 조각술 스킬도 봉인될 가능성이 높겠지만, 그거야 상관없겠지.'

네크로맨서 스킬도 무용지물이 될 것이다.

막대한 불리함이 있다고 해도 고급 수련관 도전을 망설일 이유는 되지 못했다.

위드와 파이톤은 동료들과 도시 타호에 있는 바탈리의 교단에 도착했다. 교단 부근은 전쟁터로 느껴질 정도로 부러진 무기와 땅에 꽂힌 화살이 널려 있었다.

"와… 여긴 진짜 분위기가 살벌하네요."

"바탈리의 교단이잖아요. 직접 와 본 건 처음이긴 하지만 요."

수르카와 메이런은 입구에서부터 깜짝 놀랐다.

투신의 교단에 있는 사제들은 남자와 여자 가릴 것 없이 모두 몸에 흉터가 가득했다. 벽에 걸려 있는 무기들이 다양한 것도 특징이었는데, 어떤 것이라도 연마하며 싸운다.

그야말로 전사들을 위한 교단!

입구에 서 있던 바바리안 전사가 파이톤을 보며 거친 목소리로 말했다.

"너는 대검을 쓰는 전사인가."

날카로운 눈빛이, 당장이라도 결투를 청할 듯 위압적이었다. 투신 바탈리의 교단은 그래서 평범한 사람들이 찾아오기 꺼리는 장소였다.

파이톤이 대검을 들고 용기를 내어 큰 소리로 말했다.

"이게 내 무기지. 투쟁의 길을 걷기 위해서 왔다."

어디서도 꿀리지 않는 사내!

파이톤은 남자답게 아랫배에 힘을 주고 거칠게 대꾸했다.

'이게 내 방식이지.'

강자로서의 자부심.

바바리안 전사는 고개를 끄덕였다.

"흉터들만 봐도 경험을 알 수 있겠군. 목에는 만텔더의 흔적인가?"

"그렇다."

"만텔더에게서도 살아 돌아왔다면… 투쟁의 길에 도전할 자격은 충분하다."

그다음은 위드의 차례였다.

'어떤 식으로 넘어갈까.'

동료들은 기대했다.

위드는 아부와 친절이 기본이고, 무릎과 허리는 언제든 굽힐 자세가 되어 있다. 손바닥을 비비면서 흥정을 하는 태도는 마판마저도 한 수 배울 정도!

게이하르 황제에게 한 술 접대는 영업직 5년 차를 능가할 정도였다.

위드는 바바리안 전사를 향해 오만하게 턱을 치켜들었다.

"길을 열어라."

"너도 투쟁의 길을 걷기 위해서 왔는가? 마땅히 자격을 갖춘 자에게만 열린다."

"닥치고 열어라. 전부 죽이고 열기 전에."

"방금 한 말이 진심인가?"

입구를 지키던 바바리안 전사들의 눈빛이 거칠어졌다.

위드는 감명 깊게 봤던 만화를 떠올리며 말했다.

"비켜라. 내 발걸음을 멈출 수 있는 건 나 자신의 의지뿐이다."

"……!"

여러 말 섞지도 않는다.

바바리안 전사들을 상대로 던져진, 비키지 않으면 죽이겠다는 선언!

위드는 로열 로드에 대한 방대한 지식을 가지고 있었다.

지금까지 모아 온 수많은 정보는 몬스터나 던전에 대한 것뿐만 아니라 베르사 대륙의 역사나 주민들까지도 포함한다. 로자임 왕국 세라보그 성의 청소부나 꽃집 아가씨의 취향에 대해서도 자세히 파악하고 있는 바!

'바탈리 교단의 전사들은 단순하다. 힘이 모든 것을 증명하지.'

검치나 다른 사형들과 비슷한 것처럼 보이지만 또 다르다.

'현재는 강자에게 약한 시기다.'

전투 집단으로도 불리는 바탈리 교단의 흑역사!

그것은 아르펜 제국의 건국 전에 마물 크데르탈을 사냥하다가 진정한 전사들이 대부분 죽임을 당했다는 것이다.

지금 바탈리 교단에 있는 전사들은 남은 껍데기.

전쟁의 시대를 거치면서 수많은 전사들의 희생 속에 바탈리 교단은 다시 자리를 잡았다. 입구를 지키는 바바리안들은 강함은 없지만 옛 영광을 떠올리며 허세만이 남아 있을 뿐이었다.

정상적인 방법으로는 투쟁의 길에 대한 도전 자격을 얻고, 상당한 금액까지 헌금으로 바쳐야 한다.

그건 절대 벌어져서는 안 될 일!

"우, 우리는……."

바바리안 전사가 배에 힘을 주고 버티려고 했지만, 위드는 그저 노려볼 뿐이었다.

돈을 떼먹으려다가 걸린 사기꾼을 보는 것처럼!

-투지가 발동됩니다.

600이 넘는 투지 스텟의 발동.

강한 몬스터를 때려잡고, 때때로 학살해 가면서 쌓아 온 투지였다.

"크으으으."

바바리안 전사는 몸을 부들부들 떨더니 곧 옆으로 비켜섰다.

"투쟁의 길은… 교단 지하에 있다."

띠링!

-적을 위압했습니다.
 투지가 1 증가합니다.

-투신 바탈리가 당신을 대견하게 보고 있습니다.
 강자다운 태도에 크게 감명받았습니다.
 투신의 축복으로 정신력과 용기, 카리스마가 2씩 늘어납니다.

겁주기 성공!

교단 내부에서도 위드는 투지를 풀풀 날리고 다녔다.

'방심할 수 없어. 이놈들이 언제 돈을 뜯어 가려고 할지 몰라.'

수작을 부리기만 하면 원수를 상대하듯이 박살을 내 주리라.

위드가 지나가는 길에 있던 바탈리 교단의 여러 종족 전사들이 옆으로 비켜 주었다. 양옆으로 멀찌감치 갈라져서, 감히 덤벼들 엄두도 내지 못하는 광경이었다.

바탈리 교단의 지하에는 커다란 신상이 있었다.

투신 바탈리의 신상!

그리고 어둠을 향해 뚫려 있는 하나의 길.

무엇이 나타날지 모르지만 위험하다는 느낌만은 가득했다.

바바리안 전사가 주눅이 든 채 말했다.

"이 길을 끝까지… 걸어가면 됩니다. 중간에 뭐든 먹어서도 안 되고, 되돌아와도 실패입니다. 죽더라도 길에서 죽어야 합니다."

띠링!

'지금까지 쉬웠던 일은 하나도 없었다. 한 발자국도 물러
설 일은 없겠지.'

위드는 각오를 단단히 다지며 투쟁의 길로 걸어갔다.

"어어!"

옆에 있던 파이톤이 마음의 준비를 채 갖추기도 전에.

위드는 투쟁의 길에서 앞으로 달려갔다.

채앵!

로아의 명검을 뽑아 들고, 초보자 복장을 벗어 던지면서
갑옷으로 바꿔서 착용했다. 여신의 기사 갑옷은 파비오와 헤
르만에게 녹여서 무기를 만들라고 했기에 지금은 없다.

파비오의 견고한 중갑옷 : 내구력 250/250. 방어력 241.
금속을 두드릴 줄 아는 대장장이 파비오가 만든 갑옷.
그의 일생에서 손꼽힐 만한 뛰어난 갑옷이다.
특수한 광물들을 섞어서 여섯 번이나 강화했다.
두껍고 무겁지만 제대로 다룰 줄 아는 전사가 착용한다면 공격하는 적에게
절망감을 안겨 주리라.
완벽한 상태이다.

제한 : 기사, 전사, 워리어 전용.
　　　　레벨 520.

옵션 : 생명력 최대치 40% 증가.
　　　　물리 피해 45% 감소.
　　　　마법 저항력 3%.
　　　　맷집에 따라 피해 반사 최대 30%.
　　　　힘 -35.
　　　　민첩 -140.
　　　　매우 무거움.
　　　　약한 공격에는 타격을 입지 않음.

　　여신의 기사 갑옷을 주면서 필요할 때 쓰기 위해 파비오에게서 받아 놓은 갑옷!

　　다른 특성은 별로 없지만 방어력만큼은 압도적이다.

　　"크흐흐, 침입자다."

　　"이곳은 투신의 영역. 썩 돌아가라!"

　　투쟁의 길을 지키는 몬스터가 출현했다.

　　바바리안처럼 큰 덩치를 가진 울르프 종족. 거미류 전사들로, 팔다리가 길고 감각이 예민해서 상대하기 곤란한 종

족이다.

인원수 8.

추정 레벨 400대 이상.

위드는 곧바로 그들 사이로 뛰어들었다.

"크헤헤헤, 겁도 없구나."

"감히 우리에게 도전한 네놈을 힘으로 꺾어 주지."

울르프들이 창을 들고 공격을 시작했다.

전투를 좋아하는 호전적인 성격답게 말이 많지 않았다.

위드는 창이 완전히 뻗어 나오기 전에 막을 것은 막고 피할 것은 피했다. 전광석화처럼 스쳐 지나가는 전투력 분석.

'전체적인 실력은 좋은 편. 팔이 길어서 공격 범위가 넓고 빠르지만 대부분의 몬스터들이 그렇듯 방어가 정교하진 않다. 그리고 그냥 막는 게 아니라 힘으로 받아치려는 성향이 있어.'

위드는 울르프의 호흡을 읽었다.

각 관절이 움직이는 형태와 속도, 힘. 수많은 전투를 경험해서인지 굳이 머리로 계산하지 않아도 감각적으로 분석이 되었다.

재능과 노력으로 서울대에 수석 입학한 학생에게 초등학교 산수책을 보게 하는 격이랄까! 유명 호텔 레스토랑에서 근무하는 요리사에게 계란 프라이를 시킨 것과 같았다.

"조각 검술!"

위드의 검이 빛을 일으켰다.

차라라랑!

2개의 창대를 타고 연속으로 흐르는 검.

5개나 되는 창이 순간적으로 뒤엉켜서 묶이고 말았다.

"칠성보!"

위드는 앞으로 쇄도하면서 검을 휘둘렀다.

한 걸음마다 방향이 바뀌고, 손에서 마법처럼 움직이는 검이 차례로 울르프들을 베어 버린다.

"키엑?"

조금 전까지만 해도 당당하던 울르프들이 회색빛으로 변해서 사라졌다. 로아의 명검이 가진 공격력에, 급소만 노린 치명타를 감당하지 못한 것이다.

위드는 투쟁의 길을 그대로 달리면서 앞으로 나아갔다.

물론 울르프들에게서 나온 전리품은 완벽하게 회수된 상태!

-울르프의 강철 창을 습득하셨습니다.

-가죽 주머니를 얻었습니다.
 무언가가 꽤 담겨 있습니다.

-가치 있는 빛나는 돌을 얻었습니다.

'시간과 체력을 효율적으로 쓴다.'

초반이라고 시간을 낭비하는 건 위드의 방식이 아니었다.

번갯불에 콩 볶아 먹은 후에 고구마를 구우면서 라면까지 끓여 먹을 정도로 쉬지 않고 빠르게 사냥하는 스타일!

그다음으로 출현한 몬스터는 지골라스에서 상대해 본 적이 있는 불의 표범 볼라드였다.

캬릉!

모여 있던 볼라드들이 위협했지만, 위드는 그대로 달려갔다.

'싸워 본 몬스터. 놈들은 빠르게 도약해서 공격한다. 그 속도가, 처음 당해 보면 무척 당황스럽기도 하지.'

경험이 중요하다. 상대의 강함이나 전투 방식을 알고 있으면 그에 최적화된 싸움을 할 수 있기 때문!

"헤라임 검술!"

위드는 양손으로 로아의 명검을 들고 도끼를 휘두르듯이 사용했다.

갑자기 도약해 오는 볼라드의 머리를 강하게 내려쳤다.

키에에에엥엥!

-1차 연속 공격이 성공하였습니다.
 민첩이 20% 늘어납니다.

볼라드의 생명력과 맷집으로도 견디기엔 매우 아픈 공격!

헤라임 검술의 영향으로 위드의 움직임이 조금 빨라졌다. 다음으로 도약해 오는 볼라드마다 피하는 것과 동시에 머리통을 내려쳤다.

−2차 연속 공격이 성공하였습니다.
힘이 40% 늘어납니다.

−3차 연속 공격이 성공하였습니다.
민첩이 추가로 40% 늘어납니다.

−4차 연속 공격이 성공하였습니다.
힘이 추가로 40% 늘어납니다.

−5차 연속 공격이 성공하였습니다.
적이 실신합니다.
적이 공격 능력을 상실했습니다.

−6차 연속 공격이 성공하였습니다.
힘이 추가로 50% 늘어납니다.
충격파에 의한 2차 범위 타격이 15%의 공격력으로 이루어집니다.

−7차 연속 공격이 성공하였습니다.
민첩이 추가로 30% 늘어납니다.
힘이 추가로 20% 늘어납니다.
마나 1,500을 사용하여 원거리 공격이 이루어집니다.

무자비한 강타!

위드의 전투력은 이때부터 절정이었다.

헤라임 검술은 연속으로 제대로 맞히기만 한다면 그 어떤 적이라도 무너뜨릴 수 있다. 다만 한 번이라도 빗나가거나 상대가 피해 버리면 거기서 멈춘다.

투쟁의 길은 좁았고, 볼라드들 역시 사나웠기에 계속 뛰어들었다.

-15차 연속 공격이 성공하였습니다.
고통이 다른 적들에게 전달됩니다.
13%의 연결 피해를 입힙니다.

-16차 연속 공격이 성공하였습니다.
치명적인 일격이 적중했습니다.
적이 파괴되었습니다.
전장을 압도합니다!

-검술 스킬의 숙련도가 향상되었습니다.

-놀라운 전투 업적으로 인하여 명성이 580 올랐습니다.

-힘이 1 상승하셨습니다.

위드는 총 24차의 연속 공격을 성공시키며 볼라드를 초토화시켰다. 사방으로 흩어진 볼라드의 잔해 사이를 누비며 전리품을 빠르게 획득!

　힘과 체력의 소모가 있었지만 아직 5%도 되지 않을 정도였다. 위드가 노가다로 얻은 스텟의 무지막지함 덕분이었다.

　'아직은 쉽군.'

　생각을 하면서도 몸은 움직인다.

　위드는 투쟁의 길에서 기다리고 있을 다음 적을 향해 그대로 달려갔다.

　파이톤은 싸움터에서 실력을 과시하던 전사였다.

　대검을 들고 던전에 뛰어들면 날밤을 꼬박 지새우더라도 공략에 성공했다.

　로열 로드 초기에 동영상을 올리면 수십만 건의 조회 수를 기록했다. 인기를 얻은 이후부터는 조회 수가 100만 단위를 넘기는 것은 기본이었다.

　"괴력의 전사 파이톤이 발함의 던전을 싹 쓸어버렸다는 소문이 있어."

　"들었나? 파이톤이 큰 바위를 힘으로만 들어서 옮겼다는군."

　퀘스트나 사냥을 마치고 도시로 돌아왔을 때 주민들 사이에서 알음알음 퍼져 있는 소문도 뿌듯한 기분을 안겨 주었다.

'전사 중에서 내가 인정할 만한 이는 몇 명 되지 않는단 말이지.'

그 드높던 자부심은 위드를 만나면서 조금 줄어들었다.

'이놈은 왜 이렇게 강해?'

조각사임에도 불구하고 사냥터에 가면 어마어마하게 강하다. 몬스터를 사냥하는 속도와 끈질김, 실력만큼은 따라가기가 벅찰 정도!

조각사를 마스터하고 네크로맨서가 된 것에 은근히 안도하며 가슴을 쓸어내리기까지 했다.

'아직은 아니야. 내가 전사 중의 전사다.'

파이톤은 고급 수련관에서 위드와 함께 실력을 발휘할 작정이었다.

헤르메스 길드가 바드레이를 포함하여 총인원 31명으로 돌파했던 고급 수련관! 여길 단둘이 어깨를 맞대고 뚫어 낸다면, 그 영상은 위드와 파이톤의 명성으로 함께 퍼지게 되리라.

가르나프 평원에서의 결전을 앞두고 방송이 된다면 이보다 더 좋을 이벤트가 없었다.

'여기까지 다 생각하고 저지른 행동이겠지? 어려운 일이지만 우리 둘이 함께라면 승산이 있지. 철저하게 서로를 보완해 준다면 말이야.'

파이톤은 장비를 점검하고, 수르카를 비롯한 동료들과 작별 인사를 나누느라 조금 늦었다.

그래 봐야 불과 10여 분 정도의 차이.

'첫 번째로 나오는 몬스터들과 싸우면서 날 기다리고 있을까?'

투쟁의 길을 느긋하게 걸어서 들어갔다.

그가 본 건 울르프들의 잔해뿐.

'흠, 여기는 혼자 정리한 모양이군.'

파이톤은 고개를 끄덕였다.

위드의 전투 실력이라면 울르프들을 상대로도 충분히 싸울 수 있었으리라. 조각술과 네크로맨서 스킬이 봉인되더라도 전투에 대한 경험과 감각이 출중하니까.

'나를 기다리지 않고 그냥 갔나? 그럼 다음 몬스터들과 싸우고 있겠군.'

파이톤은 위드가 남긴 전투 흔적도 조금 구경하며 길을 걸었다.

'일부러 천천히 가서 도와 달라는 말을 들어 볼까? 아니, 왜 이렇게 늦었냐고 잔소리를 할지도.'

늦게 가서 위드가 간절하게 도움을 청하는 광경도 떠올려 보았다. 그런 모습을 볼 수 있다면 기쁠 것 같지만, 동료라면 해서는 안 될 일이었다.

'크크크, 내 대검의 위력을 똑바로 보여 주지.'

다음 장소에는 볼라드들이 싹 정리가 되어 있었다.

파이톤은 12마리나 되는 볼라드들이, 그것도 가죽까지 싹 벗겨져 있는 광경에 조금 충격을 받았다.

"이놈들을 전부? 상대하기 까다로웠을 텐데… 역시 위드잖아."

볼라드는 위험하고 까다로운 몬스터다. 매섭게 덤벼드는 도약에 한번 당하고 나면 몸의 균형을 잃어버려 벗어나지를 못한다.

심지어 볼라드와 싸운 흔적은 여기저기 흩어져 있지도 않았다. 한 장소에서 전부 해치웠다. 시간도 얼마 안 걸린 것 같으니, 볼라드와 펼친 전투 광경은 굉장히 멋졌으리라.

"확실히 싸울 줄 알아."

파이톤은 감탄하며 위드의 전투 실력에 대해서 조금 더 높게 평가했다.

레벨과 스킬이 강함과 완벽하게 비례하진 않는다. 대부분의 스포츠 역시 마찬가지지만 힘을 가지고 있다고 해서 누구나 그 힘을 완벽히 쓸 수 있는 건 아니니까.

빠른 판단력과 반응, 적에 대한 이해를 비롯하여 전투 실력에 영향을 미칠 수 있는 능력은 수없이 많다.

"괜히 강해진 게 아니로군."

파이톤은 계속 걸었지만 3차, 4차, 5차 전투 장소에도 몬스터들이 제거된 흔적만이 남아 있을 뿐이었다.

위드가 싸우면서 그의 합류를 기다리는 광경을 상상했는

데, 전투는 이미 모두 끝나고 찬바람만 날렸다.

특히 5차의 경우는 까다롭기 그지없는 대형 마수병들이 줄줄이 땅에 쓰러져 있었다.

레벨이 무려 510에 달하는 마수병들이다.

"이놈들까지?"

파이톤의 마음이 급해지기 시작했다.

"여유를 부리다가 너무 늦은 것 같아. 빨리 만나야 되겠군."

그때부터는 대검을 등에 꽂고 뛰기 시작했다.

베르사 대륙에 명성이 자자한 자신이 전투에 늦어서 뛰는 상황이 어처구니가 없었지만, 지금으로선 다른 방법을 찾을 수가 없었다.

'그렇게 늦은 것도 아닌데. 잠깐 기다려 줄 수도 있잖아. 게다가 몬스터들을 왜 이렇게 빨리 제거하는 거야?'

체력 소모를 무릅쓰고 빨리 달렸지만 그 앞으로도 투쟁의 길에는 몬스터들이 제거된 흔적만이 남아 있었다.

'이러면 큰일이다.'

파이톤은 전력 질주로 달리면서 다른 것은 생각하기 힘들었다.

그 역시도 헤르메스 길드가 투쟁의 길을 공략하는 영상을 봤다. 31명이 톱니바퀴처럼 움직이는 광경이 대단하긴 했지만 큰 감명을 주진 않았다.

파이톤도 그들에 속해 있었다면 중간 이상은 했을 테고, 또

그가 보기에 그렇게까지 위험한 광경은 나오지 않았으니까.

결과적으로 바드레이와 30명의 친위대가 모두 무사히 공략에 성공한 것만 봐도 알 수 있었다.

'위드가 멈추지 않으면… 곤란한 일이 생길 수도 있어.'

투쟁의 길은 초반부 몇 차례의 전투를 치른 후, 도전의 관문이 나타난다. 그 문을 열기 전에 도전자는 선택을 하게 된다.

혼자 가느냐, 아니면 동료들과 함께 가느냐.

처음에는 혼자 도전한 이들도 있었지만 몬스터들에 의해 무릎을 꿇었다.

도전의 관문을 넘어서면 한 걸음을 내디딜 때마다 몬스터들로 가득하다. 먹지도 못하는 투쟁의 길에서 쉬면서 버틸 수 있는 시간은 제한적이다.

지쳐서 죽거나, 도망쳐서 관문을 되돌아 나왔다.

고급 수련관은 재시도를 허락하지 않으니 그것으로 도전은 영원히 좌절된다.

그런 일이 몇 번 생기고 난 다음부터는 헤르메스 길드를 비롯해서 대부분 동료들과 함께 도전을 했다.

그럼에도 바드레이와 그 친위대 외에는 꽤 많은 사상자들이 생겼을 정도다.

'당연히 멈춰서 기다려야겠지. 근데 터무니없게도 위드는… 혼자 가 버릴 수도 있어.'

어쩌면!

파이톤은 왠지 불길해졌다.

전투에 빠진 위드가 아무것도 돌아보지 않을 것 같은 느낌
이 들었던 것이다.

-투신 바탈리가 그대의 싸움에 만족하고 있습니다.
 헤라임 검술 37연속 공격!
 적을 압도하며, 전투가 멈추지 않았습니다.
 투신의 축복으로 힘이 1 증가합니다.

위드는 투쟁의 길을 걸으면서 깨달았다.

'이 길을 뚫는 데에는 헤라임 검술만 한 게 없다.'

다른 전투 스킬도 몇 가지 있지만 체력이나 마나 소모가
상당하다. 몬스터들이 많다고 원거리 광역 공격 스킬 같은
걸 남발하다가는 금방 지쳐서 실력 발휘도 못 할 것이다.

'검술의 비기나 높은 레벨로 효과를 보는 곳이 아냐. 순발
력과 적응력, 용기 같은 것들이다. 이게 꼭 필요한 관문이야.'

9차로 등장한 갈덴의 마전사들을 제거하고 나서 또다시
느꼈다.

커다란 방패를 들고 마법까지 사용하는 그들의 목적은 오
로지 길을 막는 것. 도전자를 지치게 하고 체력과 마나를 소
모하게 만든다.

한 호흡도 안 되는 틈을 만들어서 헤라임 검술로 돌파해야 한다.

'이런 전투도 재밌네.'

위드는 오랜만에 웃었다.

처음부터 다 알고 와서, 너무 쉽다면 재미없지 않은가? 적의 허점을 공략하며, 매 순간마다 최선을 다하여 나아갈 뿐이다.

'실컷 싸울 수 있는 장소야. 그리고 싸우면서 길을 만든다. 투쟁의 길, 그런 의미였어.'

위드는 전투 공적을 세우면서 스텟도 얻었다.

-명예로운 승리!
짧은 순간, 전력을 다해서 바덴호프의 무리를 격살했습니다.
전장을 압도했습니다!
드높은 자존심을 가진 그들이지만 훌륭한 전사에게 무릎 꿇은 것을 기뻐
할 것입니다.

카리스마와 용기가 2씩 증가합니다.
명성이 1,381 높아졌습니다.

사냥터에서 스텟을 얻는 건 쉬운 일이 아니다.

여기서는 아슬아슬하게 한계를 뛰어넘는 녀석들이 나타나다 보니 대부분의 전투가 업적으로 이어지게 되었다.

'실컷 싸울 수 있다라… 이건 좋군.'

위드는 전투에 취해서 나오는 적들마다 격파했다.

투쟁의 길에 막 들어왔을 때는 머리를 쓰면서 어떤 방식이 좋을지에 대해 생각도 했다. 하지만 지금은 그저 적들 사이로 뛰어들어서 미친 듯이 검을 휘둘렀다.

몬스터들에게 막혀 있던 길을 열어 가며 어느새 도착해 버린, 도전의 관문!

-도전의 관문에 도착하셨습니다.
도전자는 이곳에서 동료와 함께 관문에 도전할 수 있습니다.
아니면 혼자 이 길을 걸어갈 수도 있을 것입니다.

투쟁의 길에 들어오기로 했을 때는 파이톤과 함께였다.

2명도 매우 적은 숫자지만 그래도 혼자와는 차이가 있다. 최소한 등을 맞대고 싸우거나, 억지로 길을 열어야 할 때 도움이 될 테니까.

위드는 잠깐의 고민도 하지 않았다.

'혼자 해 먹기도 바빠.'

도전의 관문을 열고 성큼성큼 걸어 들어갔다.

아크힘 : 급보입니다. 위드가 고급 수련관에 들어갔습니다.

헤르메스 길드의 공식 통신 채널로 전해진 소식에 모두 경악을 금치 못했다.

보에몽 : 설마요! 거짓 정보 아닙니까?

아크힘 : CTS미디어 고위층에서 흘러나온 확실한 정보입니다. 중요한 사건들이 있으면 위드에게 귀띔이라도 받도록 되어 있다고 하니까요.

팔랑크스 : 도저히 믿을 수가 없는 것이……. 그래요, 고급 수련 관의 현재 상황은요?

데논 : 침입자 없습니다. 이곳은 멀쩡합니다.

사흘 후의 전쟁을 앞두고 헤르메스 길드 소속 유저들은 대부분 접속해 있었다.

고급 수련관 근처에 있던 랭커 데논의 보고에 헤르메스 길드 유저들이 헛소문이라고 허탈해하고 있던 찰나였다.

아크힘 : 정보를 계속 모으고 있는 중이지만 지금으로서는 위드가 과거로 돌아가는 기술을 통해 고급 수련관에 들어간 것으로 추측됩니다.

라페이 : 이론적으로 가능은 하겠지요. 그리고 우린 어떻게 손쓸 방법도 없을 테고요. 얼마나 많은 사람들이 도와주고 있습니까?

라페이는 가르나프 평원의 결전을 위해 준비하는 중이었

기에 대응이 느렸다. 그렇지만 아크힘의 추측대로 과거로 돌아가서 퀘스트를 했다면 딱히 방해할 방법도 없는 것이 사실이었다.

　　아크힘 : 정보를 계속 입수하는 중입니다.

　　그로부터 30분, 헤르메스 길드의 유저들은 고급 수련관을 통과할지도 모를 위드를 생각했다.
　　친위대에 속해 있는 강자들은 특히 위드가 더 성장하는 것이 달갑지 않았지만 어찌할 수 없었다.

　　아크힘 : 위드와 함께하는 이에 대한 정보를 얻었습니다. 그런데 그게…….

　　아크힘이 통신 채널에 등장하자 모든 헤르메스 길드원들이 귀를 기울였다.
　　중앙 대륙 전역에서 헤르메스 길드원들이 갑자기 멍하니 있는 광경이 엿보였다.

　　아크힘 : 괴력의 전사 파이톤이 동행했습니다.
　　팔랑크스 : 그리고요?
　　보에몽 : 파이톤은 울호프 산호 지대에도 있었으니 당연히 나서

리라 생각했습니다. 다른 사람에 대한 정보는 아직 없습니까?

　아크힘 : 그가 전부입니다.

　라페이 : 뭐라고요?

　아크힘 : 고급 수련관에 도전한 건 위드와 파이톤, 2명입니다.

　헤르메스 길드의 공식 통신 채널에 정적이 흘렀다.

　그 순간에는 길드의 지역 채널이나 사냥, 퀘스트, 친목과 관련된 대부분의 채널에서 아무 말도 나오지 않았다.

　강자들이 즐비한 헤르메스 길드라지만 고급 수련관을 통과한 이는 일부였다. 그럼에도 동영상이나 공략법에 대한 글이 많이 공개되었다.

　-바드레이와 친위대 급이 아닌 이상 최소 50명이 모이는 것이 유리합니다.

　-투쟁의 길에서는 음식 섭취가 불가능합니다. 그래서 필수적으로 오랫동안 포만감을 유지시켜 주는 보양 음식들을 사흘 전부터 꾸준히 먹어 두면 유리한데, 그 목록으로는……

　-지도는 없습니다. 통로가 일직선으로 이어져 있고 몬스터들의 숫자와 종류마저도 제멋대로입니다.

　-먹지 못하기에 공략에 제한 시간이 있는데, 약간씩의 차이는 있지만 격렬한 전투를 하며 굶주림을 버틸 수 있는 한계는 20시간으로 봅니다. 그때까지 돌파하지 못했다면 포기하고 나오는 것이

최선입니다.

　-다행히 휴식을 취하면 체력과 마나는 회복됩니다. 체력이라도 빨리 회복하기 위해서 추천하는 장비와 스킬은 총 일곱 가지가 있는데요…….

　-전사의 상위 직업인 강철 전사와 불굴의 투사를 돌격대에 포함시키는 것을 추천합니다. 거의 무제한의 체력을 보유하고 있어 공략하기에 수월합니다. 최소한 2명은 있는 것이 좋습니다.

　헤르메스 길드원들도 고급 수련관을 뚫으려면 미리 2~3달 전부터 준비를 했다.

　돌격대를 구성하고, 장비와 스킬도 미리 맞춘다.

　고급 수련관은 단 한 번밖에 도전할 수 없었고, 그만큼 높은 난이도를 가지고 있기 때문이다.

　보에몽 : 단둘이? 미쳤답니까?

　칼쿠스 : 뭔가 정보가 잘못되었습니다. 그럴 리가 없습니다.

　버딘 : 터무니없는… 위드의 속임수일 겁니다.

　바라쿠다 : 애초에 이 중요한 시기에 고급 수련관에 도전한다는 것 자체가 속임수 아닙니까?

　고급 수련관을 클리어한 유저들부터 격렬히 반박에 나섰다. 그들이 겪어 본 고급 수련관은, 2명으로 뚫는다는 건 정말 말이 안 되는 일이었다.

'가능성이 조금이라도 있나? 그래도 너무 터무니없잖아, 이런 도전은?'

'2명으로 뚫을 수가 있을까? 말도 안 돼. 1인당 최소 수천 마리의 몬스터들을 상대해야 하는데.'

'어떻게 그럴 수가 있지? 위드는 뭘 보고 이런 미친 시도를 한 거야?'

'실수를 하지 않는다고 해도, 조금도 다치지 않는다 치더라도 마나와 체력의 소모는 이루어진다. 중간에 꺾이는 게 당연해.'

불가능하다고 생각했기에, 헤르메스 길드 유저들은 위드와 파이톤의 의도를 더욱 알기 힘들었다.

시간 차이는 조금 있었지만 가르나프 평원에도 위드와 파이톤의 고급 수련관 도전이 알려졌다. 여러 방송국들이 정규 프로그램 중에도 속보로 정보를 전달했던 것이다.

"고급 수련관?"

"LK게임에서 소개하기로는, 중급 수련관까지 마친 이들만 통과할 수 있는 관문이래."

"레벨이 400이 안 되면 들어가는 게 의미도 없을 정도라고 하지."

"그건 최소한의 수치고. 위드 님이야 뭐 레벨이 중요한 분은 아니잖아."

"당연히 성공하겠지."

"아니야. 2명이서 도전하는 건 이해가 안 갈 정도라는데. 진행자들 황당해하는 거 봐라."

KMC미디어, CTS미디어, LK게임, 온 방송국에서는 빠르게 스튜디오를 마련하고 고급 수련관과 관련된 뉴스를 직접 보도하고 있었다. 화면에서는 바드레이와 헤르메스 길드가 고급 수련관을 힘겹게 뚫어 내는 영상도 나왔다.

진행자들조차도 곤란해하며 멘트를 이어 갔다.

-정말 이해가 안 됩니다. 물론 위드와 파이톤, 모두 대단한 실력을 갖춘 유저들이죠.

-예, 그들은 강합니다. 싸울 줄 아는 유저들이에요.

-하지만 이번 고급 수련관 도전은 너무 무모한 거 아닙니까? 위드만의 장기인 조각술 관련 스킬이나 언데드 소환은 쓰지도 못할 텐데요.

-시간을 멈추거나 언데드를 소환하는 건 정말 강력한 무기죠. 헤르메스 길드에서도 싸울 때 골치가 아플 겁니다. 하지만 고급 수련관에서는 전부 사용이 불가능한 게 문젭니다. 변수가 없어요.

-순수한 전투 스킬, 그것만 가지고 뚫어야 하는데… 몬스터가 너무 많다는 게 문제죠.

-투쟁의 길이라고 해서 헤르메스 길드처럼 몬스터들을 다 잡아야 하는 건 아니죠. 어떻게든 길만 지나가도 되긴 합니다. 도망을 치면서라도 말입니다.

—그것도 쉽지 않은 걸 모르시겠습니까?

—천천히 공략하는 건 안 됩니까?

—체력이 좋은 워리어도 싸우다 보면 지칩니다. 생명력도 떨어지겠죠? 휴식을 취하면 회복되지만, 그렇게 시간을 쓰다 보면 굶어 죽거든요.

—상상을 초월하는 극악의 난이도입니다. 혼자서는 불가능합니다.

—고급 수련관이야말로 전투 계열의 마스터보다도 어렵다는 평가가 있을 정도죠.

"헤르메스 길드의 영상을 봐. 둘이서는 통과가 불가능하잖아."

"뭐지? 근데 왜 도전을 했어?"

고급 수련관에 대한 정보가 알려지면서 북부 유저들은 당황했다.

"그냥 죽는 거잖아, 이러면."

"개죽음 아냐?"

"죽더라도 하필이면 왜 지금이야? 로열 로드에서 가장 중요한 전투를 앞둔 마당에."

"고급 수련관을 통과하고 멋지게 바드레이와 일대일 전투라도 벌일 계획인 거 아닐까?"

"어이가 없네. 정말 이런 무모한 짓을 저질렀다고?"

"잘못하면 위드 님이 전투에 참여하지 못할 수도 있겠다."

고급 수련관에서 죽는다면 24시간의 제한이 끝나야 다시 접속할 수 있다. 현실과 로열 로드의 시간 차이를 감안하면 나흘이란 기나긴 기간!

가르나프 평원에서 벌어지게 될 전투에 위드가 늦게 오거나 나타나지 못할 수도 있는 것이다.

"설마 그렇게까지야……."

"고급 수련관의 난이도를 감안하면 죽을 가능성이 높아. 방송이나 동영상만 봐도 그곳이 어떤 곳인지 확인되잖아."

"그래도 지금까지 기적을 이끌어 낸 위드 님인데. 이루어 놓은 업적을 보면 이번에도 성공하리라고 봐."

"방송 안 봤어? 거긴 조각술도 사용이 안 돼. 순수하게 전투를 벌이며 뚫는 것밖에는 안 되는 곳이라고."

"위드 님이 애초에 전사나 기사는 아니잖아."

말과 말이 퍼지면서 가르나프 평원에 모여 있는 유저들은 불안에 사로잡혔다.

KMC미디어에서 생방송 중에 긴급 속보가 나오고 나서부터는 더욱 그랬다.

─위드, 단독으로 고급 수련관에 도전!

위드를 믿고 따르던 북부 유저들이었지만 속보를 보는 순간 어리둥절해했다.

"베르사 대륙을 구하기 위한 전투인데, 중요성을 알고 있다면 이러면 안 되지."

"최소 1억 명을 물먹이는 거잖아."

"위드가 죽으면 정말 로열 로드의 역사에 한 획을 긋는 것이기는 하네. 물론 최악의 의미로 말이야."

위드의 고급 수련관 도전에 반발하는 유저들이 가르나프 평원에서 속출하고 있었다. 위드가 이번에도 성공하리라고 기대하기에는, 너무나도 황당하게 느껴졌던 것이다.

"케엣, 둘도 힘든데."

"역시 위드 님이네요."

"진짜 저 무모함은 아는 사람들만 알죠."

"대체 무슨 생각으로……."

투쟁의 길 초입에서 기다리고 있던 페일을 비롯한 동료들도 소식을 접했다.

물론 그들은 전혀 놀라지 않았다. 익숙하기까지 한 사고가 벌어졌다고 느꼈을 뿐이다.

'은근히 이런 식이었지.'

'단순하고 과격하고. 어쨌든 성공은 하잖아.'

'지금까지 했던 모험에 비하면 뭐… 식은 죽 먹기까진 아

니더라도 할 만해서 한 거 아닐까.'

위드를 잘 아는 동료들이야말로 고급 수련관 도전을 긍정적으로 생각했다.

페일과 수르카, 이리엔, 로뮤나.

전부 레벨도 높고 전투 경험도 많았다.

고급 수련관에 대해 밝혀진 정보들을 바탕으로는 실패하리라 생각하는 것이 상식적이었다. 그렇지만 그들은 위드와 보낸 시간만큼이나 바라보는 시야가 넓어졌다.

위드가 혼자 들어갔다는 소식을 듣는 순간 근본적인 의문을 품었다.

'혼자는 돌파할 수 없는 고급 수련관? 이상해. 그러면 처음부터 여러 명이서 뚫도록 해야지, 혼자 도전할 수 있는 도전의 관문이 중간에 존재한다는 게 말이 안 되잖아.'

'다른 직업 스킬도 안 쓰고 길을 막는 수천 마리의 몬스터들과 싸운다고? 음, 애초에 위드 님처럼 여러 종류의 스킬을 다 높은 수준으로 익힌 유저는 거의 없지. 먹는 것도 불가능한데… 그런 제약은 왜 존재하는 걸까.'

고급 수련관의 존재 자체에 숨겨진 해결책이 있을 것 같기도 했지만 어디까지나 막연한 느낌뿐!

고급 수련관을 통과한 유저들은 명문 길드 소속, 대부분이 헤르메스 길드 유저들이었다. 그들 중에서도 몇 명은 고급 수련관에 대해서 의심을 했겠지만 깊게 파고들지는 않았다.

'투쟁의 길에 대한 공략은 이미 나와 있어.'

'다음 돌격대에 속해서 뚫으면 되겠군.'

고급 수련관은 한 번의 시도가 실패하면 그걸로 끝인데, 다행히 이미 해결 방법을 알고 있으며 이용할 수 있었다. 위험 부담을 감수하고 모든 것을 걸어야 할 이유가 없었던 것이다.

페일은 확신했다.

'위드 님이라면 혼자서도 할 수 있겠지. 최초 정도는 어려운 것도 아니잖아.'

이 세상에 바퀴벌레가 존재하는 것이 가장 확실한 증거였다. 그렇다면 바퀴벌레보다 독한 위드가 실패할 일은 없으니까!

KMC미디어를 비롯한 방송국들은 중대한 고민에 빠져 있었다.

"위드가 왜 하필 이런 때에 위험하게 고급 수련관에 들어갔지?"

"무슨 생각이 있을 것으로 보입니다만."

"생각은 무슨 생각요. 아주 폭삭 망하려고 작정하지 않고서야."

전 세계의 거의 모든 방송국들이 가르나프 평원의 전투 중계 계약을 맺었다. 그것 때문에 앞으로의 일이 어떻게 진행될지, 방송국마다 비상이 걸렸다.

"강 부장, 어떻게 되어 가고 있는가? 위드 쪽에서 소식은 있고?"

"아직은 아무 연락도 없습니다."

KMC미디어의 기획 회의에는 이례적으로 국장까지 참석했다. 팀장이나 실장은 전원 참여할 정도로, 방송국에서는 이 문제를 크게 보고 있었다.

"벌써 시간이 한참 지났는데……."

"정보를 입수하고 30분 정도 지났습니다."

"유저들의 반응은?"

"긴급 속보로 알리고 나서 전부 공황 상태에 빠져 있다는 것 같습니다. 조각품 건설도 대부분 멈춰 버렸고요."

"하기야… 지금 이 와중에 조각품을 만드는 건 무리겠지."

국장이 길게 한숨을 쉬었다.

중계 준비를 위해서 방송국의 장비와 인력이 총동원되었다. 기업들과의 광고 계약이나 지금까지의 홍보, 출연진의 문제도 있다.

방송 일정이 전부 가르나프 평원 전투 이후로 밀린 상황이었는데, 위드가 고급 수련관에 들어가다니!

"어쨌든 되돌릴 수도 없는 문제고, 만약 위드가 죽어 버리면 가르나프 평원의 전투는 어떻게 되는 거지?"

"예정된 전투이니 그대로 벌어지리라고 봅니다."

"차라리 며칠 뒤로 미루는 편이 낫지 않을까? 사나흘만 뒤로 빼면 위드가 되살아나서 싸울 수 있잖아."

"유저들만 1억 명입니다. 게다가 헤르메스 길드에서도 뒤로 미루는 데 동의하겠습니까?"

앞으로 대처를 어찌할지 막막했지만, 한 가지 사실만큼은 확실했다.

위드가 고급 수련관에서 목숨을 잃는다면 그처럼 허무한 일이 없을 것이다. 로열 로드 사상 최악의 대참사로 부를 수 있을 정도의 일이었다.

대외협력 팀장이 조심스럽게 말했다.

"우리가 위드 쪽으로 붙은 것이 잘못된 게 아닐까요?"

강 부장의 굳은 얼굴이 그에게로 돌아갔다.

"무슨 말입니까?"

"앞으로의 상황이 위드에게 안 좋아질 것 같아서요. 만약 헤르메스 길드에 지기라도 한다면, 우리 방송국의 입장에서도 불편하지 않겠습니까."

회의실에 있던 실무자들의 표정에도 저마다 곤란한 기색이 역력했다.

"헤르메스 길드가 이기면 중앙 대륙에서의 중계 협상이 힘들어질 겁니다."

"몇몇 유저들은 우리 방송국과 인터뷰도 하지 않고 있습니다. 이렇게 계속 적대적으로 나오면 손해가 막심하겠죠."

"이 전투는 의미가 큽니다. 위드가 죽어 버려 나타나지 않으면 엄청난 비난을 받게 되고, 재기하지 못할 수도 있습니다."

"위드가 꺾이면 로열 로드의 인기 자체가 줄어드는 것도 감안해야 합니다. 영웅이 사라지면 시청률은 줄어듭니다."

회의실에 있는 사람들은 하나를 보고도 열 가지를 걱정해야 한다.

위드의 패배는 여러모로 방송국에도 손해가 되었다.

로열 로드와 관련된 방송국들은 대부분 위드의 편에 서기로 협력 관계를 구축했다. 그 이유는 복잡한 것이 아니라, 방송국은 시청률로 먹고살기 때문이었다.

흥행의 보증수표와 같은 위드, 거센 들불처럼 타오르는 북부 유저들과 아르펜 왕국이다. 시청률을 위해서라도 부정적인 이미지가 가득한 헤르메스 길드보다 위드의 편에 서는 것이 당연했다.

특히 KMC미디어가 높은 평균 시청률을 유지하는 대형 방송국 자리에 오른 것은 위드의 모험 중계 덕이 컸기에 빠질 수는 없었다.

강 부장이 고개를 흔들었다.

"여러분이 우려하시는 부분은 잘 압니다. 하지만 지금까지 위드가 이룩한 수많은 업적을 보면 이 정도 위기로 흔들리진 않으리라고 보는데요."

"그래도 이번 도전은 너무나 무모한 것 아닙니까."

"확실히 깰 수 있다는 자신감이 있었다면요? 위드가 고급 수련관을 그냥 깨 버리면 되는 거 아닙니까? 그러면 상황도 긍정적으로 바뀔 테고요."

"으음."

강 부장과 대외협력 팀장의 말을 듣던 방송국의 임원들도 말문이 막혔다.

위드는 때때로 일부러 저러는 건가 의심될 정도로 힘들고 어려운 길을 걸어서 유저들의 인기를 얻었고, 그럴 때마다 시청률도 폭증했다. 평범한 플레이를 해 왔다면 위드에게 열광하는 시청자들도 없었을 것이다.

그야말로 전설을 써 온 위드지만, 이번만큼은 성공이라는 결과가 무엇보다 중요하다. 고급 수련관을 통과할 수 있느냐 없느냐에 따라서 너무나도 극단적인 상황이 드러나게 되리라.

회의실에서도 방송국의 입장을 정리하지 못하고 있을 때, 연출 팀 막내 작가가 조심스럽게 문을 열고 들어왔다.

"방금 정서윤 씨로부터 연락이 왔습니다."

"......!"

서윤의 존재를 모르는 방송국 관계자는 단 1명도 없었다.

아르펜 왕국의 대소사를 관리하고 있는, 풀죽신교의 여신!

결론도 안 나오는 기나긴 회의에 맥이 풀려 있던 남자들의 눈에 생기가 돌았다.

"크흠."

국장이 헛기침을 하더니 물었다.

"뭐라고 하던가?"

"우리 KMC를 포함해 방송국 담당자들과 만남을 가졌으면 한다는 이야기였습니다."

회의실 직원들의 눈길은 자연스럽게 강 부장에게로 향했다. 위드와 관련된 모든 일을 강 부장이 전담해서 하고 있었으니까!

강 부장은 다른 남자 직원들의 살벌한 눈빛에 대머리에 땀이 흐르는 느낌이었다.

"확실히 만나 볼 필요가 있을 것 같습니다. 지금의 사태에 대해 의견을 들어 봐야 하겠죠."

회의는 자연스럽게 강 부장이 서윤을 만나고 온 다음으로 미루어졌다.

"시간과 장소가 어디죠?"

"시간은 1시간 뒤입니다. 장소는……."

"어딘데요?"

"우리 방송국 건너편에 있는 김밥헤븐입니다."

"……."

한국의 방송사들을 포함하여 전 세계 로열 로드 관련 방송국의 중역들이 김밥헤븐에 모이고 있었다.

미국, 중국, 일본, 러시아, 인도, 태국, 영국, 브라질, 프랑스, 독일… 국가로만 따져도 32개국!

각 방송사마다 한국 지사가 있었기에 책임자들이 빠르게 달려오는 중이었다.

"음, 그러니까……."

"허헛, 이거 참."

방송국 중역들은 테이블에 앉아서 민망해했다.

서윤이 오기로 약속된 시간까지는 아직도 45분이나 남아 있었다.

"뭘 시켜야 하죠?"

"김밥을……."

"약속 시간까지는 조금 남아 있으니 김치볶음밥을 먹어도 될 것 같은데요."

김밥헤븐에서는 일단 자리에 앉으면 주문을 해야 한다.

"자리가 부족하니 합석 좀 할게요."

"…알겠습니다."

경쟁 업체의 관계자들끼리도 어쩔 수 없이 합석!

장소가 마땅치 않다고 생각하는 사람들도 있었지만 잠시

후 이곳에서 이루어질 대화에 비하면 아무것도 아니었다.

'화면발이 조금은 있겠지.'

'스텟의 효과가 있지 않았을까. 매력만 비정상적으로 높였다거나 하는……'

그러나 김밥헤븐에 서윤이 등장하는 순간, 관계자들은 넋이 나가고 말았다.

'이뻐.'

'이쁘다.'

'영상 그대로네. 후광이 비치는 듯한 외모.'

서윤은 청바지에 흰 티셔츠를 입었을 뿐인데도 불구하고 그냥 시선을 장악해 버리고 말았다.

국적을 불문하고 눈을 사로잡아 버리는 미모!

"이렇게 한자리에 와 주셔서 고맙습니다. 가르나프 평원의 전투는 아무 차질 없이 진행될 테니 믿고 그대로 준비해 주셨으면 좋겠어요."

서윤은 아침에 새가 지저귀는 듯한 맑은 음성으로 말했다.

"……"

일본의 JHG.

자국 내에서 압도적인 시청률을 자랑하는 거대 방송국의 담당자는 이번 일에 대해서 거칠게 따질 작정이었다.

'미리 협의도 하지 않고 고급 수련관에 도전해서 방송 일정이 불확실하게 되었다. 만약 이번 일이 잘못 풀릴 시에는

위약금을 요청할 생각이며…….'

20분 정도는 실컷 따질 수 있을 대사를 준비해 왔는데, 그녀를 보는 순간 머릿속에 날벼락이 몇 개쯤 떨어졌다.

'이건 말할 수 없어. 업무를 떠나서 아름다움에 대한 예의가 아냐.'

당장 눈이 먼 다른 방송국 관계자들의 질타를 받는 것은 둘째로, 살아가면서 평생 후회할 일이 될 것이다.

"혹시라도 다른 의견이 있으시면 말씀해 주세요."

서윤의 말에 불만을 드러내는 담당자는 단 한 사람도 없었다.

"평소에도 취재하기 불편하셨던 부분이 있으면 이야기해 주세요."

"……."

"아르펜 왕국의 정책이나 통치 방향에 대해서도 안 좋은 점이 있으면 말씀해 주세요."

"……."

어떤 의견 충돌도 없이 간단히 대통합!

그때 강 부장이 조심스럽게 손을 들었다.

"위드 님이 꼭 고급 수련관을 통과할 것으로 믿습니다. 그렇지만 고급 수련관이 쉬운 장소는 아니지 않습니까. 혼자 도전하는 건 더더욱 말이 안 되고요."

방송국 관계자들도 고개를 끄덕였다.

그들이 이렇게 크게 놀라서 모인 이유도 바로 그것이었다.

중요한 시기의 고급 수련관 도전.

게다가 혼자 도전한 탓에 실패를 걱정하게 만들었다.

위드가 숱한 모험을 혼자서 치를 때엔 그게 얼마나 어려운지 몰라서 넘어갔었다. 그러나 고급 수련관의 경우에는 많은 자료들이 있어서 혼자 깬다는 게 어느 정도로 어려운 일인지 모두 알고 있었다.

"네, 맞아요."

"혹시 위드 님이 따로 고급 수련관을 깰 비책이라도 갖고 있는 겁니까?"

강 부장의 질문에 서윤은 얼마 전의 일을 떠올렸다.

헤르메스 길드의 영상을 본 그녀가 지나가는 말로 위드에게 고급 수련관을 격파할 자신이 있는지 물어본 적이 있었다. 그때 들은 대답은, 지금도 여전히 떠올릴 때마다 그녀를 울게 만들었다.

서윤이 맑은 눈물을 흘리며 대답했다.

"굶으면 된다고요."

"네?"

"굶는 게 도대체 뭐가 힘드냐고… 남들은 몰라도 자기는 익숙하다고 했어요."

가르나프 평원은 여전히 어수선했다.

북부와 중앙 대륙의 유저들이 모여 수정 구슬을 통해 위드의 고급 수련관 관련 방송을 보기에 여념이 없었다.

-전투란 말이죠. 그래도 변수가 있어요. 어느 쪽이 강한가, 혹은 뛰어난 전술을 가지고 있는가. 근데 이건 혼자잖아요? 더 볼 것도 없어요. 개죽음입니다.

-위드의 승리 신화요? 그런 건 과하게 포장된 점이 없지 않습니다. 지금까지 성공했다고 해서 앞으로도 계속 그럴 수 있을 것이라는 건 근거 없는 믿음이지요.

-동의합니다. 일반 유저들의 절대적인 지지, 그러니까 동정심을 바탕으로 한 도움을 받아 헤르메스 길드 상대로 인해전술을 펼쳤던 거죠. 정작 자신은 멜버른 광산에서 바드레이 님에게 죽지 않았습니까.

-사람들이 치켜세워 주니 자신감이 넘쳐서 드디어 자멸을 선택했습니다. 솔직히 발 닦고 잠이라도 잤으면 더 나았을 텐데요.

-고급 수련관을 깰 방법요? 지금까지 많은 정보들이 조사되었지만 밝혀진 게 없습니다. 게다가 고급 수련관을 완료한 사람이 어디 한둘이었습니까? 그들이 바보도 아니었는데, 위드가 혼자서 깬다는 건 무리수죠.

-왜 투쟁의 길이겠습니까. 전투를 해야 돼요. 위드가 지금까지 썼

던 꼼수는 통하지 않습니다.

로열 로드 상위 500위 안에 드는 랭커나 소위 전문가가 방송에 나와서 말하는데 모두가 부정적이었다.

그들이 보기에도 위드의 도전이 무모한 것이었지만, 헤르메스 길드에서 라페이가 비밀리에 내린 지침의 영향이 컸다.

-위드의 도전이 최악의 선택이었다는 점을 인터뷰를 통해서 거듭 강조하세요. 그의 도전이 실패해서 아르펜 왕국은 패배할 것이라는 분위기를 조성해야 합니다.

위드가 가르나프 평원에 미리 여러 가지 유리한 판을 짜놓았다. 라페이는 군중심리를 흔들어서 이를 바꾸려는 계략을 시도한 것이다.

가르나프 평원은 처음에는 그런대로 괜찮았다. 하지만 방송을 보면서 불안이 쌓여 갔고, 곧 전반적인 분위기 악화로 이어졌다.

"위드라고 해서 믿었는데… 어떻게 이런 식으로 뒤통수를 치지?"

"며칠만 참으면 되는데 그걸 못 하나?"

"진짜 큰일 앞두고 저러는 사람은 이해할 수가 없어. 우리가 누구 때문에 이 고생을 하고 있는데."

"에라, 다 때려치워!"

"여러분, 그냥 놉시다. 우리가 왜 이렇게 노력해야 합니까. 이미 망했어요!"

중앙 대륙 출신 유저들을 중심으로 가르나프 평원의 분위기가 악화되었다.

헤르메스 길드에서 급히 보낸 첩자들이 불만을 내뱉으며 여론을 이끌기도 했다.

폭동!

"야, 밥이나 먹자. 배고프다."

"젠장, 여길 왜 찾아왔는지 모르겠네. 텔레포트 게이트 이용하느라 돈만 엄청 쓰고."

"난 로자임 왕국에서 말 타고 왔는데. 휴우, 헛짓이었나."

"여기 소주 한 병, 아니 위스키 주세요."

식당과 주점 거리에서 맥주와 와인을 비롯한 술 종류가 무섭게 팔려 나갔다. 헤르메스 길드와의 전투를 위해 길게는 열흘 넘게 고생한 유저들도 분노를 표했다.

가르나프 평원에서 타오르기 시작한 군중심리!

이곳에 모이고 있는 약 1억 명의 유저들이 흩어져 버리거나 한다면 다시는 되돌리지 못하리라.

그렇지만 말없이 바쁘게 건축자재들을 옮기고 쌓는 수많은 유저들 또한 있었다.

현재 건설 중인 3,700여 개의 대형 조각품!

가르나프 평원의 광경을 송두리째 바꿔 놓는 대역사의 작업이 마지막 후반부를 남겨 놓고 있었다. 너무나도 거창한 목표를 세운 탓에, 조각품의 완성을 위해서는 밤낮을 가리지 않고 작업해야 했다.

　"석재가 부족합니다. 더 많이 옮겨 주세요."

　"네, 돌은 지금 부근에 있는 건 다 써서 추가로 가져올 거예요."

　"마판 상회에서 마차를 제공했는데, 기사분들 있으면 좀 도와주세요. 부탁드립니다."

　작업을 위해서 끊임없이 움직이는 유저 수는 평원에 있는 이들의 6할이 넘었다.

　KMC미디어의 리포터 벨라가 와서 생방송임을 밝히고 인터뷰를 했다.

　"안녕하세요."

　벨라는 자신의 몸보다도 더 큰 석판을 옮기고 있는 유저에게 다가갔다.

　"예, 반갑습니다."

　인터뷰를 하면서도 그는 힘겹게 걸어가고 있었다.

　"우선 성함부터 말씀해 주시겠어요?"

　"북부 유저 순두부라고 합니다."

　"네, 지금 위드 님이 고급 수련관에 도전해서 분위기가 어수선한데요, 그런데도 조각품을 만드는 데 도움을 주시는 이유가……."

순부두는 잠시 석판을 내려놓고 굽혔던 허리를 폈다.

"뭐가 달라졌는데요?"

"예?"

"위드 님이 뭘 망쳤어요?"

"고급 수련관에 도전을 해서……."

"도전해서 죽었나요?"

"그건 아니지만요. 그래도 이번 고급 수련관만큼은 통과 못 할 것 같던데요?"

순두부는 선한 미소를 지었다.

"위드 님이 모험을 할 때마다 실패할 거라고 말하던 사람은 어디에나 있었죠. 지금 방송에서 인터뷰하는 분들, 그때도 뭐라고 말했었죠?"

"그분들은……."

전문가도 랭커도, 위드가 모험을 할 때마다 부정적으로 이야기했었다.

아르펜 왕국에서 로열 로드를 시작한 유저들은 신뢰가 있었다. 위드가 없었다면 지금보다 훨씬 행복하지 못했으리라는 믿음!

"죽기 전까진 죽은 게 아닙니다. 죽을 거라고 예상하고 미리부터 다 포기할 필요는 없지요. 헤르메스 길드와 싸울 때 이곳에 못 올지도 모른다고 생각할 수는 있지만… 그래도 아직 결정된 일은 아니에요. 근데 왜 제가 할 일을 그만둬야 하죠?"

"……."

순두부의 인터뷰는 KMC미디어를 통해서 생중계되었다.

"맞네."

"그러게. 싸우지 않거나 패배하면 우리 모두가 손해잖아."

위드의 고급 수련관 도전 이후로 악화된 분위기를 약간이나마 진정시키기에 충분했다.

북부 유저들 중에서도 일찍 시작한 모라타 출신들이 주위의 사기를 북돋았다.

"얼마 안 남았잖아요. 모두 조각품도 만들고 축제도 즐기면서, 즐겁게 전투를 준비합시다."

"최선을 다해요. 위드 님이 우릴 실망시키면 그때 비난을 해도 되지만… 아직까진 아니잖아요."

모라타 출신의 유저들이 앞장서서 조각품 건설에 박차를 가했다.

그동안 풀죽신교에서도 자신들의 정체성에 대한 몇 번의 회의가 열렸었다.

― 우리는 무엇인가.
― 위드와 아르펜 왕국을 위해 언제까지 싸워야 하는가.

지금까지 전투에 참여하거나 아르펜 왕국의 국력을 향상
시키는 데 풀죽신교가 적극 개입했다. 풀죽 관련 부대들만
어마어마하게 늘어날 정도로 매일 세력이 확장되고 있었다.
　그렇다고 해서 불만을 쌓기에는, 어떠한 강제 조항이나 명
령도 받지 않고 마음껏 살아가고 있었다.

　-위드 님을 위해서 살 필요는 없습니다. 우리의 삶을 즐
겁게 만들기 위해서 살아갑시다.
　-전쟁이 벌어지면 힘을 모으는 이유? 사람들이 궁금하게
여기기는 하죠. 그건 위드 님에게 충성을 다하는 게 아닙니
다. 우리 모두를 위해서입니다.
　-아르펜 왕국이 위드 님만의 것이라고 생각하지 않습니
다. 우리가 함께 만들어 온 겁니다. 자신의 것을 지키기 위해
서 싸우는데… 뭐가 이상하다는 거죠?
　-가르나프 평원의 전투. 우리가 싸우는 겁니다. 위드 님
만 해낸 건 아니잖아요.

　풀죽신교의 유저들은 자유롭게 축제와 조각품 건설을 오
가기로 했다. 누구도 강요하는 사람은 없기에 자신들이 원하
는 대로 하고 있었다.

위드는 도전의 관문을 열고 첫 번째로 50마리의 고블린 기사단을 맞이했다.

"용기를 가진 자에게 인사를. 우리를 뚫어야 할 거다, 클클."

고블린 기사단이 있는 공터의 면적은 위드의 눈썰미에 의하면 대략 89평 정도!

투쟁의 길은 큰 규모의 싸움을 할 수 있을 정도로 조금 넓어졌다.

'기사단이라… 재밌겠군.'

몬스터이긴 하지만 고블린 기사들의 수준은 400대 중후반으로 보였다. 쉬운 상대가 아닐 테지만, 그렇다고 해서 까다롭지도 않았다.

궁수, 마법사, 정령사, 사제까지 조합을 이루고 있다면 더 골치가 아팠을 것이다. 고블린들은 갑옷이나 방패가 부실하기도 했다.

'부딪쳐서 부수면 이긴다.'

위드는 로아의 명검을 들었다.

"도전자여, 들어오너라."

"헤라임 검술!"

고블린 기사들을 지나가면서 1마리씩 베었다.

처음에는 정확한 타격에 집중을 하는 모습.

그러나 헤라임 검술의 특징은 중첩되며 강해지는 데 있었다.

쿵! 쾅! 퍽! 빡!

위드의 공격은 열 번 정도 성공한 이후부터 너무나도 빠르고 강해졌다.

수비를 하더라도 방패가 튕겨 나가고 몸이 벽에 박힐 정도의 위력이었다.

"우와아아악!"

"크엑!"

홀로 나타난 도전자를 비웃던 고블린 기사들.

위드는 그들 사이에 난입해서 폭풍처럼 휩쓸었다.

-빠른 전투.

신속함은 전사가 가진 무시무시한 무기입니다.
가장 빠르고 정확한 공격으로 전투를 마쳤습니다.
다수의 적을 상대로 기록적인 전투의 결과!

힘이 1 늘어났습니다.
민첩이 3 증가합니다.
명성이 3,213 높아졌습니다.

투쟁의 길에서는 잘 싸우면 스텟을 쉽게 얻는다.

위드는 평소에도 남아 있는 1%의 효율까지 중시하면서 전투를 치렀다.

'어떻게 하면 사냥 속도를 늘리지? 맷집을 늘리기 위해 효율적으로 맞는 방법은⋯⋯. 전리품 획득도 더 빨라야 한다.'

평소에도 남들이 따라오지 못할 정도의 사냥 속도를 자랑했다.

완벽한 노가다의 효율성.

전투를 할 때마다 얻을 수 있는 스텟이 최상의 집중력으로 나타나게 되었다.

"거지군."

고블린 기사들을 제거한 위드의 감상은 짧았다.

검이나 갑옷에서 건질 것이 없었다.

평소라면 일단 주워서 녹인 후 대장장이 스킬로 뭐라도 만들 수 있었으리라. 정 재질이 떨어지면 마판에게 넘겨 잡템으로 처분한다.

그러나 투쟁의 길에서는 먹지 못하기에 시간제한이 있었다. 부실한 금속을 제련하거나 조각품, 방어구로 제작하는 건 시간이 부족해서 안 된다.

이 빠진 검이나 균열이 생긴 갑옷 같은 것도 모두 들고 가기에는 무거워 아쉽게 포기해야 했다.

전리품 포기 사태!

악몽이나 마찬가지인 일이 벌어지고 만 것이다.

"건질 게 없다니 최악의 장소로군."

위드는 투쟁의 길을 계속 달렸다.

그다음으로 등장한 황소 군단과 비슷하게 생긴 괴물 제베노드의 돌격!

"너희는 죽어서 가죽을 남겨라!"

위드의 검이 춤을 추었다. 집단 전투에 유리한 선더 스피어까지 뽑아서 찌르고 휘둘렀다.

쿠르르르릉!

벼락이 작렬하며 마비와 광역 피해를 주었다.

-19차 연속 공격이 성공하였습니다.
민첩이 추가로 30% 늘어납니다.
약점 간파!
정교한 공격 효과가 발동됩니다.

검과 창.

2개의 무기를 동시에 다룬다.

로아의 명검으로 찌르거나 베고, 선더 스피어로 후려치고 튕겨 낸다. 견제와 공격이 함께 이루어진다.

자신의 움직임과 속도, 거리를 이용하여 다수를 상대하는 전투술!

투쟁의 길은 오로지 일직선이었고, 몬스터들이 도망가지 않고 덤비기에 가능했다.

> -위압!
> 전사의 용맹으로 제베노드의 돌격을 모조리 격퇴했습니다.
> 극찬을 받아 마땅한 전투 업적!
> 생명력의 최대치가 150 커집니다.
> 힘이 2 늘어났습니다.
> 카리스마가 3 증가합니다.
> 명성이 2,381 높아졌습니다.

> -레벨이 올랐습니다.

스텟도 그렇지만 쌓이는 경험치도 상당했다.

네크로맨서로서 최하 100마리의 언데드를 이끌고 사냥할 때의 무지막지한 경험치에 비교할 수 있을 정도였다.

'강해지기에는 좋은 장소야. 잡템을 챙기기 힘들다는 것만 빼면 말이지. 근데 그게 너무나도 큰 단점이군.'

평생 잊지 못할 시간과 장소가 될 것 같은 기분이었다.

80대, 90대의 노인이 되어서도 투쟁의 길을 떠올리며 원통해할지도 모르는 일.

위드는 제베노드의 뼈나 고기류는 버리고 가죽만 챙겨 이동했다.

투쟁의 길을 나아갈수록 몬스터의 수준이 오르거나 위험

한 상황이 벌어질 것이다.

'매번 새로운 도전이군. 재밌어.'

위드는 계속 전진하며 몬스터 무리를 격파했다.

-격렬한 움직임으로 배가 조금 고픕니다.

배 속이 허전한 느낌.

'전투를 시작하고 6시간 정도 지났다. 이만하면 점심을 건너뛴 정도의 수준인가.'

휴식은 지치지 않을 정도로만 유지했다.

남은 생명력은 73,492.

'생명력은 아직 싸우기에 충분해. 잘 회복되고 있다. 확실히 혼자 도전하는 게 불가능하지는 않았어. 상당히 어려울 뿐이지.'

로열 로드에서 육체적인 능력을 좌우하는 기본은 스텟이다. 위드는 사냥과 모험, 조각술, 생산 기술을 아우르며 스텟을 쌓았다.

힘이 1,869, 민첩이 1,255.

게시판에 올려도 사람들이 쉽게 믿지 않을 정도의 수치였다.

물론 여기까지 오는 데 지금까지 무지막지한 노력이 있었다. 남들이 힘 10~20을 올려 주는 장비를 찾던 초보 시절부터 사냥하면서 스텟 노가다를 해 왔으니까.

남들은 시간 낭비라고 여기던 그 작은 성과들이 쌓여서 현재가 되었다.

또 다른 이유로는 레벨이 오를 때마다 예술에 포인트를 투자하지 않았기 때문이다.

'예술 스탯은 사치지.'

조각술 마스터가 되기 위해 남들보다 몇 배는 더 많은 노력을 했을 테지만 그 고생을 감수해 온 것이다.

체력은 325.

힘이나 민첩에 비해서는 수치가 낮긴 하지만 여간해서는 지치지 않을 정도로 대단한 수준이다.

인내가 1,321, 맷집은 631.

이 스탯이야말로 동급의 워리어들을 압도했다.

몬스터들을 상대로 일부러 죽기 직전까지 맞아 가면서 키운 알짜배기 스탯이었으니까.

위드의 현재 상태는 갑옷을 착용하지 않아도 어지간한 무기는 박히지도 않을 정도였다.

정신력이 358, 지구력도 451이나 된다.

이것도 정말 올리기 힘든 스탯인데 모험과 사냥으로 악착같이 키운 것이다. 극한의 환경에서도 버티고, 강한 몬스터들을 밤새도록 때려잡았으니까.

여기서 조각술이나 모험을 통해 모든 스탯이 추가로 405나 높아졌다.

노가다로 달성한 스텟 깡패!

바드레이나 로열 로드의 최상위권에 있는 다른 경쟁자들도 한두 가지의 스텟은 꽤 높을 것이다.

전사 계열이라면 힘이나 민첩을 집중적으로 키웠을 테고 전투 공적도 자주 얻었을 테니, 그것들은 어쩌면 더 낮을 수도 있다. 하지만 전체적인 모든 스텟의 수치를 본다면 그 어떤 유저도 압도해 버릴 수 있는 경지였다.

'난 단기전보다는 장기전에 적합하지. 충분히 할 수 있을 것 같아.'

위드는 투쟁의 길에 대해 약간의 의심은 있었지만 단순하게 생각했다.

'음식을 먹지 못한다고? 오랫동안 머물수록 굶주리고 지치겠군. 그렇다면 참으면서 깬다.'

지금까지 키워 온 스텟을 밑천으로 정면 돌파!

고급 수련관이 어려운 이유가 먹지 못하기 때문이니, 해결법은 굶으면서 싸우면 되는 것이다.

체력과 마나 소모를 최소화하는 것이야 전투 스킬에 의존하지 않았기 때문에 익숙했다. 전투에서는 상대에 따라 효율적으로 싸우면 시간도 아낄 수 있었다.

'많이 굶어 봤어. 아마도 내 경우는… 인내심이나 지구력이 높아서 50시간 정도까지는 버틸 수 있을 거야.'

투쟁의 길에서 물은 마셔도 된다.

현실에서도 굶는 것에 대해선 전문가였다. 실제로도 밥값이 아까워서 많이 굶어 봤고, 반찬 대신에 물만 말아서도 자주 먹었다.

'하루는 괜찮지. 이틀부턴 좀 어지러웠고. 평소 몸 상태에 따라 차이가 크긴 했지만.'

물배라도 채우면서 싸운다면 거뜬히 투쟁의 길을 깰 수 있다는 계산!

그 누구도 아닌 초보 시절부터 자주 굶어 본 위드이기에 가능한 전략이었다.

'체력이 떨어지고 몸 상태가 안 좋아지더라도 이대로 달린다. 정면 돌파다.'

위드는 로아의 명검과 선더 스피어를 휘두르며 전진했다.

싸울수록 강해진다. 로열 로드에서는 당연한 것이었지만, 투쟁의 길에 있는 위드는 전투를 거듭할 때마다 강해졌다.

싸움 외에 불필요한 것들은 모두 잊어버렸다. 난관을 맞이해 평소보다 훨씬 전투에 집중하고 빠져들었다.

심하게 가난해 보이는 몬스터의 경우에는 잡템도 확인하지 않으며 시간을 단축했다. 1초, 2초도 모이다 보면 상당히 길어지기 때문이다.

9시간 45분 13초.

바드레이가 투쟁의 길을 격파한 시간이었다.

30명의 친위대와 함께했던 걸 감안하면 위드는 그 몇 배의 시간이 걸릴지 가늠하기 어렵다.

이 고급 수련관은 도전자에 따라서 출현하는 적들의 수준도 달라진다. 누군가 투쟁의 길을 혼자서 뚫는 것도 가능하다면 분명히 통과할 수 있으리란 확신이 있었다.

솔직히 자신처럼 독하게 성장한 사람이 흔하진 않을 테니까!

'걸으면서 체력을 회복한다. 모든 효율성을 100%로 추구한다. 그런다면 이 관문은 분명히 뚫을 수 있을 거야.'

위드는 전투가 즐거워졌다.

투쟁의 길이 어렵다는 생각이 들자마자 발휘되는 집중력과 예민해진 감각!

생생하게 고양된 기분을 느끼며 적을 제거하고 전진했다.

도전의 관문을 넘은 이후로 족히 1,000마리 정도의 몬스터를 제거했다.

홀란의 눈이라는 괴생명체 무리와 싸워서 이긴 직후였다.

띠링!

-투신 바탈리가 놀랐습니다.
그대의 지칠 줄 모르는 힘과 거친 용기, 화려한 전투 기술에 찬사를 보내고 있습니다.
진정한 전사에게 투신의 축복이 부여되었습니다.
힘이 4 증가합니다.
민첩이 2 증가합니다.
체력이 5만큼 늘어나고 부상이 약간 회복됩니다.

"오, 이건 좋아."

위드는 투신의 축복에 만족스러웠다. 로열 로드에서 영구적으로 얻는 스텟은 최고의 보상이었으니까.

'굶주린 상태도 조금 줄여 주는군. 더 화끈하게 싸워도 된다.'

투쟁의 길을 돌파할 가능성이 매우 높아졌다고 생각했다.

배가 허전하다고 먹은 계란 1개가 막상 죽기 직전에 이르러서는 큰 영향을 줄 테니까.

'스텟도 받았고, 나쁘지 않아.'

다음에는 타락한 마족 병사가 기다리고 있었다.

"도전자, 네가 투신 바탈리의 시험에 들었더냐. 나는 말라붙은 피의 땅에서 온 학살병⋯⋯."

위드는 마족 병사의 소개 따위는 듣지 않고 그대로 덤벼들었다.

"광휘의 검술!"

자하브에게 배운 검술의 비기.

신성 마법을 사용할 수 없는 이곳, 어둠 속성의 적들에겐 최고의 기술이었다.

마족 병사는 재빨리 뒤로 물러서려고 했지만, 위드는 이미 예상하고 있었다. 칠성보로 일곱 번이나 방향을 바꾸면서 추격했다.

위드의 검이 빠르게 찌르고 춤을 추듯이 휘둘렸다.

검의 길을 따르기 위해 다리가 움직이고 손이 펼쳐진다.

힘과 속도, 몸의 균형을 유지하며 일격 필살에 가까운 공격들이 피할 수 없는 공간과 각도로 들어갔다.

"살, 살이 타들어 가는 것만 같다!"

레벨이 560이 넘는 마족 병사!

그가 족히 2미터는 되는 긴 낫을 뽑아 들었지만 공격을 막아 내지 못했다.

속전속결이라는 말 그대로, 다른 어떤 시도를 할 기회도 없었다. 살상 마법을 비롯하여 신체 강화와 회복의 권능까지 가진 마족 병사였지만 광휘의 검술을 연속으로 당하자 오래 버티지 못하고 사망하고 말았다.

마족 병사라는 이름에 걸맞지 않은 죽음!

위드의 전투 능력이 뛰어나기도 했지만, 전투에 완전히 집중하고 약점을 꿰뚫는 게 핵심이었다.

이번에는 전리품까지 입수!

−하이어거의 영혼이 춤을 추는 낫을 얻었습니다.

−마족 병사의 부츠를 얻었습니다.

보스급 몬스터를 제거한 덕인지 쓸 만한 아이템도 떨어졌다.

그리고 뜨는 또 다른 메시지 창.

띠링!

−투신 바탈리의 눈이 커졌습니다.

그가 본 수많은 싸움 중에서도 당신이 하이어거를 이긴 것은 놀라운 수준의 전투였습니다.

투신 바탈리가 당신을 주목합니다.

멈추지 않는 힘의 축복이 내려졌습니다.

지금부터 100일 동안 앞으로 나아갈 때 공격력이 15% 향상됩니다.

힘이 1 증가합니다.

전투와 관련된 모든 스텟이 1씩 늘어납니다.

굶주린 상태가 4% 감소합니다.

위드는 마트에서 물건을 산 영수증을 보는 것처럼 빠르게 메시지 창을 읽었다.

투쟁의 길을 달려가면서 영혼이 춤을 추는 낫과 마족 병사의 부츠도 감정할 생각이었다.

스텟을 얻은 것은 당연히 기쁜 일!

투쟁의 길이기에 특별히 많은 스텟을 얻는 것이리라 생각했다. 바드레이나 헤르메스 길드 유저들도 여기서 전투 공적을 세우며 스텟을 쌓았을 거라 짐작할 뿐이었다.

'나만 특별한 건 아닐 거야.'

하지만 위드를 제외하고는 여러 명이 동시에 도전을 했기에 투신 바탈리의 축복을 얻지 못했다.

혼자 힘으로 투쟁의 길에 도전하여 전사로서의 용맹함을 증명하고 한계를 극복해야 한다.

이것이야말로 진정한 고급 수련관의 의미!

아슬아슬하게 주어진 한계를 돌파해 낼 때에만 투신의 축복과 보상이 주어진다. 고급 수련관을 깨기 위해서 많은 준비를 할수록 자신에게는 손해였다.

위드는 메시지 창의 마지막 부분에 또다시 굶주린 상태가 4% 감소했다는 것을 확인했다.

'이번에도?'

이것으로 투쟁의 길을 완료할 가능성은 더 높아졌다.

굶주리고 지친 최악의 경우에는 적을 다 죽이지 못하더라도 계속 앞으로 나아가려고 했다. 그런데 굶주림에 대한 보상을 받으면서 조금씩 여유가 생겼다.

오랜만에 어릴 때처럼 독기로 가득하던 위드의 눈빛이 조금 누그러졌다.

'이러면 너무 쉬워지는 거 아냐?'

굶주림조차도 난이도의 일부라고 생각하고 받아들였는데

해결법이 보이니 불만이었다.

격렬하고 거친 전투를 치르는 동안 피가 끓으며 정신은 맑아졌다. 그런데 잠깐 멈추고 의자에 앉아 돼지바를 하나 먹는 기분이랄까.

물론 돼지바가 맛있긴 하지만, 이 순간에는 아니었다.

'이런 식이면 시시해지는데. 더 강한 몬스터들이나 잔뜩 나타났으면 좋겠다.'

고급 수련관에 도전한 후 위드와 이틀 가까이 연락이 두절되었다. 벨로트를 비롯하여 세에취, 양념게장은 근심으로 제대로 식사도 못 하고 있었다.

"위드 님이 정말 괜찮을까요?"

"좋진 않을 거예요, 취췻."

"어지간한 상황이라면 대답이라도 하셨을 겁니다. 아무 연락도 없는 걸 보면 아마도……."

페일을 비롯한 동료들이 귓속말을 보내도 대답이 없다고 했다.

'왜 그런 멍청한 짓을 해서. 가르나프 평원의 유저들 여론도 안 좋아졌고 말이야.'

양념게장은 나직하게 한숨을 내쉬었다.

'고집을 부려 혼자 들어간 것을 후회하고 있겠지. 처음 계획대로 파이톤 님이 뚫고 위드 님이 보조를 하면 둘이라도 승산이 조금쯤은 있으리라고 봤는데 말이야.'

　양념계장은 애초부터 고급 수련관에 도전하는 것에 대해 반대했다. 시기가 시기이니만큼 미루고 동료들을 더 구하는 편이 낫다고 봤는데, 위드와 파이톤은 기어코 사고를 치고 말았다.

　설상가상 위드는 혼자 도전의 관문을 들어갔다는 것이다.

　'미쳤다. 자살이나 마찬가지였어.'

　세에취와 양념계장은 이미 위드의 죽음을 믿고 있었다.

　'아직 죽지 않았다고 해도 고급 수련관에 도전하고 37시간이나 지났으니 굶주리고 지칠 때가 되었을 거야.'

　'몬스터들을 해치우고 나서 더 이상 움직일 힘도 없어 주저앉아 있지 않을까. 위드 님답지 않은 쓸쓸한 죽음이 되겠군.'

　그렇게 위드의 죽음 소식만을 기다리는데, 바로 옆자리에서는 닭을 굽고 튀겨 먹고 있었다.

　"꺼억, 많이들 드세요. 이 도시의 치킨 맛도 참 좋네요."

　"맥주가 기가 막혀요."

　"이곳 조미료도 마음에 들어요. 요리사가 노암 종족이라고요? 나중에 아르펜 왕국에 합류하면 사람들이 멋진 요리를 먹을 수 있겠어요."

　"……."

메이런을 비롯하여 오랜 동료인 페일, 수르카와 이리엔, 로뮤나, 화령까지도 걱정하는 기색이 보이지 않았다.

　'겉으로 보기에만 좋은 동료들이었어? 저런 사람들인지는 몰랐는데.'

　'메이런 님… 방송인으로서 차분한 모습만 보여 주었는데 여기서는 맥주광이구나.'

　'이 와중에 치킨이 넘어가다니. 가르나프 평원의 전투는 고작 14시간 정도 남았는데. 베르사 대륙의 운명이 걸린 이 순간에.'

　그들이 실망하고 있을 때, 전투 노예 페일이 말했다.

　"이리 와서 치킨이나 드세요. 안 드시면 분명 후회할 겁니다."

　양념게장이 한 걸음도 움직이지 않은 채 물었다.

　"어째서 말입니까?"

　"위드 님은 우리가 걱정할 필요가 없는 분이니까요."

　"……."

　전혀 납득되지 않는 설명이라 치킨도 먹지 않았다.

　위드와 엮이고 나서 사냥을 하느라 고생하긴 했지만, 사람이 최소한의 의리라는 게 있지 않은가!

　잠시 후, 위드가 그들끼리 있는 채팅 채널에 말을 걸었다.

　위드 : 이제 거의 다 끝나 갑니다.

무려 38시간에 가까운 침묵 이후 첫 번째 말.

양념게장 : 어디에서……. 후, 그보다도 잃어버리는 레벨과 스킬 숙련도는 너무 걱정하지 마십시오. 알아보니 이미 마스터한 스킬은 숙련도가 떨어지지 않는다고 합니다.

위드가 죽고 나면 잃어버릴 것은 너무나도 많았다.

레벨과 여러 종류의 스킬 숙련도!

하지만 조각술 마스터가 한 번 죽는다고 해서 그 분야에서 실력이 퇴보하진 않았다.

위드 : 예?

양념게장 : 배가 고프시면 차라리 스스로 목숨을 끊는 게 더 편할 겁니다. 시간을 절약하는 의미에서요. 역시 고급 수련관이라 어려웠죠?

벨로트 : 이해해요. 저도 고급 수련관의 동영상 봤거든요. 진짜 힘든 곳 같았어요.

위드가 대답할 시간도 주지 않고 벨로트가 곧바로 말했다.

페일이나 오래된 동료들은 설마 하면서도 여전히 치킨을 먹고 있었다.

위드 : 고급 수련관, 형편없이 쉬운데요.

양념게장 : 예?

위드 : 보상이 크긴 하지만, 그냥 식은 죽 먹기라서요.

양념게장 : 그럴 리가 없잖습니까. 바드레이와 헤르메스 길드에서 뚫는 것만 봐도 대단했는데…….

위드 : 싸우면서 다 때려죽이면 되는 곳인데 뭐가 어려워요?

양념게장 : ……?

고급 수련관도 본래는 어려운 곳이었다.

투신의 시험이기에 레벨이 높더라도 깬다고 장담하지 못하는 장소. 레벨과 스킬, 전투 중에 보이는 실력에 따라 더 높은 수준의 적이 소환된다.

위드는 기본적으로 스텟이 비정상적으로 높기도 했지만 다양한 전투 경험도 가졌다. 게다가 검술 도장을 다니며 혹독한 수련으로 판단력이나 반응 같은 정신적인 부분까지 실력을 향상시켰다.

고급 수련관의 난이도 자체를 박살 내 버린 것이다.

양념게장 : 이상한데. 정말 말이 안 되는데.

위드 : 뭐가 안 되는데요?

양념게장 : 공략이 틀리지 않았다면 중간에 벨호단의 10인 기사들이 나올 텐데 말입니다. 그걸 어떻게 깨셨습니까?

최근에 헤르메스 길드의 고급 수련관 영상 중에서 벨호단의 10인 기사들이 출현한 것이 있었다. 개개인이 레벨 550이넘는 최강의 기사들이었다.

위드 : 기사도니 뭐니 하면서 1명씩밖에 안 덤벼들더군요.
양념게장 : 그래도 굉장히 강할 텐데요. 쉴 시간을 안 주고 연속으로 싸워야 하고요.
위드 : 때리면 죽는 건 다 똑같죠.
양념게장 : 그렇게 쉽게 이길 수 있는 놈들이 아닌데…….
위드 : 검술에서 몇 가지 안 좋은 버릇이나 착용한 갑옷의 구조적 결함도 있었지만… 사막에서 데리고 다니던 부하들보다도 약하던데요.

페일이나 다른 동료들의 표정이 '역시 그렇지.' 하듯 바뀌었다. 위드를 걱정하는 일은 치킨을 뜯는 것보다도 무의미한 것임이 다시금 확인된 것이다.

페일 : 그럼 저희는 투쟁의 길 출구에서 기다리겠습니다.

약 이틀에 걸친 달콤한 휴식도 끝나 간다.
그 아쉬움을 접어 두고 움직이려 할 때였다.

위드 : 그럴 필요 없고요, 다 끝나면 타호의 중앙 광장으로 제가 가죠.

페일 : 고생하셨는데 마중이라도 나가야죠. 치킨도 3마리 주문해서 가려고요.

위드 : 투쟁의 길이라면 이미 깼어요.

페일 : 옙?

페일조차도 이 말에는 깜짝 놀라야 했다.

페일 : 혼자서 그렇게 빨리요? 아니, 시간상으로야 위드 님이라면 가능할 수도 있겠지만… 지금 어디신데요?

위드 : 투쟁의 길에서 업적을 좀 세웠거든요. 그래서 새로운 이벤트가 발생했고… 투신의 대경기장에 있습니다.

페일 : 처음 들어 보는 곳인데요. 장소의 이름으로 봐서는…….

위드 : 투신 바탈리가 있는 곳이죠.

투신 바탈리

Moonlight *The Legendary* *Sculptor*

투신 바탈리의 축복은 장점과 단점을 동시에 가졌다.

장점은, 도전자를 성장시키고 지친 몸을 회복하게 만든다. 반면 단점은 소환되는 적의 수준도 그만큼 높아진다는 것이다.

이때부터는 단순히 잘 굶으면 깰 수 있는 투쟁의 길이 아니었다. 강해지는 적들을 격파해야 한다.

'뭐가 나올지 모르니 더욱 기대되는군.'

적을 피하지 않고, 휴식도 조금만 취했다.

일부러 상태를 열악하게 해서 적과 아슬아슬한 싸움을 벌여 투신의 축복을 여러 번 얻어 낸다.

검과 창을 쓰다가 활도 쏘고 단검도 던졌으며 도끼도 휘둘렀다. 공격력이 크게 높진 않더라도 상황에 따라 도움이 될 때가 있었던 것이다.

투쟁의 길에서는 스킬 레벨도 빨리 오르는 편이라 금상첨화!

가장 강한 적은 그라토르그라는 19미터 크기의 전사였다.

추정 레벨은 750대.

명백히 위드보다도 훨씬 강했고, 사막의 대제왕 시절에 싸워 본 경험도 있었다.

'이놈까지 나오다니… 정상적으로는 나오지 않을 녀석일 텐데. 축복을 너무 자주 받았나?'

그라토르그는 10초마다 잃어버린 생명력을 2%씩이나 회복하는 사기적인 특성을 가지고 있었다. 채찍과 철퇴를 같이 휘두르는 적에 맞서서 오랫동안 싸우면 무조건 진다.

'그래도 해볼 만은 할 거야.'

그라토르그를 피해서 통과하는 게 합리적인 선택이었다.

헌데, 문제는 위드가 전투에 미쳐 있는 상태였다는 것.

'가자.'

쐐애애액!

묵직하게 날아오는 철퇴는 스치듯이 피했지만 채찍은 중간에서 휘어져서 다섯 번에 한 대는 맞았다.

－강렬하고 고통스러운 충격을 입었습니다.

중갑옷이 충격을 받을 정도로 공격력이 강했다.

'기회는 억지로 만들어야 한 번이다.'

사정거리가 긴 철퇴와 채찍을 휘둘러 대는 바람에 그라토르그에게 다가가는 건 힘든 일이었다. 위드는 주위를 빙글빙글 돌다가 파고들어서 헤라임 검술을 여덟 번이나 작렬시켰는데도 그라토르그의 발길질에 걷어차이고 말았다.

"어리석은 놈. 나약한 놈. 비천한 목숨을 구걸하면 한 방에 죽여 줄 수 있다."

땅에 쓰러진 도전자에게 말하는 그라토르그!

하지만 위드는 공격을 당하기 직전에 스킬을 써 놓은 직후였다.

'분검술.'

분신을 만드는 검술의 비기!

그라토르그의 발에 차인 분신이 사라지고, 수많은 분신들이 나타나서 벽과 천장을 타고 달렸다.

"발악이냐. 기꺼이 죽음을 맞이하라!"

그라토르그의 공격이 땅과 벽을 부수면서 투쟁의 길이 흔들렸다.

50개의 분신들은 소멸되면서도 가까이 다가가서 그라토르그를 공격했다.

  철퇴와 채찍이 휘둘리고 나타난 한 번의 기회!

  위드는 측면 사각지대에 숨어 있다가 몸을 굴렸다.

  암살자처럼 은신술을 펼친 건 아니었지만, 짧은 1~2초 동안 시야 밖에 몸을 숨겼다가 나타난 것이다.

  그라토르그의 몸이 로아의 명검 사정거리에 들어왔다.

  −결 검술이 성공했습니다.
  치명적인 일격이 터졌습니다.
  상대방의 방어력을 무력화하며 426%의 피해를 추가합니다.

  −9차 연속 공격이 성공하였습니다.
  힘이 추가로 20% 늘어납니다.
  힘의 중첩!
  무기의 공격력이 높아집니다.

  로아의 명검이 그라토르그의 방어력을 무시하고 파고들었다.

  두려움은 없다. 일부러 쥐어짜야 하는 용기도 없다.

  이길 수 있다는 생각만으로 최선을 다했다.

  몬스터를 사냥하다 보면 이길 때도 있고 질 때도 있었다.

  그렇다고 해도 그라토르그가 뛰어넘지 못할 한계는 아니었다.

싸워 본 경험이 있는 게 무엇보다도 중요했고, 지금은 작은 가능성마저도 현실로 만들어 낼 정도로 몰입하고 있었다.

무아지경에 빠져서 느껴지는 손맛은 가볍고 강렬했다.

> -10차 연속 공격이 성공하였습니다.
> 힘이 추가로 30% 늘어납니다.
> 적의 투지를 저하시킵니다.

> -11차 연속 공격이 성공하였습니다.
> 민첩이 추가로 30% 늘어납니다.
> 정확한 일격으로 적이 0.6초 동안 기절했습니다.

> -치명적인 일격이 터졌습니다.
> 적을 0.5초 동안 혼란시킵니다.

일점 공격술과 헤라임 검술, 결 검술!

그라토르그가 몸을 돌리려고 했지만, 그대로 따라 돌면서 23차 연속 공격 성공.

"쥐새끼 같은 놈이!"

그라토르그가 분노로 고함을 질렀다.

보통은 범접하지 못할 존재에게 투지가 꺾여서 신체 능력이 저하되고 몸이 마비되기까지 한다. 그러나 위드의 투지는 이를 무시할 수 있을 정도로 충분했고, 공격이 계속 이어질수록 로아의 명검이 가진 특성이 빛을 발했다.

−대형 몬스터에게 3배의 피해.
−피해의 절반만큼 적의 최대 생명력 감소.
−치명적인 일격은 상대의 방어력 7% 약화.

보스급 몬스터 사냥에 최적화된 로아의 명검!
위드의 체력과 생명력도 전투가 지속될수록 감소했다.
그리고… 45분이 넘는 악전고투 끝에 승리!

−투쟁의 길에서 그라토르그를 영원한 안식으로 인도했습니다.
　불가사의한 업적으로 명성이 23,283 올랐습니다.
　역사적인 전투에 대한 보상으로 모든 스텟이 6씩 상승하였습니다.

−명성이 400,000을 넘었습니다.
　대륙에서 가장 유명한 이가 되었습니다.

위드는 명성에는 연연하지 않고 전리품을 챙겼다.

−그라토르그의 철퇴를 획득했습니다.

−멸망의 금속을 얻었습니다.

　그라토르그의 철퇴는 인간이 다루기에는 너무 컸다. 오크
투사나 바바리안 종족은 쓸 수 있을지도 모르지만, 레벨 제
한이 700을 넘어서 팔지도 못한다.

여러 희귀 금속들이 섞여 있으니 녹이면 되리라.

멸망의 금속도 1등급 대장장이 재료 아이템!

그리고 한숨을 돌린 차에 또다시 메시지 창이 떴다.

존경받아 마땅한 전투!

그라토르그는 마프룩 성채를 200년 넘게 지켜 왔습니다.
용맹을 떨치는 전사들조차 이름만으로 벌벌 떨어야 했던 존재!
도전자는 훨씬 약한 육체를 가지고 그를 쓰러뜨렸습니다.
명예로운 고결한 기사들과, 투쟁심으로 가득한 전사들조차도 해내지 못할
업적을 이룩했습니다.

베르사 대륙의 역사에 기사들에게 존경받아야 할 5대 전투 중 하나로 기록
됩니다.

–전투 명성이 32,890만큼 늘어납니다.

–보유하고 있는 스텟 중에 정신적으로 큰 성장이 이루어졌습니다.
  카리스마, 투지, 통솔력, 기품, 용기, 정신력, 명예, 통찰력이 10씩 증가합
  니다.

–투신 바탈리가 당신의 전투를 지켜보며 놀라움을 멈추지 못합니다.
  당신을 '투쟁의 파괴자'로 임명하였습니다.
  바탈리의 강함을 세상에 펼치는 자로, 전투 계열의 직업에서만 대륙에 5
  명이 한정되어 선정됩니다.
  현재 직업과 무관하게 바탈리 교단의 신성 전투 스킬을 익힐 수 있게 됩
  니다.
  신성 전투 스킬들의 효과가 2배로 발휘될 것입니다.

불가능에 가까운 전투를 이겼더니 업적과 함께 바탈리 교단의 투쟁의 파괴자로 임명되었다.

위드의 입가가 쭉 찢어졌다.

"확실히 싸우는 건 재밌어."

투쟁의 길은 만족스러웠다.

전투 업적 달성, 스탯 보상!

위드에게는 절대적인 동기부여가 되는 것이었다.

투쟁의 파괴자가 되었더니 짧은 시간에도 피로가 빨리 회복되었다.

덤으로 어떤 무기를 들더라도 잠재력을 더 이끌어 낼 수 있었다.

가공할 주먹은 검사에게는 해당되지 않는 특성이라고 할 수 있는데, 말 그대로 주먹질이 강해진다. 무기를 들지 않은 상태에서 효과를 볼 수 있기에 수르카 같은 권사들에게 유리한 특성이었다.

그 이후로 그라토르그처럼 강한 적이 또 나타나진 않았기에 커다란 위험 없이, 투쟁의 길 마지막까지 모든 적들을 제거하면서 도착했다.

띠링!

투쟁의 길을 끝까지 걸었습니다.

투신 바탈리가 안배한 전사로서의 성장을 끝마쳤습니다.

"강함에는 끝이 없다. 하지만 이 고난을 이겨 낼 때에는 더욱 강해질 것이다!"

그대는 홀로 투쟁의 길을 걸으면서 스스로를 증명했습니다.

검은 빠르고 강했으며, 높은 정확도를 자랑했습니다. 어떤 비겁한 수단도 쓰지 않고 정정당당하게 길을 걸었고, 모든 도전을 받아서 이겨 냈습니다.

투쟁의 길에서 사용한 무기는 검과 창, 활, 대형 도끼, 사슬낫, 단검입니다.

투쟁의 길을 걸으며 성장한 기록입니다.

216개의 전투와 관련된 스텟을 확보했습니다.

검술 스킬이 1단계 올랐습니다.

창술 스킬이 2단계 올랐습니다.

궁술 스킬이 1단계 올랐습니다.

부술 스킬이 4단계 올랐습니다.

대형 무기 스킬이 3단계 올랐습니다.

단검 투척술이 4단계 올랐습니다.

고급 수련관을 완료하며 명성이 30,000 올랐습니다.

보상으로 81개의 보너스 스텟이 추가로 부여됩니다.

생명력의 최대치가 11% 커집니다.

마나의 최대치가 5% 커집니다.

투쟁의 길 달성률 327.6%.

앞으로 1달간, 모든 전투 스킬의 숙련도가 3배 빠르게 습득됩니다.

고급 수련관 공략 성공!

생명력의 최대치가 늘어나는 것도 좋았고, 엄청나게 많은 스탯들을 얻었다. 투쟁의 길을 걸으며 검술 스킬도 고급 8레벨이 되었다.

전투 업적을 세우며 상승한 스탯만 해도 20개가 넘었다.

이런 점들을 감안하면 다른 유저들이 고급 수련관에서 얻은 이익을 우습게 여길 정도의 성과였다.

'기초 수련관부터 남들 따라가기 바빴지만 이젠 앞서 나가는군.'

뿌듯함이 스쳐 지나갔다.

조각사로서, 모험가로서 명성과 실력을 갖춰 왔지만 검사로서 강해지는 느낌은 더 각별했다.

땅을 사서 사촌에게 자랑하고 싶은 기분!

한쪽 구석에는 일렁이는 황금색 포탈이 있었다.

원래 다른 유저들이 고급 수련관을 공략할 때에는 보이지 않던 포탈이었다.

-투신 바탈리가 투쟁의 길에서 신화를 쓴 도전자를 친근하게 바라봅니다.
　그가 전사 중의 전사를 만난 기념으로 특별한 선물을 주려고 합니다.
　투신의 초대에 응하시겠습니까?

당연히 응하지 않을 이유가 없는 초대였다.

위드는 기꺼이 포탈로 들어갔다.

투신의 대경기장!

위드가 도착한 장소는 콜로세움을 연상시키는 거대한 경기장이었다.

-전사의 방문을 환영하노라!

투신 바탈리는 큰 의자에 앉아 있었다.

싸움밖에 모르는 신!

그의 곁에는 금은보화가 아니라 온갖 종류의 무기들이 장식되어 있었다.

'이곳은……'

위드는 경기장을 빠르게 둘러봤다.

투신 바탈리를 중심으로 좌석에 수많은 전사들이 앉아 있었다.

얼굴은 험상궂고, 몸에도 심한 흉터가 많다.

그들에게서 살벌함이 느껴질 수도 있었지만, 검치나 사형들처럼 친숙한 외모였다.

'투신의 대경기장이라. 신화에는 베르사 대륙의 전사들이 죽고 나면 이곳으로 와서 끝없이 싸우며 용맹과 전투술을 갈고닦는다고 하지.'

전사로서 삶을 불태웠던 이들이 이곳으로 오게 되는 것.

'나약한 모습을 보여 줘서는 안 될 것이다.'

대충 견적이 뽑혔다.

위드는 어깨를 활짝 펴고 투신 바탈리를 향해 섰다.

"제게 어떤 선물을 줄 것입니까?"

당당함!

투신이라면 당장은 싸울 수 있는 존재가 아니었다. 그렇다고 비굴하게 무릎을 꿇는다고 좋아하지도 않을 테니 당당하게 나갔다.

로열 로드를 시작할 때부터 잠재되어 있던 야망도 있었다.

'언젠가 저놈들도 잡아야 돼.'

투신이라고 해도 나중에 강해지면 몽땅 때려잡아 주리라!

게이머의 사냥은 10년도 짧은 법!

투신 바탈리가 흡족하게 웃으며 입을 열었다.

─투쟁의 길을 걷는 모습이 너무나도 아름다웠다.

싸움을 멋지게 여기는 투신!

위드는 칭찬보다는 선물이 궁금했으니 입을 꾹 다물고 있었다.

─네가 흘리는 땀방울에서 매혹적인 냄새까지 맡아질 정도였다.

"……."

─심장은 뜨겁고. 비장함이 감도는 눈으로는 적을 노려본다. 자신을 다 던져서 싸우고 또 걸어가니, 어찌 반하지 않을 수 있겠는가.

"……."

―단단한 근육과, 그 안에 혈관이 꿈틀대더구나. 두려움을 모르는 마음은…….

어딘가 미묘한 칭찬!

어쨌거나 투신 바탈리는 선물에 대해 말했다.

―전사가 받아야 할 선물이란 마땅히 무기나 방어구가 되어야 할 것이다. 무엇을 얻고 싶으냐.

"무엇이든 됩니까?"

―지금까지 세운 전투 업적을 평가하여 주겠다.

전투 업적!

왕국에 대한 공적치나 교단에 대한 공헌도처럼, 투신으로부터는 전투 업적에 따라 보상을 받을 수 있다.

'무기는 로아의 명검이면 충분하고. 방어구는 만들어 줄 사람들이 있어.'

대장장이 마스터 헤르만과 파비오에게 미리 부탁을 했다.

―바드레이와 싸워야 하니 헬리움으로 방어구를 만들어 주십시오.

최고의 명검으로 승부를 벌이던 그들이었지만, 바드레이와의 승부가 걸렸으니 혼신의 노력을 다해서 방어구를 제작하고 있으리라.

방어구는 대장장이 스킬과 인맥, 퀘스트로 얻은 광물들이 있으니 만들어서 쓰면 된다. 그럼에도 특별한 것들은 쉽게 얻지 못하기는 한다.

위드는 곰곰이 생각하다가 말했다.

"저의 전투 업적으로 받을 만한 장갑을 얻고 싶습니다."

장갑은 방어력도 있지만, 다양한 특성을 갖춘 경우가 많고 공격력을 향상시켜 주는 역할을 한다. 최상급의 장갑은 사냥 속도나 전투력과 관계가 높아서 부르는 게 값일 정도였다.

-셋 중에 원하는 것을 고르도록 해라.

투신의 말이 끝나자 3개의 장갑이 나타났다.

불멸의 기사 장갑.

다양한 옵션들이 있었지만 중요한 건 생명력을 6만이나 높여 주고 소생의 주문이 봉인되어 있다는 점이었다.

100일에 한 번, 목숨을 잃었을 때에 아무 대가를 치르지 않고 바로 부활할 수 있는 옵션이 있었다. 이 장갑만 있다면 웬만한 사냥터에서는 죽음을 염려할 필요가 없다.

'바드레이와 싸우게 된다면 전투에서 큰 도움이 되겠군. 그렇지만 장기적으로 본다면… 그렇게까지 효과적이지는 않아. 사막의 대제왕 시절에 성장했던 수준까지는 사냥하면서 죽을 일은 없고, 찰나의 시간 조각술이 있으니 도망치는 것도 어렵지 않지.'

사냥터에서 잘 싸워서 안 죽는다면 쓸모가 거의 없는 장갑이다.

위드는 네크로맨서로 전직하고 거인들의 땅에서 사냥하며 얻은 불멸의 지혜 목걸이를 가지고 있으니 세트 아이템을 모은다면 의미는 있었다.

'그래도 지금은 사치야.'

다음으로 나온 것은 '차원문의 장갑.'

민첩을 비롯하여 스텟들을 제법 올려 주는 효과가 있었지만, 무엇보다 특이한 건 차원문의 효과였다.

장갑을 착용하고 싸우면 반투명한 10개의 원들이 보인다.

그 원으로 무기를 휘두르거나 들어가면 연결된 다른 원에서 나타난다. 왼쪽의 원을 단검으로 찔렀더니 오른쪽 앞에서 갑자기 단검이 나타나는 식이다.

'일종의 단거리 공간 이동을 바탕으로 한 공격과 방어가 가능해지는 것인가.'

착용자의 숙련도에 따라서 전투가 매우 빨라지고, 효율을 높여 줄 수 있었다.

원이 존재하는 시간은 단 0.6초.

입구의 원과 출구의 원이 순간적으로 계속 위치들을 바꾸기에 써먹기 쉬운 건 아니다. 상황을 파악하고 활용 방법을 생각하는 사이에 원이 사라져 버릴 수도 있는 것이다.

물론 위드에게는 그 정도야 아무것도 아니었다.

'5만 원짜리가 날아다닌다고 생각하면 절대 놓칠 수가 없

지.'

레벨 제한이 무려 760. 위드의 경우에는 대장장이 스킬의 효과로 착용할 수 있었다.

'일단은 보류해 놓고 다음 물건으로…….'

마지막 장갑은 꿰뚫고 파괴하는 장갑.

기괴한 이름이기는 하지만, 이건 정말 무시무시한 장비였다.

공격이 적중되면 상대방의 방어력만큼 추가적인 피해를 주고, 여러 번 반복되면 방어구를 파괴시킨다.

치명적인 일격의 피해도 5배로 높인다.

7회 이상 공격이 적중되면 상대방의 생명력에 따라서 높은 확률로 즉사시키는데, 투신의 권능에 의한 것이라 신성력을 바탕으로 한다.

위드가 지금까지 쓸데없이 쌓아 놓은 신앙심을 써먹을 수 있는 기회인 것이다.

전투 관련 스킬과 스텟도 높여 주고, 숙련도 증가도 빨라진다.

팔방미인이라고 할 수 있는 장갑이었지만, 단점이 있다면 몇 가지 제한이었다.

오로지 전사 계열만 권능을 발휘할 수 있다. 다른 직업이 착용했을 때는 권능이 적용되지 않으며, 레벨 제한도 820이나 되었다.

그만큼 좋은 장비라는 의미이긴 했지만, 실상 위드는 사막의 대제왕 시절에 많은 물품들을 가져 봤다.

'800이 넘는 레벨에서는… 저만한 장갑이 없진 않지.'

사막의 대제왕 시절에는 중앙 대륙을 정복하며 무수히 많은 물품들을 전리품으로 쓸어 담으며 감정했다. 그렇기에 800대 레벨의 장갑들도 알고 있었다.

레벨 400대, 500대와는 기본적인 수치 자체가 다르다. 별 사기적인 특성들이 아무렇지도 않게 붙었으며, 악마나 지배자 등급으로 불리기도 한다.

'탐나기는 해. 하지만 지금 내 직업이 전사가 아니라서 당장의 효율이 썩 좋진 않지.'

위드는 충분히 시간을 들여서 심사숙고했다.

치명적인 일격의 위력이 5배.

마음에 들긴 했지만 맞혀야만 발동이 된다.

'그냥 공격력만 극대화시키는 장갑인데… 일격 필살도 가능하다. 그렇지만 치명적인 일격만 노린다면 전투의 형태는 단순하게 되겠군.'

계획대로 당분간은 네크로맨서로 레벨을 빨리 올리는 편이 나았다. 검술이나 여러 가지 무기술 스킬도 착실하게 성장시키고, 생산과 예술 계열도 놓치지 않는다.

네크로맨서의 정점을 찍고 나서 전사 계열로 전직하면 어지간한 몬스터들은 그리 어렵지 않으리라.

전부 다 모은 조각술의 비기들.

사냥이 시작되면 일으킬 언데드들.

그것들을 지휘하며 돌진하는 전사란 그야말로 밸런스 파괴, 그 자체였으니까!

위드는 현재 쓰고 있는 장갑부터 확인했다.

탁월한 지휘력의 전설 기사 장갑 : 내구력 90/90. 방어력 54.
제작 연대는 대략 250~370년 전까지로 추측.
대륙 최고의 재봉사, 대장장이 비밀 조합 블랙스미스에서 만든 작품.
고매한 기사 라르크에게 선물한 장갑으로, 그의 사후에는 칼라모르 제국
황실 보물로 보관되어 왔다.

제한 : 레벨 490.
검술 고급 7레벨.

옵션 : 전투 중에 힘 +170.
모든 스킬의 효과를 15% 추가함.
치명적인 공격을 가했을 때 다섯 가지의 특수 피해를 가산함.
일시적으로 상대의 검술 스킬 약화.
명예, 기품이 더 빨리 증가.
기사도 스킬 +2.
높은 내구도로 인해 쉽게 손상되지 않음.
왕국을 위한 업적 달성 시에 80%의 공적치가 추가됨.

용기사 뮬을 죽이고 빼앗은 장갑!

좋은 옵션들이 다닥다닥 붙어 있었지만, 한계도 있었다.

위드에게 기사도 스킬은 필요하지 않았고, 명예나 기품이 더 빨리 증가하는 것도 의미가 없다. 아르펜 왕국의 국왕이라

는 지위 자체가 명예와 기품을 보조해 주는 특징을 가졌다.

'이건 경매로 팔면 돼. 레벨 제한이 낮은 만큼 구매자는 널려 있겠지. 그러면 지금 전투력을 높여 줄 수 있는 장갑은 하나뿐이로군.'

차원문의 장갑 : 내구력 110/110. 방어력 132.
차원의 경계를 오가던 요정 기사 구완베더의 신비로운 물건.
모험과 싸움을 즐기던 그의 영웅담은 서른 권의 책에 기록될 정도로 방대하다.
특별한 장식이 없는 장갑이지만, 반경 20미터의 공간을 지배할 수 있다.
무작위로 생성되는 원을 통해 이동과 공격 전달이 가능.
요정 기사의 숨결이 닿아 있어 정령과 요정의 깊은 호의를 받을 수 있음.

제한 : 레벨 750.
　　　　민첩 1,200.
옵션 : 무기 성능 5% 향상.
　　　　투지 +200.
　　　　기품, 명예, 예술, 매력 +51.
　　　　모든 스텟 5% 증가.
　　　　회피 스킬의 효과가 35%까지 상승합니다.
　　　　마법과 정령술의 피해 31% 감소.
　　　　명성 +13,283.
　　　　상대의 무기를 손으로 잡았을 때 피해를 입지 않습니다. 단, 공간과 관련된 무기들은 제외됩니다.
　　　　장갑 착용 시, 20미터 이내의 공간을 이동하는 특수한 원이 나타남.

위드는 차원문의 장갑을 집어 들었다.

"이 장갑으로 하겠습니다."

고르고 나니 마음이 편했다.

오늘부터는 이 장갑을 매일 아껴 주리라!

그런데 투신 바탈리가 말했다.

－그 물건을 택하기에는 너의 전투 업적이 아주 조금 모자라는구나.

전투 업적이 미세하게 부족한 상태!

위드는 불사의 군단을 시작으로 엠비뉴 교단을 비롯하여 수많은 퀘스트들을 성공시켰다. 그때마다 쌓은 전투 업적이 만만치 않았지만, 차원문의 장갑 역시 보통 물건은 아니었다.

위드는 얼굴을 찌푸렸다.

"그러면 어떻게 해야 합니까?"

－업적을 세울 기회를 준다.

투신의 대경기장.

전사들과 싸우라면 기꺼이 싸우리라.

위드가 곧바로 입에 보리 빵을 물었다.

－보리 빵을 먹었습니다.
배고픔이 줄어듭니다.

투쟁의 길은 끝났으니 먹으면서 몸 상태를 최대로 끌어올려야 한다.

검 갈기와 방어구 닦기!

장비들의 상태도 싸움이 벌어지기 전에 최대치로 올려놓

을 작정으로 만반의 준비를 갖추려고 했다.

─팔랑카 전투를 기억하느냐?

"예, 알고 있습니다."

팔랑카 전투.

베르사 대륙 역사상 가장 치열한 전장 중 하나로 기록된 곳이다.

전쟁의 시대엔 작센 평야에서 7개 왕국의 군사력이 부딪쳤다. 몬스터와 이종족까지 끼어든 난장판으로 이어지게 된 전장.

중급 수련관인 영웅의 탑에서 팔랑카 전투에 참여하여 사이클롭스가 던진 바위에 의해 사망!

위드가 실패한 전적이 있는 전장이기도 했다.

베르사 대륙의 역사서. 팔랑카 전투 원본

탐욕과 시기심이 절정에 달했던 시절, 인간들은 밀과 철을 확보하기 위한 확장 전쟁을 그치지 않았다.

이종족들 역시 처음에는 인간들에게 저항하기 위해서 뭉쳤으나 그 의도는 변질되었다. 욕망을 추구하는 인간들의 영향을 받아서, 자기 종족의 이득을 위한 싸움을 벌이게 된 것이다.

인간들이 영역 다툼을 하며 스스로의 힘을 깎아먹는 사이, 번식력이 뛰어난 몬스터들은 대륙 전체로 독버섯처럼 퍼졌다.

(새롭게 복원된 내용. 팔랑카 전투의 비사. 오래된 언어로서, 언어학과 고고학을 상급까지 익힌 모험가만이 해독할 수 있음)

당시만 하더라도 몬스터들의 지능은 상당히 뛰어난 편이라서 조악한 언어를 사용할 수 있었으며, 대규모 집단 활동을 했다고 한다.

그리고 그들은 작센 평야에서 대륙의 주도권을 놓고 결전을 벌였다.

최후의 승자는 인간이 아닌 몬스터가 되었다.

하지만 그 위험한 전장에서 살아 나온 소수의 패잔병들이 퍼트린 해골 기사의 활약 이야기가 잔잔하게 회자되었다.

그는 이스란 왕국의 레미 공주의 부탁을 받아 그녀를 구출하려 했다고 한다. 그는 대단히 용맹하였고, 놀라운 마상 전투 능력을 갖추었다. 하지만 공중을 나는 몬스터들에게 한눈이 팔린 사이에 애마와 공주를 잃어버리고 말았다.

분노에 찬 기사는 공주에 대한 애통한 마음을 다하기 위하여 싸우다가 그 자리에서 최후를 맞았다고 한다.

─시간을 거스르는 전사로서 실패를 바로잡아라.
위드는 팔랑카 전투를 떠올렸다.
'공주가 있긴 했지.'
기록과는 달리 레미 공주는 방치되어서 죽었다. 싸움에 정신이 팔리다 보니 깜박하고 그녀를 지키지 못했다.

피가 끓어오르는 난전!

수많은 무리가 뒤섞인 전투가 벌어지는 한복판에서 드레이크를 타고 싸우느라 깜빡 잊었다.

레미 공주가 죽고 난 다음에는 어차피 끝난 일, 말 그대로 죽어라 싸우다가 지쳐서 끝난 전장이었다.

'실패를 되돌린다라.'

위드는 어쨌건 차원문의 장갑을 얻을 수만 있다면 긍정적이었다.

"팔랑카 전투를 치르겠습니다."

KMC미디어와 CTS미디어를 비롯한 각 방송국들이 간절하게 원하던 영상이 도착했다.

"부장님, 왔습니다. 고급 수련관 영상입니다!"

방송국들에도 초미의 관심사가 된 고급 수련관의 화면들.

위드와 미리 생중계 협상이 된 부분이 아니라서 영상 전달이 조금 늦어졌다.

눈가에 진한 다크서클이 내려온 강 부장이 외쳤다.

"위드는? 수련관을 통과했나?"

"그건 아직 잘 모르겠습니다. 이게 절반의 영상이고, 나머지 반도 조만간 보내올 거라고 합니다."

"그래?"

강 부장과 기획실 직원들은 위드가 초반에 죽진 않았으리라고 짐작했다. 어쩌면 2부에서 갇혀서 굶주리며 외롭고 쓸쓸하게 죽어 갔을 수도 있다.

"이걸 방송을 해야 하나? 위드가 죽는 광경을 내보낸다면 가르나프 평원의 유저들은… 사기가 그야말로 바닥을 치겠는데."

"안 할 수도 없지 않습니까? 다른 방송국들도 움직이고 있을 텐데요."

"확실히 그렇겠지? 연출 팀, 편집 팀, 모두 달라붙어서 작업 시작해!"

비상대기하고 있던 전 직원이 달라붙어서 방송 준비를 시작했다.

다른 방송국들은 아예 일단 방송을 시작하고 나서 영상 편집에 돌입하기도 했다.

KMC미디어에서는 투쟁의 길을 시작하는 장면부터 중계를 시작했다.

"위드의 고급 수련관 도전! 그것도 단독으로 도전을 결정하면서 대단한 파장이 일어났는데요. 그 영상이 지금 입수되었습니다."

오주완은 최근 걸 그룹 대세인 도찬미와 함께 방송을 시작했다.

깜찍한 얼굴과는 다르게 성숙한 몸매를 가진 그녀였다. 중앙 대륙에서 시작하긴 했지만 북부로 옮겨 간 그녀는 풀죽신교 닭죽 부대의 마스코트 역할을 하고 있었다.

"와, 정말 기대돼요."

"찬미 씨는 위드의 도전이 성공했을 거라고 보시나요?"

"그럼요! 당연히 성공했을 거예요. 그렇지 않나요?"

"실은 저도 잘 모릅니다. 시청자 여러분과 마찬가지로 이 영상을 통해 확인해야 할 텐데요. 더 이상 끌지 않고 바로 시작하겠습니다."

화면에는 위드가 동료들과 떨어져서 투쟁의 길을 걷는 장면이 나왔다.

울프 종족과 볼라드를 단숨에 해치우고 진격!

검을 휘두르며 거침없이 나아가는 광경은 박진감이 넘쳐났다. 도찬미의 입가에도 미소가 넘쳐 났다.

"꺄아, 멋있어요."

"표정을 보니 완전히 반한 모양이네요."

"그럼요! 2년 전에는 위드 님과 결혼하는 게 꿈이었는데! 저는 남동생이 보던 동영상을 보고 로열 로드를 처음 접했거든요."

"그런 발언은… 찬미 씨를 좋아하는 남성 팬들이 많이 실망하실 텐데요."

"괜찮아요! 절대 이루어질 수 없는 소녀 시절의 꿈이니까요."

"어째서요? 찬미 씨를 싫어하는 남자도 있을까요?"

"그야… 위드 님의 옆에는 그분이 계시잖아요!"

풀죽 여신!

그녀가 있기에 위드는 감히 범접할 수 없는 존재가 되었다.

오주완이 화면으로 위드의 전투 영상을 보다가 한숨을 쉬었다.

"그런데 이해가 안 될 정도로 정말 잘 싸우는군요. 쉽게 잡을 수 있는 몬스터들이 아닌데……."

"잘 싸우고 있는 건가요?"

"기가 막힙니다. 스킬의 운용도 그렇고, 몬스터의 특성을 철저히 맞춰서 공략하는 전투를 하는데 그게 자연스러워요. 3~4개의 스킬을 연달아 활용하면서 전투에 녹여냅니다. 우연도 아니고, 놀라울 정도입니다. 도찬미 씨도 레벨이 350을 넘지 않나요?"

"저는 마법사라서 원거리 지원을 하기 때문에 근접 전투에 대해서 자세히는 모르겠어요."

"시청자 여러분 중에서도 레벨이 높은 분들은 느끼실 겁니다. 저런 식으로 잡을 수 있는 몬스터가 아니라는 것을요."

방송이 진행되면서 급하게 패널들도 초대되었다.

KMC미디어에서는 헤르메스 길드의 파클레스, 최상위 100위 안에 드는 랭커를 비롯하여 7명의 고레벨 유저들을 패널로 모았다.

흑사자 길드의 드워프 전사 빈델도 초대했는데, 위드의 편에 서 줄 사람도 데려와서 어느 정도 중립성을 갖출 생각이었다.

"……."

"……."

평소 말이 많던 그들은 입을 쩍 벌린 채 전투 영상을 구경만 할 뿐이었다.

'저게 어떻게 가능해?'

'된다고? 저런 방식으로?'

'덤벼들어서 네 번 베기? 그걸 다 치명타로 연결시켜서 잡아 버렸어?'

'밀치면서 두 번 공격, 옆으로 돌면서 세 번 공격. 무슨 연극이라도 하나? 몬스터의 움직임과 완전히 맞아떨어지잖아.'

심지어 파클레스는 헤라임 검술을 익히고 있기까지 했다.

그는 헤르메스 길드에서 권장하는 수많은 전투 스킬을 습득했다. 검술서, 퀘스트, 수련을 통해서 배운 것인데, 헤라임 검술이 다른 것들보다 훌륭하다고 말하기 어려운 부분이 분명히 있었다.

'헤라임 검술은 직접 타격을 해야 돼. 연속 공격이 적중되지 않았을 때의 위험도 크고, 유효 시간도 짧아서 유지하는 것이 어렵다.'

연속으로 때리는 족족 상대가 다 맞아 준다면 사냥이 얼마나 쉽겠는가.

고레벨이 될수록 몬스터의 특성도 다양하고 숫자도 많으며 복잡한 스킬도 사용한다. 공격을 하면서도 방어와 회피의 모든 동작들이 전투의 흐름에 이어져야 한다.

검을 찌르거나 휘두르는 타격 방식의 결정, 몬스터들을 적절히 도발하고 진형을 흐트러뜨리는 것도 감안해야 한다.

전투에서 발생하는 모든 요소들을 자신의 지배하에 두어야만 가능한 일인데, 이건 상상하기도 힘든 어려움이었다.

"드디어 도전의 관문입니다."

"예, 들어가네요."

결과를 알고는 있었지만 도전의 관문에서도 혼자 발걸음을 옮긴다.

그 이후로도 몬스터들이 나타날 때마다 헤라임 검술로 모조리 전멸시켰다. 위드가 지나간 자리에 남는 건 몬스터의 잔해뿐이었다.

"지치지도 않는 것 같은 모습입니다."

"달리고 있습니다. 다음 몬스터들을 향해서요!"

"화살을 쏘면서 거리를 좁히고 활대로 올려쳤습니다. 그 직후 검을 뽑아서, 역시 헤라임 검술!"

1부가 끝나 갈 무렵, 스튜디오에는 미묘한 분위기가 흘렀다.

"파클레스 님, 위드의 도전에 대해 어떻게 생각하십니까?"

"……."

"네그라트 님도 한 말씀 해 주시죠."

"……."

초청된 패널들은 아무것도 듣지 못한 듯 멍하니 영상만 보았다.

위드의 고급 수련관 영상 중계만을 기다리고 있던 시청자 게시판이 뜨거워진 것도 당연지사!

−저것들 인형임?

−정지 화면이네요.

−보면서 입이나 좀 다물었으면…….

−방금 오주완이 물어보는데 아무도 대답 안 함. 멍한 상태인 듯.

−몇 시간 전에 나와서 위드가 고급 수련관 통과하면 손바닥에 장을 지진다고 했던 파클레스도 있네.

−아직 통과한 건 아닙니다만.

−오주완이 또 물어보네요. 파클레스라면 저렇게 뚫을 수 있냐고요. 좀 쉬다가 나온 대답이, 최상위권 랭커라면 컨디션이 좋을 때

누구나 저 정도 전투력을 발휘할 수 있답니다.

–근데 헛기침하고 대답함. 말하면서 본인도 민망하고 찔린 듯.

–틀린 말은 아니기도 하죠. 최상위권 랭커라면 다 저기까진 갈 걸요.

–헤라임 검술? 저 검술만으로는 저렇게 못 싸우죠.

–어쨌든 핵심은 2부일 듯. 지금은 아직 안 지쳐서 저렇게 싸운다지만⋯ 조만간 한계가 찾아옴.

방송을 위해 빠르게 넘긴 전투도 꽤 많았지만 위드가 몬스터들을 압도하는 광경은 계속 유지되었다.

중계 중 2부의 영상이 도착했고, 방송국에서는 빠르게 분석에 들어갔다. 어떤 장면들이 있는지를 방송 전에 확인해야 했기 때문이다.

그 후, 연출자들 사이에서 환호성이 일어났다.

"꺄악!"

"와아아!"

PD를 비롯해서 몇 명이 영상의 뒷부분부터 살펴보고는 고함을 지른 것이다.

"정말이야? 깨 버렸어?"

"예. 그것도 압도적으로요!"

이 영상은 모든 방송국들에 동시에 보내졌다고 한다.

진행자들은 시청자들이 제일 궁금해할 결과부터 말했다.

"위드의 고급 수련관 도전. 일단 마지막 부분부터 보시겠습니다."

방송 영상에는 위드가 투쟁의 길 마지막에 도착한 장면이 나왔다.

"……."

패널들이 다시 입을 쩍 벌리고 있는 가운데, 이번에는 진행자 오주완조차도 할 말을 잃어버렸다.

화면에 나오는 위드는 누더기가 된 갑옷을 입고 있었다.

눈빛에는 어딘지 모를 야성미가 넘쳐흐르고, 등에 메고 있는 배낭은 두툼했다!

위드는 진행자나 시청자의 놀람 따위는 관심도 없다는 듯이, 투신의 초대를 받아 생성된 포탈로 들어갔다.

TO BE CONTINUED

꿈의 도약, 로크에서 하십시오
(주)로크미디어에서 신인 작가를 모십니다

즐거운 세상, 로크미디어는 꿈을 사랑하고 도전을 두려워하지 않는 작가 분들의 참신한 작품을 기다리고 있습니다. 21세기 장르 문학계를 이끌어 갈 차세대 선두 주자 (주)로크미디어에서 여러분의 나래를 활짝 펴 보시길 바랍니다.

모집 분야 판타지와 무협을 포함한 장르 문학
모집 대상 아마추어 작가, 인터넷 작가
모집 기한 수시 모집
작품 접수 시 유의 사항
   1. 파일명은 작가명_작품명.hwp형식을 갖춰 주십시오.
   1. 파일에 들어갈 내용은 다음과 같습니다.
     — 성명(필명인 경우 실명을 밝혀 주세요), 연락처, 이메일 주소.
     — 제목, 기획 의도.
     — A4 용지 1장 분량의 등장인물 소개.
     — A4 용지 2장 분량의 전체 줄거리.
     — 본문.
   1. 작품이 인터넷에 연재되고 있다면, 게시판명과 사이트의 구체적이고 정확한 주소를 기재해 주십시오.

선택된 작품은 정식 계약 후 출판물로 간행되어 전국 서점에 유통됩니다.
작가분은 (주)로크미디어의 전폭적인 지원하에 전속 작가로 활동하시게 됩니다.
※ 자세한 내용은 로크미디어 홈페이지(rokmedia.com)를 참조하세요.

(03920) 서울시 마포구 성암로 330 DMC첨단산업센터 3층 314호
(주)로크미디어 편집부 신간 기획 담당자 앞
전화 : 02 − 3273 − 5135
www.rokmedia.com   이메일 : rokmedia@empas.com